龍馬暗殺者伝

加野厚志

集英社文庫

龍馬暗殺者伝　目次

この作品は一九九七年一一月、書き下ろし作品として
集英社より刊行された『鮫《さめ》』を改題したものです。

龍馬暗殺者伝

一章　鮫狩り

少年の眠りはふかい。

父の一平《いっぺい》は、そっと天幕の外へでた。朝凪《あさなぎ》のなかで、薄暗い海は静けさにつつまれている。

浜辺に敷かれた藁《わら》ムシロは、まだぬくもりを保っていた。寝る前に焚火《たきび》をし、火種を残したまま白砂をかぶせてある。沿岸に生きる漁撈民《ぎょろうみん》ならではの保温法だった。

（海は陸の果てるところではない——）

生命の始まるところであり、豊饒《ほうじょう》なめぐみに満ちている。漁夫の一平は、そう信じきっていた。

沖合に陽《ひ》が昇る。

金粉を撒《ま》いたように、サァーッと海面が明色を帯びていく。同時に、真っ白い上げ潮が巨大な海の壁のごとく押し寄せてきた。十五夜の満月の翌朝に起こる大潮である。

「来た！」

一平は歓喜した。

自然と共生する搠《すなど》りは、ひとしお天候に敏感だ。晴れれば吉。風雨は凶である。天照《あまて》らすものは偉大であった。

一平もまた、天照大神《あまてらすおおみかみ》のみを信じている。天皇家の祖神であり、世に光をもたらす火の神だった。瀬戸の海人《かいじん》は〈拝火〉の訓《おし》えを神代《かみよ》の昔からうけいれてきた。

直人《なおと》は、遠く潮騒《しおさい》をきいた。

そばの寝具をまさぐった。が、父の姿はない。半眠のまぶたをこすっていると、海鳴りが浜辺へと迫ってくる。いそいで天幕から転げでた。

「ごっぽうすげぇ波が来よらァ……」

石垣のように高い白波が、沖合から横一線になって肉迫してくる。父の一平は、海水に腰までつかり、大潮の朝の禊《みそ》ぎを行なっていた。

「おこたらず行《ぎょう》をつとめてーッ、海空の大神にこの身を捧《ささ》げざりせば、草々《くさぐさ》の罪をゆるしたまいて――」

海の生き物を獲《と》って食らう自身の、罪や汚れを洗い清める荒々しい神事であった。

瞬間、うねった高波が父の姿をかき消す。ついで、勢いづいた大潮がはげしい飛沫《ひまつ》となって浜辺にうち寄せてきた。

　直人は後ずさりしつつ声を放った。

「お父《と》ォーッ！」

　潮のひいた浅瀬に、父が爽然《そうぜん》と立っていた。白衣は海水にぬれ、痩身《そうしん》のあばら骨が透けてみえる。だが、つよく張った肩肉は今も海の勇者のなごりを示していた。

　周防灘《すおうなだ》沿岸の撈《すなど》りは、古代より〈佐波《さば》の海人〉と呼ばれ、鯖漁《さばりよう》を得手としてきた。そして航海術に長《た》けた佐波海人は、ときには交易船を襲って海賊にも早がわりする。一平父子は、そうした剽悍《ひようかん》な海人たちの末裔《まつえい》だった。

　海湾は、潮の満ち引きのように規則ただしく変化するのではない。波の力や河川から流れでる土砂などでたえまなく変動していく。

　佐波川《さばがわ》が周防灘に流れこむ沿岸は、真水と海水が入りまじって滋味に富んでいる。河口一帯に雑魚《ざこ》が湧きかえり、その小餌《こえさ》を求めて鯖群れが押しよせてくる。

　父子が住む佐波村は、佐波川の畔《ほとり》にある。まさに鯖を生む川であり、神代より鯖を獲って生きぬいてきた河口の漁村であった。

「あれは！」

　直人は、北辺の絶壁に目をやった。

　佐波海湾の岬に狼煙《のろし》が上がっている。澄みわたった朝空に、風にながされた黒い尾が不吉にたなびいていた。

黒煙は三度上がって、巨大な魚影をかたどった。

〈沖に、ホホジロ鮫《ざめ》見ゆる！〉の狼煙である。

同じ佐波村の見張り番が、海辺の父子に報《しら》せてくれたのだ。浜に上がった一平が、ふんどしをシュッと手早く締めなおし、大声でどなった。

「直人、舟をだすけぇな。さ、いくど！」

「おぅさ、したくはでけちょる」

「ホホジロの外道《げどう》めが、やはり来よった」

「やっちゃるで！」

と、直人も眉《まゆ》を吊《つ》りあげる。

ホホジロ鮫は群れをつくらない。

孤独な海の死神であった。

ただ一匹、豊後《ぶんご》水道から瀬戸内《せとうち》へまぎれこみ、蒼《あお》い満月を映す海面をなめらかに奔《はし》りぬき、毎年大潮にのって佐波海湾にその雄姿をあらわす。

生《い》き餌《え》の鯖群れを追ってくるのではなかった。ホホジロは、これまでたっぷりと人肉の味を知っていた。とくに成熟した女の肉を好む。

素裸で潜り漁をする若い海女《あま》たちは、ホホジロの絶好の標的だった。

直人の母も海女であった。

佐波村生まれの女は男並みにかせぐ。海人の血脈ゆえか、すばらしく強靭《きょうじん》な肺腑《はいふ》をもっている。母のさちよは、村の女のなかでも稼ぎ頭《かせがしら》だった。

さちよは南蛮人のように手足が長く、しなやかな肢体を遊泳させて、苛酷《かこく》な潜り漁をたのしむかにみえた。

「うちは魚の生まれかわりじゃ。海に潜っちょると、ごっぽうからだが安らうけぇ」

白い門歯を輝かせ、さちよは口ぐせのように言っていた。そして、わずか一呼吸で楽々と潜水しつづけ、高価なあわびをいちどきに三、四個と採取してくる。

遠く垂仁《すいにん》天皇の世、倭姫命《やまとひめのみこと》が伊勢神宮《いせじんぐう》御鎮座のおり、荒磯《ありそ》で海女があわびを潜りとるのを見て、お上へ献上するように命じられた。それ以後、あわびは聖なる海産物として、諸侯のあいだでも珍重されている。

〈あわび百貫は米千俵也〉

長州藩《ちょうしゅうはん》への年貢も、佐波海人は、熨斗《のし》あわびをつくって献納してきた。長門《ながと》の水呑《みずの》み百姓《びゃくしょう》たちとちがって、周防灘の撈《すなど》りは飢饉《ききん》知らずのおおどかな暮らしを送っていた。

佐波海湾の北辺はきり立った岩場で、あわびの絶好の棲息地《せいそくち》である。

磯《いそ》の生物は獲りすぎるとすぐに枯渇する。海女の潜り漁は、桃の節句から秋の十五夜までと決められていた。

惨劇は、漁期の最終日に起こった。

直人が十歳。三年前の夕暮れどきだった。磯辺に浮かぶ反小舟《そりこぶね》に、巨大なホホジロ鮫が猛然と襲いかかってきた。鮫の白くとがった鼻先が、ガシッと反り板の舟底にぶちあたった。

「鮫でよッ」

母の潜り漁を手伝っていた直人は、姿勢をくずして舟中から海面へなげだされた。

ホホジロ鮫は、その呼び名どおり両頬《りようほお》と腹の色が白く、背面は深みがかった灰色をしている。その不吉な背ビレが、波間にくるりと反転して迫ってきた。

直人はあがき、必死にさけんだ。

「母ちゃーん！」

すぐに、母のさちよの励ましがきこえた。

「動いちゃいけんで。直人！　じっと浮いてこらえちょくンよ」

「恐ろしいちゃ、はよ来ちゃってや」

「今、いま行くけぇな」

磯辺であわびの選別をしていたさちよは、ためらわず海中に身をおどらせた。

横泳ぎの早い抜き手で、直人のもとへ泳いでくる。それは海女伝来の泳法だった。

だが、獲物を襲うときのホホジロは、さらに迅速だ。流線型で筋肉質の巨体が、波をきって近づいてきた。

直人は間近にそれを見た。

むきだしの牙《きば》は鋭くひかり、強烈な大あごが半びらきになっている。

腹中の空気を一気に吐き出し、グォーッと咆哮《ほうこう》した。

もがき苦しむ魚がいると、ホホジロはいっそう凶暴になり、周囲に動くものがあれば無差別に咬《か》みつくのだ。直人は、ひたすら母のことばを信じ、ゆるやかに立ち泳ぎをしながら救助を待った。

ホホジロの体軀《たいく》は、反小舟よりもひとまわり巨《おお》きい。白い両頰をこれ見よがしに持ちあげた。凶暴なあごがひらききっている。

直人は、鮫の生ぐさい息さえ嗅《か》いだ。

「母ちゃん！　咬まれるッ」

「死なしゃせんど！」

間にあわぬとみた母は、迷わず捨て身の行動にでた。

人食い鮫の前方で、さちよは手足をバタバタと海面に打ちつけた。溺《おぼ》れる擬態で、ホホジロの注意を自分にむけさせた。

「あっ」と、直人は嘆声をもらす。

咬みつく寸前、ホホジロの鋭利な牙がとじられた。灰色の背ビレが海底へ潜りこむ。

両足の裏に危険な波動を感じ、直人はぐっと身体を丸めこんだ。

間をおかず、母の姿がズンッと海中へ没した。

「直人……」

かすかに母の声をきいた気がする。

それも一瞬だった。海中から真っ赤な血潮がモクモクと湧き上がってきた。直人は夢中で荒磯の小岩へと泳ぎついた。息をきらして岩場から見やると、夕暮れの波間に巨大なホホジロがとび上がり、体軀をひねって見事な跳躍を見せた。

「翔《と》びよった！」

鮫のなかでも、俊敏なホホジロだけが海面を跳ねて宙に舞える。深い海底から急浮上し、尾ビレをはたいて数尺も高みを滑空する。

白くゆたかな鮫の腹部が、夕陽をあびて健やかに光った。それは、海水にぬれた若い母の裸身にどこかしら似ていた。

涙もなく、直人は岩場に立ちつくした。水平線に真っ赤な夕陽が沈んでいく。すでに鮮血は消えて、故郷の海は何事もなかったかのように凪《な》いでいた。

（あの日、母は海に還《かえ》っていった……）

追想をふりきり、直人は父につづいて佐波舟《さばぶね》にとびのった。

あわび漁に使う反小舟は、小回りはきくが安定感がない。その点、鯖漁につかう佐波舟は欅《けやき》で造られている。

　佐波舟は舟体に重量があった。横ゆれの復元力がつよい。ホホジロに体当たりされても凌《しの》ぎきれる。父と二人、二丁櫓《ろ》でこげば速力も増す。

「今年こそ、奴《やつ》をしとめちゃる」

　父の一平が、潮焼けした顔に闘志をみなぎらす。不精ひげを生やし、薄茶色の瞳《ひとみ》は険しい。そして右の腕には、亡くした妻の名を墨で彫りこんでいた。

　漁夫の刺青《いれずみ》はめずらしくない。佐波海人の古老たちのなかには、鮫避《さめよ》けのまじないとして、全身にまだら模様の刺青をほどこしている者もいた。

　一平は、〈さちよ〉の刺青が入った右手で櫓をこぎ、あいた小脇《こわき》には新式の銛《もり》を軽々と抱えていた。

「これさえありゃ、心強《こころづえ》でよ」

　大ぶりの銛は、紀州《きしゅう》の〈太地《たいち》海人〉からゆずり受けた鯨獲《くじらと》りの漁具であった。

　先がとがり、ななめ後方へ二本の鉤《かぎ》が出ている。いったん銛が打ち込まれると抜きとれず、巨鯨《おおくじら》といえども致命傷をうける。暴れると、いっそう傷口が広がって出血する。

　巨大で頑強なホホジロを倒すには、この鯨殺しの銛しかない。

　三年前、妻を亡くした一平は妄執にとり憑《つ》かれた。生き残った直人をいたわらず、うらみがましい視線で日夜責めたてた。

「直人、なんもかんもお主《んし》ゃのせいじゃ。むざむざホホジロに食い殺されるちゃあ、さちよが不憫《ふびん》でならん」

「あんときは、どねぇもでけんかったンじゃ。ゆるしちゃってや」

「泣き言は聞きとうもない。母を見殺しにして、そいでも佐波海人かや！」

酔うと、かならず父の鉄拳《てっけん》がとんだ。

人柄《ぶ》が無惨なほどに一変した。一平は夜ごと濁り酒をくらって泥酔し、容赦なくわが子を打ちのめした。直人は泣かずに耐えた。海のめぐみを存分にうけ、母をはさんだ一家のなごやかな暮らしは、もう二度ともどらないのだ。

些細《ささい》なことで怒り、隣人たちにも喧嘩《けんか》をふっかけた。村長《むらおさ》の徳爺《とくじい》が諭しても、一平は聞き入れなかった。

「恋女房を鮫に食われ、剛毅《ごうき》な一平も悩乱しよったでよ」

同情もうすれ、村人たちはだれも近寄らなくなった。漁民としての掟《おきて》を破れば、当然のごとく村八分にされる。

父子二人きりの生活は殺伐として、どこにも潤いがなかった。

直人はじっと耐えた。身代わりとなって死んだ母がひたすら恋しい。

（あのとき、死ぬべきは自分だったのだ）

と、子供心にも思い知らされる。

離反した父子の心を唯一結ぶものは、ホホジロを殺すことだった。ここ三年、鮫狩りの工夫に明け暮れた。

二人はたえず殺気立っていた。人間ばなれした精気を放ち、するどい三角目で応対者を睨《ね》めつける。鮫狩りに熱中するうち、人としての間境《まざか》いをこえ、その眼光や匂《にお》いまでが狂暴な人食い鮫に似てきたらしい。

「やれんでよ、そばに寄れば死臭がする」

村人たちは陰口を言い、そばに寄れば死臭がする」

そしてだれとはなく、かれら父子を〈ホホジロ〉と呼ぶようになった。

たしかに一平の左頰には白っぽい痣《あざ》があった。その血は色濃く受け継がれ、直人の頰にも不穏な白痣がぴったりと張りついていた。そうした薄気味悪い外見も、不穏当な呼び名の一因となったのであろう。

ホホジロは海を支配している。最高位の捕食者であった。

一滴の血の匂いで、一里先の獲物を探りあてる。物をしっかりと見定め、音にも敏感に反応する。そして、死ぬまで休むことなく大海を泳ぎつづけるのだ。

最大の敵は陸上にいる。生き物のなかで人ほど残忍なものはない。憎しみをつのらせて人間同士が殺し合う。ときには陸を離れ、荒海に舟をこぎだして鮫をも襲う。

妻を奪われ、復讐《ふくしゅう》に燃える一平こそ、無敵のホホジロを倒せる最強の海人だった。

「直人、舟を西にまわせ！　大海山《たいかいざん》の見える方向じゃ」

「よぉし、行くでよ」

「しっかりせぃ。櫓が空回りしちょるど」

「動ききらんちゃ、上げ潮がきついでよ」

「この、のおくれが！」

父の平手打ちがとんだ。直人の口はしが切れた。唇の血をぬぐう間もなく、再度父の叱責《しっせき》をあびた。

「何しちょる。たどんの火をもっと燃やせ」

舟中には小さな火鉢が積んである。手鞠《てまり》ほどもある自家製のたどんは、木炭の粉末にふのりを混ぜて固めたものだ。このなんの変哲もない丸い可燃物は、使い方しだいで、鯨突きの銛よりも強烈な打撃をホホジロに与えることができる。それは三年ごしに、一平の執念が生んだ鮫狩りの秘策であった。

「おった！　お父ォッ、あそこじゃ」

目のいい直人が、先にホホジロの背ビレを波間にみつけた。一平は太い眉を張りつめ、強くこぶしを握りしめた。

「横道《おうどう》なのう。やはり来よった」

上げ潮に巨体をゆだね、白鮫はゆったりと遊泳していた。鋼《はがね》のような外見はしなやかに動き、昇る朝陽のなかで白い頬がまばゆいほどだった。

あたりの空気が急に重くなり、ホホジロの発する特有の殺気と生ぐささが漂いだした。人が思うより、彼らには知力がある。高速で海中を泳ぎまわり、場所と獲物を見分けて臨機応変に捕食する。全力でというより、むしろ嬉々《きき》として狩りを楽しんでいるかに見える。

ホホジロが舟を襲うのも、海人と闘った末に学びとった知恵だった。舟にいる人間は、敏捷《びんしょう》で鋭い武器を使ってくる。しかし、いったん海中になげだされると、クラゲ同然のにぶい動きしかできない。格好の美肉にすぎなくなるのだ。

「直人、手はずどおりにいくぞ」

「わかっちょう」

「奴をおびきよせるけぇな。浮き沈みする背ビレから目をはなすなよ」

「ちゃんとやるけぇ」

「海に放《ほう》りだされんよう、舟べりに手をかけちょけ」

念を押し、一平は生きた鶏の首を短刀で切り落とした。すぐに逆さにして、流れでる血を海面にたらす。

ホホジロの嗅覚《きゅうかく》は並みはずれている。遠方にいても、猟犬のごとく獲物の位置を一瞬で定められる。そして、大きく海洋を蛇行しながら血の源へと迫ってくるのだ。

血の匂いに惹《ひ》かれ、小波《さざなみ》を切って静かにホホジロが佐波舟に接近してきた。海面が朝の光を淡く映している。ときおり体軀をひるがえし、ホホジロが白くゆたかな下腹をみせる。そのたびに青い海がこまかく泡立った。どこか蜃気楼《しんきろう》にも似た水のゆらぎだった。

(母は、いつも海とたわむれていた……)

死闘を前に、直人はふっと放心した。

なめらかに流れる白い魚影は、遠目に見ると、素潜りをする健やかな母の肢体を思いおこさせた。

舟先の一平が、血走った目でふりかえった。

「直人、櫓はお主《ぬし》ゃにまかせたぞ。わしゃ銛を奴にぶちこんじゃる」

「おうさ」

「殺《や》るで！　傷ついたホホジロは何にでも咬みつきよる。わしが舟先に立って囮《おとり》になるけぇ、食いついたら遠慮のう奴の臓腑《ぞうふ》をえぐっちゃれ」

「お父ォ、気ィつけちゃってや」

「かまやせんのじゃ。腕の一本、餌代わりにくれてやるけぇ」

ホホジロは海の魔神である。佐波村の荒くれ漁師でさえ、凶事をつかさどる深海の使者として恐れていた。相討ちを覚悟せねば、人はとうてい狂暴な大鮫と闘えない。父子は死を決し、昨夜のうちに永別の水盃《みずさかずき》をかわしていた。

佐波海湾にこぎだす舟はほかに見当たらない。大潮の翌朝は厄日であった。人食い鮫が満月にみちびかれて襲来することを、佐波村の漁民は知っている。また、鮫狩りに命をかけた男やもめの妄執も知っていた。

「あねぇまで女房に惚《ほ》れちょったとは！　ものぐるいじゃ、一平は死にたがっとる。せぇでも、せがれの直人まで道連れとはのう」

物見高い村人たちは、海湾の岬に集結している。そして、ホホジロ殺しにとり憑かれた父子を息苦しく望見していた。

「消えた！」

一平が声をつまらせる。

直人は前方を見やった。半円形の尾ビレがズンッと垂直に沈み、ホホジロの姿は群青色の海底へのまれていった。

父子の乗った佐波舟だけが、海湾にぽつんととりのこされた。周辺には小波がそよいでいるばかりだ。根深い恐れにとらわれ、直人は父の漁着の筒袖《つつそで》にすがった。

「なんも見えんちゃ、お父ォッ、どげするな」

「身を伏せィ！　奴は下からくる」

舟中では視線が低く、もぐった魚影はとらえきれない。

けれども、高所ならば澄んだ海底まで見透せる。舟先の一平は、肩をひねって左辺の岬をふり仰いだ。

数瞬のち、岬で真紅の旗がひるがえった。漁師仲間の振る赤旗が、ヒュルヒュルと東方へ指し示される。

〈ホホジロ、東面より接近せり〉の合図であった。

黒光りする鯨殺しの銛をかまえ、一平がどなった。

「奴がきよる。舟首を右へ！」

「おう、今やるけぇ」

直人は身を低くかがめ、櫓をまわした。

あせって、長い櫓がまたも空回りする。ザブッと浮き上がったホホジロが砲弾のように突進してきた。佐波舟は旋回しきれぬまま、痛烈な体当たりを舟尾にうけた。

狡猾《こうかつ》な海の死神は、舟先で銛を持つ海人をすばやく見定め、くるりと舟底を迂回《うかい》して逆方向から襲撃してきたのだ。

「もたんッ」

ホホジロの一撃をくらい、舟先が高く持ち上がった。一平の身体が宙にとび、そのまま海面に叩《たた》きつけられた。

舟中の直人は絶叫した。

「お父ォーッ！」

「心配すな、勝負はこれからぞ」

「来よる、ホホジロがうしろから来よる！」

「よう聞け、直人。銛をもって、わしごとホホジロを突き殺すんじゃ」

「そねぇなこと、ようしきらん」

「殺《や》れ、わしごと殺れ！　母の仇《かたき》ぞ」

海の勇者は、闘志を失ってはいなかった。

一平は目をぎらつかせ、背後をうかがいながらゆっくり佐波舟へと泳ぎ寄ってくる。もはや腕一本ではなく、おのれの全身を生き餌としていた。

命の瀬戸際で、不仲だった父子は心を一つに通いあわせた。

「よしッ、俺《おれ》が獲ったるけぇ！」

意を決し、直人は藍色《あいいろ》の古い漁着を脱ぎすてた。まだ細身だが、若々しい筋肉の束が胸板に張りついている。母ゆずりのしなやかな身体だった。きびしい荒海の労務できたえられ、少年の体軀は、狂暴なホホジロと闘えるほどに成育していた。

直人は大銛を両手で持った。ずっしりと重い。深海の魔物を殺せる重さだった。右肩にかついで、姿勢を保った。

泳ぎ寄った一平が、舟べりに手をかけて白い歯を見せた。

「たのもしぃのう」

「お父ォッ、はよ上がれ。奴がくる」

「舟にゃあがらん。このままでええんじゃ」

生き餌と化した一平は、両手でバシャバシャと水面を叩き、ことさら人食い鮫を挑発する。美事な流線型の魚影が、青い海面をすべってくる。

近い。

背ビレをみせたホホジロが、一気に加速して父の背に迫ってきた。

(——やっと逢《あ》えた)

直人には、怒りも恐れもなかった。

なぜか鼻孔の奥が甘くうずく。身近に母の匂いを嗅いだような、奇妙な懐かしさだけがあった。

永遠なる海。

無心のままに距離を見切って、大銛を宙に投げ放った。

「おりゃーッ」

朝空にきれいな放物線を描いて銛がとぶ。

危機を察したホホジロが、横ひねりに身をよじって潜水しようとする。その瞬間、かいま見えた白い横腹に、大銛がザックリと突き刺さった。

一平が快哉《かいさい》を叫ぶ。

「ようやった、大当たりじゃ！」

けれども、直人は的《まと》を射抜いた喜びよりも、どこかしら悔恨じみた心情に浸されている。

手をかして、父を舟上へ引き上げた。

「お父ォ、見てみぃや。ホホジロが苦しがっちょるで」

鮫にも痛覚はある。

巨体を痙攣《けいれん》させ、海中でのたうちまわっている。一瞬、しぶきをとばして浮上したホホジロは、大あごをねじって銛の握り部分をくわえた。ガーッと腹中から海水と空気を吐き出し、横腹に食い込んだ銛を強引に抜きとった。傷が破れて大量の血が噴出する。あたり一面、澄んだ海がヌラヌラと赤黒く汚れていった。

一平はにやりと笑い、直人のたくましくなった背筋をかるく叩いた。

「ようやったのう。これでお主《ぬし》ゃも一丁前の佐波海人じゃ」

「どうやったのか覚えとらんちゃ」

「奴はしぶといけぇな。臓腑を焼いてとどめを刺しちゃる」

「もうええじゃろうがね。殺すと、二度と逢えんようになる」

直人は、真顔で父を制止した。

「ばかたれが！」

父の鉄拳がとんだ。こめかみを打たれ、直人は舟中へがっくりと膝《ひざ》をついた。

「ええか、直人。あン外道に火炎を食らわしてぶち殺すんじゃ。いらんこと考えず、グラグラと火鉢の炭を燃やせ」

火鉢のなかで赤々と燃えたぎるたどんは、一平の熱い復讐心そのものだった。

父の両眼は凶器のように光っていた。

灼熱《しゃくねつ》の火玉となった大たどんを長い鉄火箸《てつひばし》に刺し、一平は妻の名を彫った右手で高く掲げた。その立ち姿は、生け贄《いにえ》を捧げる神代の拝火の儀式のようにも映った。

父の掲げる火玉が太陽と重なって見える。

（火と水、太陽と海……）

直人の心は幽《かす》かにゆらめき、遠い記憶におぼれだす。陽光は海にのまれ、自身も水に同化していく。緊張がゆるみ、ふっとなまぬるい羊水にひたっているような浮遊感につつまれた。

それも一瞬だった。

舟先に仁王立ちした一平は、火玉を高々とかざし、傷を負ったホホジロにむかって狂気のごとく呼びかけた。

「来いやーッ！」

海人の雄叫《おたけ》びが湾内にひびきわたる。

何もかも無視した神のような狂暴さに、かたわらの直人は圧倒され声もかけられない。人の発する殺意に、ホホジロは呼応した。三角にとがった目が、はっきりと舟上の一平をとらえている。

血にふれると、それがたとえ自身の流血であっても、ホホジロは狂乱する。手負いの大鮫は自制心を失って、さらに荒れ狂い、目に入るものなら何にでも咬みついてくる。舟中で大声をあげ、手を高くかざす海人は怒りの標的となった。

ホホジロの狂騒が絶頂へと高まっていく。跳ね上がり、荒々しく波を蹴立《けた》て、真正面から佐波舟に突進してきた。一平も、ホホジロを睨《にら》みすえて立ち向かう。

「待っちょったど！」

人と鮫の狂気が、真っ向微塵《みじん》にぶちあたった。

ホホジロは一平を狙《ねら》って肉迫し、大あごをひらいて鋭い三角形の牙を光らせた。牙のふちは鋸《のこぎり》の刃のようにギザギザである。咬まれると人の肉塊は瞬時にえぐりとられてしまう。

尾ビレを海面に打ちつけ、ホホジロが舟先へ襲いかかった。が、佐波の海人は避けようとはしない。豪胆にも、逆に身を前にのりだした。

「さちよーッ」

一平は、妻の名を絶叫した。左頬の白痣があざやかな朱色にそまっている。

そして、牙をむくホホジロの大あごに、右手ごと灼熱の火玉を深ぶかと入れこんだ。

燃えたぎる大たどんが、ひらききった鮫の口中でジュウッと無惨な音をたてた。

ホホジロの両目に白い膜が下り、ガシッとあごがとじられた。

復讐の火玉は、一平の右手ごと大鮫の喉奥《のどおく》へとのみこまれた。

凄《すさ》まじい死闘を、舟中の直人は凝然と見守っていた。火炎に烈《はげ》しく貫かれたホホジロは、そのまま力なく反転し、魂を抜きとられたようにゆらゆらと海底へ沈んでいった。

発火したたどんは、人食い鮫の頑健な臓腑を焼きくずし、命をも断ち切るだろう。

鮫狩りの秘策は図にあたった。人の狂気が鮫に勝ったのだ。

「直人、さらしをちぎって血止めを」

一平が、蒼ざめた面貌《めんぼう》で言った。憑きものがおちたように声も低い。

「これは……」と、直人は息をのんだ。

父の右腕は肘《ひじ》から先が咬みとられていた。海の勇者は、妻の名を刻んだ片腕を代償にして、無敵のホホジロを打ち倒したのだ。

直人は、さらしで父の右肩を固くしばりつけた。

痛みをこらえ、一平がぽつりと言った。

「そろそろ引き潮じゃのう」

黄昏《たそがれ》の浜辺には風が舞っていた。

砂丘は、何かつよい意志でもあるかのように海面とむきあい、互いに波打ってみえた。それは、しなやかで流れるような風紋であった。大きく三日月形に切れこんだ佐波海湾は、夕暮れのなかで陰影をきわだたせていた。

波打ちぎわに無数のカモメがむらがり、不穏な啼《な》き声を交わしている。

「あそこじゃ、直人。見てみぃや」

村長の徳爺が、浜辺で餌をついばむカモメたちを指さした。

男児らが渚《なぎさ》に走り寄り、棒切れをふりまわして群れカモメを追いはらった。乾いた羽音をたて、海鳥たちが砂浜から飛び去った。その跡地から紡錘形の巨大な異物があらわれた。直人は、目をしばたたく。

「あれは……」

「海神さまじゃ。むごいことをしたのう」

「逝ってしもうとる」

「佐波海湾の主《ぬし》じゃけぇな。カモメらに食われるまえに、弔いをせにゃならん。ほっときゃ祟《たた》りがあるでよ」

「こげに巨《おお》きかったんか」

直人は吐息し、ためらいがちに砂丘の上に足跡をつけていく。素足をつつむ白砂は、まだ日中のぬくもりをこもらせている。

ホホジロの遺骸《いがい》は、夕暮れの浜に打ち上げられていた。

信じられないほどの巨軀《きょく》であった。六人乗りの佐波舟ほどもある。大銛にえぐられた横腹は四つ割れに裂け、すでに腐臭が漂っていた。

鮫肉にはきつい臭《くさ》みがあって、食用には適さない。しかし、表皮は木や革を磨くやすりとして珍重されている。

鮫のざらついた皮膚は、鋲《びょう》の形をした鱗《うろこ》でおおわれている。俗にいう鮫肌である。直人は、ホホジロの背筋の皮膚にそっと手でふれてみた。村の男児たちも、恐る恐るそれに倣《なら》った。

「ごっぽう硬いでよ」

何気なくつぶやくと、同じ年ごろの少年たちが目を輝かせてうなずいた。一様に心服しきった表情だ。狂暴なホホジロに銛をぶちこんだ直人は、村の男児のなかでも一人抜きんでた存在になったらしい。大人《おとな》からも、勇壮な佐波海人として認められたようだ。

浜に下りてきた村人たちが、今日は年若の直人を立てている。徳爺が、禿頭《はげあたま》をつるりとなでて御託宣を下した。

「海神さまの解体は、負傷した一平になり代わって、直人が包丁を入れるけぇ。異存はないじゃろうな」

「えっ、わしが包丁を……」

「三年がかり父子で仕留めたんじゃ。お主《んし》ゃにはヒレをとる権利がある。残りの皮や肝油は村の者でわけるけぇな」

鱶《ふか》ヒレは、天日干しにすると高く売れる。これほどの大物なら、肝臓のあぶらも多量にとれるだろう。特にホホジロ鮫の肝油は滋養強壮の秘薬として名高い。富裕な商人たちが先をあらそって買い付けにくる。

「こりゃメス鮫じゃな。腹に胎《こ》を持っちょるでよ」

徳爺が眉根をよせて言った。

鮫は、メスのほうが体軀がひとまわりも巨大になる。大鮫は、すべて母鮫なのである。そして子鮫は母鮫の子宮内で育ち、胎盤から栄養をもらって大きくなる。月が満ちると親そっくりの体形で生まれ落ち、すぐに餌を獲る能力をそなえている。

「気ィつけぇや。子鮫に指を食いちぎられんように」

「ああ、用心せにゃな」

「直人と同じよのう。小《こ》まいけど、あなどれんで」

子鮫は生命力が旺盛《おうせい》である。母鮫が殺されても胎内でしぶとく生きていることがある。気が荒く、ときには解体時に鋭い歯で咬みついてくる。

徳爺から手渡された大包丁を、直人は右手にしっかりと握った。

「さばいちゃる！」

ホホジロは白砂に横たわっていた。神聖な供物《くもつ》のようにもみえる。巨大な尾ビレが、うち寄せる波に洗われていた。

美事な流線型だった。間近の直人は、思わず見惚《みと》れた。とがったあごは水を切り、頑丈な背ビレは巨軀を安定させる。浮き沈みや方向転換も、尾ビレの傾きひとつで可能となる。やわらかい胸ビレで揚力をつけ、自在に海中を遊泳できるのだ。

だが、鮫の悲しさもある。他の魚類とちがって後ろへは泳げず、ひたすら前へ前へと突き進むことしかできない。

大海原を果てしなく泳ぎつづけたホホジロは、やっと休息のときをむかえ、夕暮れの渚におごそかな巨体を横たえていた。

「袖がよごれるけぇ、これを使いや」

村娘の美喜《みき》が、荒縄をさしだした。

直人の前にまわり、手早く斜め十字にたすきがけをしてくれた。

美喜は隣家に住む二歳年長の少女である。粗衣の胸元はぐんと張りつめ、黒目がちの瞳はいつも潤んでいた。そのせいか、言い寄る男も多い。村長の長男とは許婚《いいなずけ》の仲だった。

「すまんのう、美喜」

「ええのんよ。さ、やっちゃって」

「おうさ」

大包丁を腰だめにして、ズブリと鮫のあご下へ突き刺した。死肉は硬い。分厚い濡《ぬ》れ衣《ぎぬ》をむりやり貫通したような手応《てごた》えがあった。両手で包丁の柄をつよく握り、そのまま一気に横走りして、大鮫の白い下腹を薙《な》ぎ切《き》っていった。

巨《おお》きい。

渾身《こんしん》の力をこめて十数歩も走った。するどく磨《と》がれた大包丁が、ギシギシと刃こぼれしていく。尾ビレ近くまでさばくと、切《き》っ尖《さき》が心地よく振りぬけた。

川の堰《せき》が鉄砲水で破れたように、生ぐさい臓腑が大量に噴き出してきた。

「こげなこと！」

村人たちは、後ずさりしつつ声を放った。

死鮫の表皮がめくれて半回転し、すべての内腑《ないふ》がむきだしになった。腹部にびっしり詰まっていた臓器は浜辺にうねって、生き物のように直人の足首にまとわりついた。茶褐色の肝臓は子牛ほどもあった。

かまわず直人は、大包丁をふるって胸ビレをザックリと切りとった。

「美喜、これを取れや」

「なに言うちょるン。もらえんよ、そげに高いもの」

「ええんじゃ。鱶ヒレはわしの取り分じゃけぇ、どこからも文句はでりゃせん。のう、徳爺、かまわんじゃろ」

村長の徳爺は禿頭をつるりとなで、鷹揚《おうよう》に笑ってうなずいた。

「もろうちょけ、美喜。安い荒縄一本で莫大《ばくだい》ええ稼ぎをしたのう、これならやりくり上手の嫁御になるじゃろう」

「よう言うで、佐波の娘はやりくり上手の床上手ちゃ」

ませた男児が口をはさみ、どっと笑声があがった。大鮫の解体で思いがけぬ福利を得て、村人たちは浮かれ立っていた。

直人も白い歯をみせて、大桶《おおおけ》に鱶ヒレを入れてやった。上目づかいに受けとった美喜は黒い瞳をそよがせた。

「ほら、重いで」

「直人……」

小声で名をよび、すっとまた目を伏せた。その仕草がなまめかしい。十五歳になったばかりの村娘は、すでにたっぷりと女の情感を仕込んでいた。

直人は、一瞬のどがふさがるような思いにとらわれた。甘く、そして根深い肉感のふるえだった。

だしぬけに、かたわらの男児らが叫んだ。

「見てみィや！　まだ動いちょるで」

「こりゃ、すげぇ！」

仔細《しさい》に死鮫を見ると、むきだしの百匁《ひゃくめ》蠟燭《ろうそく》のような白っぽい器官が、ヒクヒクとうごめいていた。

薄い皮膜を通して、一匹の腹子が見える。

直人は、ぬるりとした内腑に用心深く包丁の刃尖を入れた。臓物はぶきみにとぐろを巻いている。

膜がはじけた。体液が噴出し、直人の両膝をぬらす。間をおかず、腹子が勢いよく砂地に転げ落ちた。

「何な！　これは……」

村人のどよめきが、渚に満ちた。

子鮫ではなかった。

直人は、母鮫から生まれでた腹子を手に持ち、うち寄せる白波で丹念に洗い清めた。まさしく禊《みそ》ぎの神事であった。砂の流れおちた腹子は、瀬戸内の夕陽をあびて神々《こうごう》しく光り輝いていた。

徳爺が、砂浜にひれ伏した。

「おそろしや！」

それは、銅製の小さな慈母観音像《じぼかんのん》であった。

「こねぇな姿で――」

奇蹟《きせき》だった。

直人の涙はとまらない。

三年前、身代わりとなって死んだ母は、ホホジロの胎内で観音像に化身し、わが子との再会をじっと待っていたのだ。

観音像は角々が溶け、その面貌もより優しげにつるりとしている。幼子を横抱きにする姿形は、母の慈愛を示していた。

（もう離れることはない）

直人は村人に背をむけ、小さな観音像を懐にしまいこむ。そして、冷えた砂地を踏みしめながら浜辺を去っていった。

海の夕焼けが際限もなく広がり、佐波海湾をすっぽりとつつみこむ。宿縁《さだめ》にいどむ人の情炎のような罪深い緋色《ひいろ》だった。

遠くひるがえる波頭が、艶《つや》やかに照り映えていた。

二章　武蔵の剣

直人は、ひとり露草色の海に潜っていた。

露草の色合いは藍《あい》よりもひときわ深い。けれども、水にふれると淡く溶けていく。ふと海面を見上げると、射しこむ陽《ひ》の光が海水をやわらかく褪色《たいしょく》させていた。きわだった青色が、ほのかな水色へと変化する。

潜水時の息苦しさも感じなかった。直人はすっかり海と同化していた。心地《ここち》好《よ》い揺らぎのなかで、皮膚感覚だけが冴《さ》えていく。

(海にもさまざまな流れがある……)

軽く、そしてなめらかな肌ざわりだった。水圧からもときはなたれ、ぬくもった海流にのって遊泳した。

水色の海に影が落ちた。

見上げると、海面近くに巨大なホホジロ鮫《ざめ》がゆるやかに旋回していた。白っぽい下腹がぬめって見える。なぜか恐れはない。あおぎ見る姿態がとても近く感じられる。

(母鮫だ!)

直人は直感し、胸ビレで水をかいて浮上していった。

尾ビレをひと打ちすると、グンッとおもしろいように加速する。全身に精気が満ち、自分の力がはっきりと確かめられる。

直人は、身をくねらせて烈《はげ》しく突き進む。半びらきになった口元からなまあたたかい海水が入ってくる。口腔《こうこう》に流れこんだ塩水は、サラサラと下あごをくすぐってエラ孔《あな》から排出していった。

太陽の光彩が、海面を黄金色にきらめかせている。その美しい金環を守るように、一匹のホホジロ鮫がきれいな円を描いて泳いでいた。

(母が待っている……)

海底から一気に急浮上した直人は、尾ビレを宙に舞わせ、波間に大きく跳躍した。

瞬間、まぶしい朝陽の直射をあびた。

「直人、どげしたと」

少女のやさしい声を、かたわらで聞いた。

乾いた藁《わら》敷《じ》きの上で、直人は目ざめた。佐波海湾の岬にある見張り小屋だった。破れた板壁から朝陽がさしこんでいる。

　ごろりと左に寝返りをうつと、美喜の笑顔があった。浅黒い素肌が秋の陽差しを健やかに弾《はじ》いている。漁村の娘は若い生命力をたっぷりと宿していた。

　まだ半睡の直人は、手の甲で目元をこすった。

「夢をみちょった。ホホジロの夢を……」

「昨日《きのう》のことじゃもん、すぐにゃ忘れられんよネ。恐かったろう」

「そりゃ……」と、直人は口ごもる。

　うまく言葉では伝えられそうもなかった。

　鮫に変身した話などしても嗤《わら》われるだけだろう。母につながる大いなる海の啓示は、他者に語るものではない。

　とまどう直人の頰《ほお》を、美喜は右手でそっとなでた。年齢以上に情感の差があった。二歳年上の少女は、幼児期から姉弟《きょうだい》のように接してくれている。鮫狩りの興奮で寝つかれない直人を、深夜に誘い出したのも隣家の美喜のほうだった。

「抱いちゃげる。鮫を倒せるほど強うても、まだ心根は子供じゃもんね」

「美喜は、ほかの男とも」

「するよ。いけんかねぇ」

「わしにゃ、ようわからん」

「男ン人のよろこぶ顔が好きなんよ」

「そねぇなこと……」

「ええのんよ、女は肌のぬくもりだけで生きちょるけぇ」

美喜は、余裕ありげに笑った。

まるで一里も先にいるような声調だった。

(女は、だれもが無限の海かも知れぬ)

そんな気もする。重たるく内にこもりながら、直人はおずおずと美喜の身体に触れにいく。

磯《いそ》の匂《にお》いが懐かしい。しなやかな肌が手のひらに甘く溶けこんでくる。つくづく見知ったところへ戻ったような安堵感《あんどかん》があった。

朝の岬には風が舞い、潮騒《しおさい》が遠く聞こえていた。


〈鮫狩り〉の一報は、藩庁のある萩《はぎ》にまで届いた。

七日後、佐波村に長州藩からの使者が到来した。大鮫退治の武勇伝が、藩主毛利敬親《もうりたかちか》の耳にもはいり、一平父子は報奨されることになった。

政情は乱れていた。

天保《てんぽう》の大飢饉《だいききん》以来、幕府の失政はつづき、急速に統率力をなくしていった。鎖国令さえ名ばかりとなり、諸外国の船が沿岸を航行して、開国通商を幕閣に迫っていた。

機をとらえ、長州藩はひそかに軍事力を増強しはじめた。

遠く二百数十年前。慶長《けいちょう》五（一六〇〇）年の初秋、西軍に加担した毛利氏は関《せき》ケ原《はら》合戦に敗れ、その領地のほとんどを没収されて、周防・長門の二国に押しこめられてしまった。

〈徳川《とくがわ》幕府討伐――〉

毛利氏にとって、武力倒幕こそ子々孫々にわたる悲願であった。

禄《ろく》をうしない帰農した家臣の末裔《まつえい》たちも、防長《ぼうちょう》二国に多く雌伏《しふく》し、決起のときを待っている。女子供にいたるまで、〈徳川憎し〉の積怨《せきえん》が深くしみついていた。そんな折、周防佐波村の漁民父子の勇壮な鮫狩りは、藩論を一挙に倒幕にみちびく好事とみられた。

「凶暴な大鮫こそ徳川幕府であり、死をかけて仇討《かたきう》ちを決行した父子は、わが長州藩とも見ゆる。決死せねば、事は成らぬ」

藩主敬親は、そう言って側近上士《じょうし》たちの奮起をうながしたという。

父子への報奨は、破格なものであった。

支度金三十両。太刀《たち》二振り。苗字帯刀《みょうじたいとう》を許され、粗衣の漁民は毛利家恩顧の家臣に連なったのである。

「彼ら父子には、忠義の言葉をとくと吟味させよ」

敬親はそれだけを述べた。近臣として登用する気などなかった。また、その出自が佐波海人《かいじん》ゆえ拝領地もなく、年に拾九石壱斗《じゆうきゆうこくいつと》の御扶持《おふち》だけを受ける身となった。

人食い鮫をほふって以来、一平父子を見る村人の目がいっそう険しくなった。狂気の父子に臓腑《ぞうふ》を焼かれ、魔界へ逝った海神の祟《たた》りを恐れたのである。

「いずれ、とてつもない災厄がくるでよ」

現に、ホホジロの遺体が浜辺にうち上げられた三日後、周防灘沿岸を烈震がおそった。浜近くの佐波神社が倒壊し、老神主までが家屋の下敷きとなって落命した。

村人たちは凶事の前兆と信じこんだ。惨死した海神の怒りを鎮めるには、ホホジロの胎内より生まれおちた観音像を、佐波神社に祀《まつ》るほかはない。観世音は、大慈大悲《だいじだいひ》をもって衆生《しゆじよう》を救済する菩薩《ぼさつ》であった。

その尊い菩薩像を、海神に手を下した父子が私有していれば、さらなる災厄をまねく。村長《むらおさ》の徳爺が村人を引きつれて談判におもむいた。

だが、一平は決して手放さなかった。

「この慈母観音はわが妻であり、直人の母である――」

だから、他者には渡せぬと真顔で申し述べた。

日ごろ激昂《げつこう》しやすい一平が、血の気の失せた貌《かお》におだやかな笑みさえ浮かべ粛然と語った。大挙して押しかけた村人たちは、呆気《あつけ》にとられた。

「利き腕まで鮫にもがれ、いかれちょるでよ」

徳爺はそう判断し、隻腕《せきわん》となった漁夫をいたわしげに見つめた。

半死半生の床で、一平は小さな観音像とむつまじく添い寝していた。

とても正気とは思えなかった。三年ごしに妻の復讐《ふくしゅう》を果たした漁夫は、菩薩の大慈悲によって安らぎの冥界《めいかい》をさまよっているかに見えた。

深追いすると危険だった。

これ以上踏みこめば、父子の凶夢を呼びさますかも知れない。鮫殺しの大銛《おおもり》が、いつ村人にむけられるともかぎらないのだ。ホホジロの狂気がのりうつった父子には、人を超えた精気がみなぎっている。

「怒らすと何をせるかわからんけぇな」

今は引きさがって、一平の心身の恢復《かいふく》を待つしかなかった。

だが、偏狭な父子は老神主の葬儀にも姿を見せなかった。そして初七日もすまない喪中に、一平父子のみが異例の出世をとげたのである。

「あん父子は、まるで死肉を食らう鮫のようじゃ」

佐波村の者は憎しみをつのらせた。

が、藩主は世情の機微など知らない。

重傷を負った一平の身を案じて、萩から藩医の久坂玄瑞《くさかげんずい》を使者の一員として差し遣わせた。

　久坂家は、二十五石どりの御典医である。代々漢方の医方をもって、毛利家に仕えてきた。次男の義助《ぎすけ》は、元服後すぐに玄瑞と名をあらため、わずか十三歳で家督をついだ。すでに両親はなく、親代わりであった長兄の玄機《げんき》が腹膜炎で急死したため、久坂家の当主となっていた。

　玄瑞は、漢方医らしく頭を青々と剃《そ》っている。

　端整な顔立ちで、両頰にはまだほのかな赤みさえ残っている。丸坊主なので、いっそう愛らしく見えた。藩医といっても、まだ十七歳の少年である。

　だが、肝は大人《おとな》以上にすわっていた。

「えろう膿《う》んで毒がからだにまわっちょる。焼きを入れるしかないです」

　一平の膿んだ右肘《みぎひじ》の患部を、手早く焼き鏝《ごて》で断ちきった。

　そばにいた直人は、さすがに目をそらした。けれども玄瑞は顔色をかえず、ただれた肘を焼酎《しょうちゅう》で消毒し、膏薬《こうやく》をぬって白い木綿布をまきつけた。剛毅《ごうき》な一平は、歯をくいしばって激痛に耐えていた。

　萩の城下町で育った玄瑞には、生来の気高さがあった。白面で目元涼しく、あごが形よくとがっている。まさに高麗《こうらい》貴族の顔貌《がんぼう》であった。大内《おおうち》家から毛利家に至る西国大名の血脈にも、古く渡来人の貴相が綿々と流れているという。

長州は、周防と長門の防長二国に分かれ、顔立ちも気風もまるでちがっている。概して長門人は知略にすぐれ、弁もたつ。瀬戸内の豊かな海に安住する周防の民は、歴代にわたって長門の差配下にあった。

少年医の荒療治は功を奏した。父の命脈は保たれたようだ。直人は安堵して、家の裏庭で井戸水をくみあげた。

木桶《きおけ》に水を流しこんでいると、背後に人の気配を感じとった。密《ひそ》やかで、どこか獣めいた足運びである。

「だれかいね」

直人は、ふりかえらずに言った。

「すまん。鮫を殺した男の身ごなしがみたかったんじゃ」

すり足で横手にまわりこんだ若者が、卑しい笑みをむけてきた。

見知らぬ顔だった。藩医の久坂に同行してきた槍持《やりも》ちの中間《ちゅうげん》らしい。ねじけきった性根が、その深い眼窩《がんか》にこもっている。

くすんだ老け顔である。だが、間近で見ると意外に若い。狷介《けんかい》な槍持ちは同年配の若輩であった。直人はぶっきらぼうに応《こた》えた。

「わしゃ、ただの漁師のせがれじゃ」

「ちがう、今日からは苗字帯刀の御身分じゃろうが」

「それがどねぇちゅうンか」

「おれなんか、いつまでたっても萩の卒族から這《は》いあがれん」

卒族とは足軽以下の職分で、武士と小者との間を行き交う雑用係であった。渡り中間に明日という日はない。彼の目元に漂う卑しさは、烈しい出世欲からくるものらしい。

「お主《んし》ゃ横道《おうどう》なのう。自分の名ぐらい名乗れぇや」

「狂介《きょうすけ》、山県《やまがた》狂介じゃ」

「おぼえとこう。萩の卒族、山県狂介」

「いずれ動乱の世がくる。おれも槍をもって世に立つけぇ。攘夷《じょうい》をすりゃ金になる、これでも宝蔵院《ほうぞういん》流《りゅう》の目録を得ちょる」

「死闘になりゃ、そんな目録なんか役に立ちゃせんで」

「言うたな！　コン外道ッ」

長州の男児は負けん気がつよい。怒りにかられ、二人の両目が同時に吊《つ》りあがった。

そのとき、診療をおえた玄瑞が駆け足で分けて入った。

「やめちょけ、狂介。他家で不埒《ふらち》なふるまいはゆるさん」

「すまんでした、久坂さん」

狂介は鼻白み、さっと背をむけて裏庭の木戸から姿を消した。

「やれんでよ、みんな血の気が多うて」

玄瑞は快活に言い、患者の血で染まった両手を木桶の水で洗った。そして、ちろっと井戸水をなめて笑いかけてきた。

「ごっぽう塩っからいのう」

気おくれして、直人は目を伏せた。

「海が近いけぇね」

「瀬戸内の海はあったかいちゃ。風物ものどかじゃし、ええ暮らしをしとる」

「萩の海はちがうソですか」

「波高しィね。城下をとりまく時代の潮流も烈しい。今、長州はその真《ま》っ只中《ただなか》にある」

「何も知らんちゃ。わしゃ、字も読めんし、まだこん村から一度も出たことがないで」

秀麗な顔に似合わず、玄瑞の情感は熱い。ぐっと近寄って、自身の濡《ぬ》れた両手を直人の拳《こぶし》に重ねあわせた。

「鮫狩りの噂《うわさ》は聞いちょる。直人、お主《ん》《し》ゃは長州男児の誉れぞ」

「そげなこと……」

「のう、今日から朋輩《ほうばい》として付きおうちゃってくれ」

「わしゃ、無学ですけぇ」

赤面し、直人は手をひっこめた。

「男は一目でわかりあえるちゃ。これからの日本には強い力が必要なんじゃ。夷狄《いてき》の軍船が沿岸に出没して、神国を土足でふみにじろうとしちょる。すでに呂宋《ルソン》も支那《しな》も彼らに蹂躙《じゅうりん》されとる」

「なぜ夷狄と戦わんのですか?」

「その意気ぞ、直人。今こそ、われら若者がそろって決死せねば、日出《ひい》づる国も闇《やみ》におおわれよう」

「歳《とし》もたいしてちがわんのに、久坂さんはどこでそげな知識を」

「長州にはのう、吉田松陰《よしだしょういん》ちゅう救国の志士がおられる」

「吉田松陰——」

初めて聞く名前だった。

漁村の少年は世事にうとい。倒幕をめざす長州藩の深意も、西洋列国のアジア侵略も知らない。ただ、神国を土足で汚そうとする輩《やから》には烈しい怒りを覚えた。

玄瑞が、直人の目をみて諭した。

「先生の教えはのう、志士は死士たりじゃ。一身をすて、国と天子さまを護《まも》りぬけと」

「そうですちゃ。京の御所におられる大君こそ、万物の根源ですけぇ。そんことは神代の昔から決まっちょります」

直人は、ただひとつの思いを口にだした。海に生きる漁撈民《ぎょろうみん》は、日輪の輝きだけを信じて生きている。天照大神から伝わる天皇家こそ光の源だった。ほかの思案など持ちあわせがない。

「よう言うた！」

父の烈声が縁側から聞こえた。

障子がひらき、包帯を右手に巻いた一平が目をうるませて立ちあらわれた。

「よく聞け、直人。ただいまより、われら父子は毛利家恩顧の臣ぞ。お上に忠義をつくす赤子ぞ。その苗字を決めたけぇな」

一平が左手で差し示した白紙には、墨くろぐろと〈神代〉としるされてあった。

達意の二文字は、使者の藩士が代筆したものらしい。〈神代〉の名は、天照大神を奉ずる一平が、天皇家の万世一系を願ってつけたものにちがいない。

識字できない直人にかわって、そばの玄瑞が問いかけた。

「読みは、カミヨですか」

「いや、われら父子を何処《いずこ》かへと導く海神、ホホジロにちなんで、コホジロと読みますけぇ。今日より瀬戸の撈《すなど》りは海を離れ、毛利の忠臣として、神代一平《コホジロイッペイ》、神代直人《コホジロナオト》と名乗りよります」

一平の目が狂信的に光った。

海を捨てた隻腕の漁夫に、より根深い憑《つ》きものが宿ったらしい。

「神代直人《こうじろなおと》か。強うて勇猛な名じゃ。お主《ぬし》やには大鮫の霊気がこもっちょるでよ」

玄瑞は愉快げに笑い、直人の肩をかるくゆすった。

空の色がちがっていた。

山里の空は森林や田畑を映して、濃く緑がかっている。海と同質の、抜けるような青空は浜辺でしか見られないらしい。吹く風もちがっていた。身体に重く、肌を芯《しん》まで冷やす。

(遥《はる》か遠くに来た)

直人は吐息する。移り住んだ山麓《さんろく》の古家の軒先で父の帰りを待つ身であった。堆肥《たいひ》の臭《にお》いが鼻をつく。

農耕は、海人の感覚にそぐわない。肥料の臭いが甘たるく、胸焼けがする。直人は、吹きっさらしの潮風が懐かしかった。

漁村を離れ、台道村《だいどうむら》に移ってすでに一月《ひとつき》が経《た》った。海で育った少年には、晩秋の山村は重苦しい。樹林の緑も心を癒《いや》してはくれなかった。

(陸とは、海の果てるところなのだ――)

しかも奥深い。今となれば、生活のすべてだった佐波村も小さな僻地《へきち》にすぎなかったことがわかる。

無知蒙昧《もうまい》な野性の少年にも、自身の在する長州の全体像がおぼろげに見えてきた。

本州の西端にある長州は、日本海と瀬戸内海に包まれ、出入りの多い楕円形《だえんけい》の海岸線をもっている。好漁場が多く、塩田開発も盛んだった。突端の下ノ関港《しものせきこう》は海の要衝である。海産物を運ぶ北前船《きたまえぶね》がたえず寄港して、藩の財政をうるおしていた。

中央部にある山口盆地《やまぐちぼんち》は、室町幕府のときに守護大名大内氏が居館と町並みを造成し、ながく繁栄を誇っていた。

京を模した大通りは、碁盤の目状に四方へのび、多くの公卿《くぎょう》や武将なども応仁《おうにん》の乱《らん》をのがれて来訪した。最新の文化や軍備を導入したがる国柄は、そのころに下地がつくられたのかも知れない。

やがて大内家が滅び、毛利氏が長州を統治するようになっても、そうした先取りの気風は変わっていない。毛利敬親が、漁村の父子を家臣にとり立てたのも、佐波海湾の塩田開発が腹案としてあったからだ。敬親は天保八（一八三七）年四月に藩主となり、疲弊した財政をたてなおすために、改革派の村田清風《むらたせいふう》を抜擢《ばってき》した。

藩政刷新をまかされた村田清風は、知行四十一石どりの中級家臣にすぎなかった。

父の光賢《みつまさ》は大島《おおしま》代官として善政をしき、民心に通じていた。嫡男として生まれた亀之助《かめのすけ》は、十四歳で藩校明倫館《めいりんかん》に入り、官吏としての英才教育をうけた。めきめきと頭角をあらわし、手廻組《てまわりぐみ》から用所右筆役《ようしょゆうひつやく》となり、表番頭格にまでのぼりつめた。その過程で、腐敗しきった藩政に見切りをつけた。

「このままでは長州は滅びる」

人の名には言霊《ことだま》がやどるという。のろまな亀之助の幼名のままでは改革は遅々として進まない。彼は名を〈清風〉と一新し、清冽《せいれつ》な風を長州に吹きこもうと祈願した。

藩の負債は、途方もない額だった。借銀が八万五百貫匁《かんめ》もあり、その利子を支払う財力もなかった。財政改革にのりだした清風は、従来からの商業利権を撤廃した。さらに藩の専売として綿や銀などの口銭を取得し、藩外の流通経済まで握った。

また、農政をととのえて石高をふやし、塩田開発にも熱心だった。漁村の実力者たちを海湾埋め立ての頭取に任命して、漁民たちを懐柔した。

「瀬戸内の塩は金蔵をうるおす。大鮫退治の武勇伝を利用せぬ手はない」

村田清風は、藩主の思いつきを後押しした。

漁民上がりの父子は、長州藩から捨て扶持をもらう身分となった。無役だが、いずれ佐波川の河口に塩田を広げる際、一平父子は役立つとの底意が重臣たちにはあった。

〈奸臣《かんしん》を闇に葬るべし!〉

守旧派の反撃にあって、村田清風は数年で失脚した。急激な藩政改革で多くの敵をつくったらしい。

だが、清風のおかげで長州藩の財政は立ち直っていた。萩城の金蔵は黄金色にうるおい、倒幕のための軍船や最新銃を次々と買い備えた。今や諸藩のなかで、長州はずばぬけた経済力をもっていた。その軍事力も徳川家に匹敵するほどだった。

晩秋の日暮れは早い。

暗い山影が古屋の背から流れ落ちてきた。落陽のなかに、畔道《あぜみち》をたどる隻腕の男の姿があった。近くの鋳銭司村《すぜんじむら》に百姓医が居て、一平は患部の消毒をしに行った。噂では、百姓医のせがれ蔵六《ぞうろく》は、大坂《おおさか》に出て緒方洪庵《おがたこうあん》塾《じゆく》に入門し、蘭学と医学を修めたという。百姓医ながら、〈村田《むらた》〉という仮姓を有していた。その村田蔵六が老母の病気見舞いに一時帰郷して、村人たちの治療も行なっているらしい。

父のうしろに、才槌《さいづち》頭《あたま》の大男が見えた。

異相であった。ひたいと後頭部が軒のように張りだしている。常人の二倍ほども頭蓋《ずがい》の容量がある。痩《や》せているが上背も六尺近い。するどい吊り目で、眉毛《まゆげ》の先がぴんと伸び、口はへの字を描いていた。

一平は、めずらしく上機嫌だった。玄関先で、同行の大男を直人に引き合わせた。

「鋳銭司村の若先生じゃ。わざわざ同行してくれてのう。お主《んし》ゃからも、蔵六さァに礼を言え」

「お世話をかけましたのんた」

直人は、ぺこりと頭をさげた。

「父君が貧血ぎみなので、付きそっただけです」

にべもない返事だった。けれども剛直な一平とは波長が合うらしい。

「若先生、御実家に滞在の間だけでも、直人に読み書きを教えてもらえんですか」

「いいですよ。三日あれば覚えられます」

「ほう、わずか三日で」

「勉学は集中力です。それに、あと三日しか村には居《お》れんのですよ。これより御子息を連れもどって寝食を共にし、三日後にお帰しいたします」

「で、教授料はいかほどじゃろうね」

「いりません。ただし三日の食い分は持参していただきたい。日に六合飯として、一升八合ほどを」

明快であった。蔵六の言葉には、一片の無駄もない。

「行け、直人」

一平もまた直截《ちょくせつ》である。せがれの気持ちなど構ってはいなかった。

「わしゃ、学問は苦手じゃけぇ」

「話はついちょる。腰に大刀まで差して、字も読めんままでは親子で嗤い者じゃ」

父子は、佐波村を三里離れた山里でくすぶっていた。毛利家の臣に取り立てられても、何一つ御奉公ができていない。識字できなければ、このまま一生を無役で過ごすことになる。軽輩の身分だが、文武を修めなければ、やはり漁師上がりだと侮《あなど》られてしまう。

自らが望んだ身分ではなかった。ホホジロの霊気がみちびいた宿縁《さだめ》であった。しかし、おめおめと藩の捨て扶持にすがることは、佐波海人としての誇りがゆるさなかった。

直人はこれまで一度も書物を読んだことがない。空をながめ、海に潜って、のびやかなときを過ごしてきた。

無垢《むく》な自然児である。

三日で読み書きができるとは、到底思えなかった。だが、頑迷な父にはさからえない。指図に従うしかなかった。

「重いじゃろうが、これをな」

加代婆《かよばあ》が、多めに三升ほどの米を巾着袋《きんちゃくぶくろ》につめてくれた。

「すまんのう、婆ちゃん」

「しっかり学ぶンじゃで。いつもお天道《てんと》さんが見守ってくれちょるでな」

「できるかな、わしに」

「直人ならできるィね。なんちゅうても強いさちよの子じゃもん」

白濁した両の瞳《ひとみ》で、加代婆はやさしげに見つめていた。目を病んでいるが、身体は丈夫で家事も難なくこなせる。

加代は母方の祖母である。五十歳になるまで海に潜り、あわび採りに励んでいた。娘のさちよに、古来の潜り漁を伝授したのも加代であった。

海女《あま》には眼病という業苦がつきまとう。積年にわたって潜り漁をしていると、水圧と濃い塩分にさらされ、しだいに網膜が剝《は》がれ落ちていく。

稼ぎのいい海女稼業は、十五年が限度だった。大時化《おおしけ》で亭主を亡くした加代は、残された一人娘のさちよを育てるため、網膜が剝離《はくり》するまで潜りつづけた。

「目の悪いお婆を残しちゃ行けん」

離村の折、一平は加代の身柄をひきとって亡き妻への義理立てをした。

台道から鋳銭司村へは半里である。暮れ落ちた山道を、蔵六は速歩《はやあし》で行く。旅なれた足運びだった。

直人は大きな巾着袋を背にかかえ、二、三歩うしろをついていった。

「三升では多すぎるし、重すぎるな」

途中でふりかえった蔵六が、ふと気づいたように言った。しかし、荷を分担してやろうとは思わないらしい。

「軽いですけぇ」

反発するように言うと、蔵六はぶっきらぼうに応えた。

「からだは大人並みじゃな」

「そねぇなこと……」

直人は赤面する。まだ精神が未熟なことを指摘された気がした。若い蘭学者は、人の心の痛みには無頓着《むとんちゃく》のようだ。異人の文化を学ぶうちに、しめっぽい情緒を失ったかに見える。便宜を図ってくれるが、好意は示さなかった。

蔵六の身分は百姓である。祖父は貧農の三男で、田畑も持てない境遇だった。三田尻《みたじり》の漢方医宅に下男として働き、見様見真似《みようみまね》で医方を覚えた。代診もするようになり、やがて故郷の鋳銭司村にまいもどって、百姓医となった。父から子へと代はうつり、孫にあたる蔵六も医業を志した。

が、身分制度はきびしい。どれほどの秀才でも、百姓は藩校の明倫館には入れない。しかたなく、十九歳の蔵六は馬関海峡《ばかんかいきょう》を渡って豊後の広瀬淡窓《ひろせたんそう》の門をたたいた。淡窓は漢学の名匠であった。彼の高潔な詩は諸侯に持てはやされ、門人は江戸からも到来した。

詩文は熱い情念である。

冷静な蔵六の体質には合わない。ましてや詩では病は治らず、治療代も入ってこない。蔵六は在塾生活に見切りをつけ、豊後から大坂へとむかった。

「古い詩では飯は食えん、まもなく新たなる世がくる」

それは若者の直感であり、したたかな打算でもあった。

大坂の緒方洪庵塾には現世利益があった。蘭学を修めれば、百石どりの上士になることも夢ではなかった。西洋医学や兵学は、諸藩がもっとも欲する知識だった。オランダ語に習熟した者が、いち早く西洋列強の情報を入手できるのだ。

洪庵の主宰する適塾《てきじゆく》に入門した蔵六は、語学に没頭して洋書を読みあさった。

蔵六は、意外な発見をした。

蘭医学より、兵学のほうが性に合うのである。けれども、彼は刀さえ握ったことがなかった。

「直人くん、あんたは人を殺したことがありますか」

前を行く百姓医から、唐突な質問がふってきた。

蒼《あお》ざめた月光が、蔵六の慈姑頭《くわいあたま》を照らしている。総髪を後頭部に束ね、髪先は短く下げてある。そのさまが慈姑の芽に似ていた。村医者は、藩医とちがって月代《さかやき》を剃ることを許されなかった。

「そんな恐ろしげなこたァ、考えたこともないです」

「大鮫は倒せても、人は殺せぬと」

「心に思うだけで地獄に堕《お》ちるちゃ」

「わたしは幾人も殺してきた。とかく医者は診療《みたて》ちがいが多い」

「へたら、うちの親父《おやじ》の病状は」

「からだの血が薄うなっちょるが、心配はない。石菖蒲《せきしょうぶ》をのめば、傷の痛みも薄れて血の流れもよくなる」

直人は植物の名にうとい。石菖蒲の名を聞くのは初めてだった。

「そりゃ、莫大《ばくだい》高い薬草じゃろうね」

「石菖蒲は霊気の漂う清い沢にのみ生える。山口宮野上《みやのかみ》にある瑞陽禅寺《ずいようぜんじ》に行けば、和尚《おしょう》の洋昭《ようしょう》さまが無料で下されよう。一合五勺の水に五切れほどの石菖蒲を入れて、一合になるまで煮つめればよい」

「漢方薬ですか。若先生は蘭学医ときいちょりましたが」

「周防の病人には、周防の薬草が効く」

蔵六は妙な理屈を言った。そして、少し照れたような含み笑いをもらした。

言葉は冷徹だが、西洋かぶれの計算高い蘭学者ではないらしい。感情をあらわにするのが苦手な質《たち》のようだ。

直人は若い百姓医に好感を抱きはじめた。学識の差はあれ、その剛直さは父の一平と似通っている。

長沢池《ながさわいけ》を過ぎると、松林のむこうに村落が見えてきた。鋳銭司村は、その名称どおり天平《てんぴょう》時代に銅銭を鋳造していた司所《ししょ》であった。小さな銅山はすぐに掘りつくされ、鋳造場も廃墟《はいきょ》となった。そして、奈良朝の大仰な村名だけが丘陵地のなかで千年も生き永らえたのである。

一見すれば、何の変哲もないのどかな村落だった。けれども、海育ちの直人は古さびた司所に果てしない異様な気配を感じとっていた。やすらかな海鳴りの音もなく、山里には刻《とき》だけが際限もなくひろがって、どうもがいても過ぎ去りそうもなかった。

　そらおそろしい緩慢さである。

　海人の目からみれば、里人の心もどこか病んでいる。おびただしい平穏のなかで、笑みひとつない男たちの顔に無言の悶《もだ》えがまとわりついていた。

「自分で死ぬか、他人を殺すかでもせにゃ、こン山村からは抜けだせんのう――」

　移住時、父の一平も息苦しい人気《じんき》を察し、眉をひそめてつぶやいた。いちど、鋳銭司村の名士が神代家を訪ねてきたことがある。大楽源太郎《だいらくげんたろう》と名のる尊攘志士《そんじょうしし》だった。母方の実家が台道の大庄屋で、大楽も幼少時から鋳銭司村で育った。今では吉田松陰の知恵袋と自称し、村はずれの古寺で近在の男児らに夷狄誅滅《ちゅうめつ》の神国論を吹きこんでいるという。

　説教癖が身についていた。玄関口で応対する直人に、一方的に憂国の熱弁をふるった。無知な少年漁師はその一片も理解できなかった。識字能力のないことを知った大楽は、いまいましげに舌打ちをして踵《きびす》を返した。

「漢詩も読めんのでは志士の熱い心も伝わらん。鮫殺しの名につられ、とんだ道草じゃ」

　雄弁家の捨てぜりふは、直人の胸にぐさりと突き刺さった。偏狭で狂気じみた大楽の言動には、少年の心根を昂《たか》ぶらせる毒気がこもっていた。

「なんもわからんちゃ……」

直人は、また吐息する。

台道に移住して以来、それが悪癖となっていた。大鮫を倒すことに没頭していた数年は、まだしもおのれの影すら薄くなった気がする。大鮫を倒すことに没頭していた数年は、まだしも心の張りがあった。今、長州藩の軽輩として何をなすべきか見当もつかない。

わずかな拠《よ》り所《どころ》は、兄事する久坂玄瑞より聞かされた〈尊皇攘夷《そんのうじょうい》〉の四文字である。

同年齢で渡り中間の山県狂介も、やはり久坂に心酔していた。

直人は、同行の百姓医にくぐもった声でたずねた。

「若先生、教えちゃってください。攘夷をどねぇ思われます」

「外敵は撃ち払うべきです」

「勝てるじゃろうか。向こうは銃や大筒をもっとるし」

「日本刀で充分闘えます。たとえ緒戦で敗れても、列強には補給路がない。勝たずとも徹底抗戦して、侍の士魂を西洋諸国にみせねばなりません。鮫狩りと同じく、要は闘いぬく意志なのです」

思いがけぬ応えがもどってきた。

もちろん蔵六は侍ではない。理性を尊ぶ蘭学者であり、西洋におもねる立場にある。

それが、まるで大和魂《やまとだましい》の権化のごとく攘夷を説いていた。

直人は、道脇《みちわき》のススキの穂をむしった。

「若先生は、蘭学医にはならんのですか」

「いずれ長州もわたしを必要とするときがくるでしょう」

「なら、それまでは」

「書庫にこもって、たぬき寝入りでもしておきます」

急に歩みをとめ、大きな才槌頭がくるりと反転した。茫洋《ぼうよう》とした淡い目だった。


三日後、村田蔵六は鋳銭司村を去った。

大坂の緒方洪庵塾へ戻ったらしい。直人も台道の古家に帰宅し、倒れるようにして一昼夜ねむりこけた。

蘭学者の勉学法はすさまじい。三日三晩、一睡もせずに読み書きを習わされた。その上に算盤《そろばん》まで教えこまれた。何一つ理解できないまま三日が過ぎた。

疲れはてた直人は、実家で仮死児のごとく熟眠した。ふかい眠りのなか、一呼吸するたびに、いろは文字や無数の言葉が象形となって脳髄にズキズキと刻まれていく。

翌朝目ざめると、貰《もら》いうけた書物がすらすらと読み下せた。習ったことがすべて頭に入っていたのである。

勘が冴えわたっていた。

汚れのない真綿に、清水がしみこんだかのようだ。

「そげじゃったか！」

野外に出た直人は、思わず嘆賞した。

辺りが一変して見える。山も川も、花も虫も言霊として感じとれた。かたちのない光や風、人の心情さえもはっきりと認識できた。若い蘭学者の予言どおり、わずか三日で無知の暗い迷路から脱け出せた。

この世はすべて〈言葉〉で成り立っていた。

大自然の美しさも、人の醜さも表現のなかだけにあった。

鳥風が舞った。

澄んだ青空を、冬鳥たちが大きな羽音を立てて過ぎていく。夏鳥は群れをなさない。晩秋になると、樺太《からふと》渡りの雁《がん》たちは〈鳥風〉と呼ばれるほどに群がって飛来し、長沢池で越冬する。

「神代さまーッ」

甲高《かんだか》い女の声が間近に聞こえ、直人の物思いはとぎれた。

女がはだしで畔道を駆けてきた。前方を見やると、近くの切畑道に住む鍛冶屋《かじや》の老女であった。打《ぶ》たれたらしく、片目が青く腫《は》れていた。

「どねぇされました」

「助けてちゃってィね。実家に戻った娘を連れてかえるちゅうて、別れた亭主が鎌《かま》をもって乗りこんできたんよ」

「無茶しよるな、そン外道《げどう》」

「酒に酔うちょるけぇ、だれが止めてもきかん。納屋にたてこもり、娘の首に鎌を押し当てとるン。思うとおりにならんかったら心中すると」

「そねぇに言われても、わしにゃどうにもでけんですよ」

気がひけて、伏し目となった。今の直人には人の心の危うさが感じとれる。

老女も必死である。青痣《あおあざ》となった目を張りつめて言いつのった。

「直人さんならできますちゃ。皆からホホジロの化身じゃと噂されとるじゃないですか。それに帯刀も許された身でしょうが。台道村で分限帳に載っちょる御扶持方《おふちかた》は、神代さんとこだけなんじゃで」

痛いところをつかれた。

神代一平、神代直人の父子は、給地をもたない非知行取家臣である。しかし、海軍方《かいぐんかた》の中船頭《なかせんどう》という役名で御前分限帳に記載されていた。藩士以下の身分だが大刀を帯びている。住まい近くに難事があれば、これを見過ごすわけにはいかない。

しかし、父の一平は右腕の傷が癒《い》えていない。一人で対処するしかなかった。直人は使いなれていた。

軒端の板に打ちこんである手鉤《てかぎ》を払いとった。魚さばきのとがった手鉤は、大刀よりも
「行きますけぇ、わし一人で」

「加減はいらんで。逆ろうたら、手鉤を首に打《ぶ》ちこんじゃりや」

鍛冶屋の老女は、腹の底から凄《すご》みのある声をだした。

「いそがにゃ！」

直人は近道をして、稲刈りのすんだ田圃《たんぼ》を突っ切った。息ぎれした老女は、小川の縁
にへたりこんで動けない。

切畑道に出ると、鍛冶屋の裏地には人だかりがしていた。近在の百姓たちが、物見高
く納屋を遠巻きにしている。直人は顔見知りの男児に問いかけた。

「おいちゃ、鍛冶屋の娘は無事か」

「それがのう、ようわからんソじゃ。さっき通りすがりの坊さんが説得しに納屋に入っ
たンじゃが、それっきり出てこん」

「素手でかぃね」

「鎌で殺《や》られてしもうたかも知れんで」

「よしッ、わしが納屋に踏みこんじゃる！」

直人は身構えた。酔った百姓などに後れをとるとは思わない。それに手鉤は殺傷力が

つよい。棒先についた鋭い鉤は十貫ほどの積荷をひっかけて持ち上げることができた。また大型魚の頭部に打ち込んでとどめも刺せる。酔いどれ百姓の持つ稲刈り用の鎌に対して、互角以上に対抗できる武器だった。

直人は、手鉤をかまえて一歩踏みだした。

刹那《せつな》、立ちはだかるように、納屋の内から般若心 経《はんにゃしんぎょう》が唱えられた。

空不異色《くうふーいーしき》
色即是空《しきそくぜーくう》
空即是色《くうそくぜーしき》
受想行識《じゅーそうぎょうしき》

力のみなぎった経であった。

人の愚かさが胃腑《いのふ》にしみわたる。間をおかず、「喝ッ!」と烈声が響いた。納屋のまわりにいた村人たちも、一瞬身がすくむほどの大音声《だいおんじょう》だった。

納屋の戸があき、中柄な禅僧が一人で出てきた。落ちつきはらった物腰で、とても修羅場にいたとは思えない。湯上がりのように、さっぱりとした顔つきだった。

衣を木綿の黒帯で腰上げし、頭陀袋《ずだぶくろ》を胸にさげていた。網代笠《あじろがさ》を左手に持ち、禅僧はまっすぐ直人の前に歩んできた。

「神代直人じゃな」

「なぜ、わしのことを……」

圧倒され、直人の身体は水草のように揺らいだ。

「洋昭と申す。鋳銭司村の村田蔵六どのから書状がとどき、父君の治療にと石菖蒲を持ってはきたが。思わぬ道草を食ってのう」

「では、瑞陽禅寺の洋昭さまで」

「檀家《だんか》の者は、拳骨《げんこつ》和尚と呼びよるが」

握った右手が、小岩のように固く見える。凶器ともなりうる大きな拳であった。

「ほいなら、その拳骨で鎌を持った敵を」

「なんの、酔っ払いに喝を入れただけのことよ。血迷うた亭主は気をうしなって、女房どのに介抱されてござる。目ざむれば、互いの心も通っていよう。夫婦喧嘩《ふうふげんか》は犬も食わぬでな。さ、村の衆も家へと帰らっしゃい」

禅僧洋昭の言葉には、大らかな諧謔《かいぎゃく》があった。張りつめた空気はなごみ、近在の百姓たちは笑いざわめきながら畑仕事にもどっていった。

「あとで軒鉢《けんぱつ》にまいりますでな。米麦などの施し物もよろしくな」

抜け目なく喜捨《きしゃ》乞いの前ぶれをし、洋昭は合掌して村人を見送っていた。

直人は感嘆した。なにごとにも柔軟で、抹香くさくない。立ち居ふるまいに、武道家のようなめりはりがあった。

「ごっぽう強《つえ》ぇですね。素手で凶漢をとり押さえるちゃ」

「万里一空。心にて相手の底を撃ちぬいた。それよりも、そのするどい手鉤をしもうたらどうかね」

「すまんことです。和尚さまの前で」

「では、これを父君に」

洋昭は、大きな頭陀袋のなかから乾燥した石菖蒲をとりだした。

「手ずからちゃ、もったいないことでありますのんた」

手鉤を腰帯のうしろに差しこみ、直人は薬草を押しいただいた。

蔵六より、禅僧洋昭のことは聞かされている。

出家前の名は伊賀新太郎《いがしんたろう》と言い、生まれ在所の伊賀上野《いがうえの》で、藤堂《とうどう》家の兵法指南役をつとめていた。剣禅一致の道を極めるべく、三十路《みそじ》半ばで家禄を返上し、妻子とも離別して肥後《ひご》へ旅立ったという。

肥後には、二天一流《にてんいちりゅう》の正式相伝者がいた。剣聖宮本武蔵《みやもとむさし》は、史上最強の武術者として名高い。正保《しょうほう》二（一六四五）年、武蔵が死の床で書き遺《のこ》した「兵法三十五箇条」は、『五輪書』としてまとめられ、以後二百年間、門外不出の奥義書となっていた。

「ぜひとも武蔵の本文を目にしたい！」

その一念で俗世を捨てたのである。

しかし、『五輪書』は相伝者の子孫のみが閲覧できる秘本であった。伊賀新太郎は、一子相伝の寺尾《てらお》家の門をたたき、その下僕となって三年ほど奉公した。精勤ぶりをみとめられ、やっと秘伝書の写しをゆるされた。

まよひの雲の晴れたる所こそ
実の空としるべきなり
空を道とし、道を空と見る所なり

武蔵の境地は遥か彼方《かなた》にあった。

「われの及ぶところにあらず――」

新太郎は『五輪書』を通読し、つくづく自身の非力さを思い知らされた。

寺尾家を辞した彼は、京都の臨済宗南禅寺《りんざいしゆうなんぜんじ》の仏門に入り、名を洋昭とあらためた。

その後、西下して山口宮野上にある古刹《こさつ》瑞陽禅寺の復興につとめてきた。

少年はだれしも、説法より武術にあこがれる。二天一流の奥義を悟った禅僧を、直人はまぶしげに見つめた。

「和尚さま、わしゃ……」

「遠慮はいらん。言うてみなされ」

「剣を、そう、武蔵の剣を知りたい」

「よき面《つら》がまえじゃ。からだにも精気があふれちょる。精進すれば、今武蔵になれるやも知れんのう」

「なら、和尚さまのお弟子に」

「いや、独りで励め。『五輪書』の写しを貸してしんぜよう。太刀の下には地獄のみがある。不幸なことに、お主《ぬし》ゃは陸に上がった孤独な鮫ぞ。牙《きば》をむいて前へ進むほかない」

直人の身に巣くう殺気を鎮めるように、洋昭はかたく目をとじて合掌した。

三章　海賊城

朝焼けの空を、彩雲がひらめき去っていく。

東方の水平線が紅黄色《あかきいろ》にそまっている。夕焼けの翌日は晴天になるが、朝焼けの日は天候がすぐに下り坂となり、海も荒れる。それを見越しての船出だった。

直人は舟のへさきに頭をのせて、長々と寝そべっていた。帆柱の大ムシロが潮風をうけて凹《へこ》んでみえる。

風がやめば、ムシロ帆をはずし、父と二人で櫓《ろ》をこいだ。

「ええ舟じゃのう。潮の流れに負けよらん」

隻腕《せきわん》の一平は精気にあふれていた。濃い潮の匂《にお》いのなかで、海の男は漁撈《ぎょろう》に明け暮れた昔日に、しばし耽《ふけ》る風だった。佐波海湾を過ぎると、さえぎる物のない外海は白波が立ちさわぐ。

「ごっぽう揺れ具合がようて、ねむとうなってきた」

「寝ちょけ、直人。行きて戻れぬ船旅じゃけぇな」

一平は、左手いっぽんで楽々と櫓を操っている。

大鮫《おおざめ》に咬《か》み切られた右腕の先には、義手代わりに五寸ほどの手鉤《てかぎ》をはめていた。これなら櫓に鉤を打ちこんで、両腕でこぐこともできる。また、争乱の場においては鋭い武器ともなる代物《しろもの》であった。

奇っ怪な姿だが、一平は右腕をとりもどしたかのように、毎朝愛《いと》しげに手鉤を砥石《といし》で研《みが》きたてていた。

「シャッ、シャッ」と丹念に研きたてられていく手鉤は、偏狭でとがった一平の心根を反映しているかのようだった。

佐波村の船大工吾助《ごすけ》は、木材を紙細工のように使いこなせる。剣呑《けんのん》な義手も、造船の合間に彼が造ってくれたものだ。右腕にしっかりと塡《は》まった鋼鉄の手鉤によって、一平は海の勇者として甦《よみがえ》った。

「この右手さえありゃ、もういちど漁師仕事もこなせる」

「お父《と》ォ、無理しちゃいけんで」

「それに新造の船も〈大将船〉ちゃ縁起がええな。これなら瀬戸内海を渡り、豊後水道を突っ切って、伊予《いよ》の海賊城にも堂々と乗りこめらァや」

「ああ、火振島《ひぶりじま》の外道《げどう》らを叩《たた》き斬《き》っちゃる」

大太刀《おおだち》を抱き寝しながら、直人はねむたげに応《こた》えた。

村長《むらおさ》の徳爺の下知により新造された安宅船《あたけぶね》は、大将船とも呼ばれ、鎌倉政権期より海戦に用いられてきた。

諸藩の大名たちが所有する戦艦のほとんどは、この木造の安宅船であった。鋼鉄船を持っているのは、薩摩《さつま》や肥後など九州の数藩にすぎなかった。

直人たちの乗る大将船は、三分の一の縮尺で造られている。両舷《りょうげん》こぎで、十人は楽々と乗れる。もとの船体基準は、敷七十二尺、幅二十七尺、深十五尺の巨船で、片舷二十六の五十二人こぎである。

底板の竜骨が巨杉で一枚張りされていて横揺れにもつよい。風があるときはぶ厚い木綿帆を張って海路を進む。

「形は戦船《いくさぶね》じゃが、この大きさなら御禁制にふれることもないで」

吾助は、用途にあわせて中型舟に造り変えてくれた。頑丈で、速く、十人ほどが乗れる舟がぜひとも必要だった。それには漁撈用の反小舟や佐波舟では心もとない。

遠路、瀬戸内海を横断して伊予の敵島を襲うには、戦船を造るしかなかった。敵地の火振島には、佐波村から略奪された五人の花嫁たちが囚《とら》われているという。

台道の神代家に、徳爺が訪ねてきたのは三月前《みつき》のことだった。

佐波村の古老は、まず最初に村八分の非礼をわびた。そして頭を深く下げたまま、火振島の海賊にかどわかされた娘たちの奪還を一平父子に依頼した。

「村を出たあんたらに、今さら頼める筋合いじゃないがのう。佐波海人《かいじん》の誇りにかけて、娘らァを救いだしてくれんか。それに、わしのせがれの嫁になるはずじゃった美喜も、奴《やつ》らにかっさらわれてしもうとる」

「あの美喜が！」

思わず直人は片膝《かたひざ》を立てた。

「むごい話ですよ。三日後には嫁入りじゃったのにな。ほかの四人の娘のなかにゃ、まだ十三歳の女《めんた》もまじっちょう。今までのこたァあやまる。望むことは何でもするけぇ、わしらをたすけちゃってぇや」

略奪者は伊予の海賊である。恐るべき敵だった。ホホジロ鮫を倒した父子のほかに、花嫁奪還の荒事《あらごと》を成せる者はいない。虫のいい頼みごとである。だが、それは村人の総意だという。四年見ぬ間に村長はすっかり年老いていた。

直人もまた、変身をとげている。十七歳となり、漁村の童《わらべ》だったころの清新な面影はない。

十五歳の春に、内々に元服の儀式をすませていた。軽輩の身なので、烏帽子名《えぼしな》はつけず、前髪を剃《そ》りおとすことで成人の証《あかし》とした。すでに背丈は六尺近くあって、手足も野猿のように長い。

奥二重の両目は、いつも眠たげに細くとじられている。ときおりキラリとのぞく眼光は、深海に棲《す》む眠り鮫にも似て、人を畏怖《いふ》させる何かがあった。大股《おおまた》に歩く直人に出会うと、台道の村人はあわてて道をゆずった。

そのころ直人は、人知れず剣の修行に励んでいた。

（尊皇攘夷《そんのうじようい》を成すには力しかない――）

直人なりに、生きる指針を探っていた。

萩の久坂玄瑞からもときおり書状がとどき、時局について教示してくれている。朋輩《ほうばい》になろうと誓った言葉を、長州藩きっての論客は律儀に守りぬいた。親しい文面のなかで、渡《わた》り中間《ちゆうげん》の山県狂介についてもふれていた。

狂介は、兄事する久坂玄瑞の紹介で松下村塾《しようかそんじゆく》の末端につらなり、吉田松陰の門下生におさまっているという。

「槍《やり》をもって世に出る！」

そう広言していた険相な少年は、しっかりと世情を読んで、藩改革をめざす若手集団にもぐりこんだらしい。

狂介は塾の勉学においては最劣等だが、槍術《そうじゆつ》に長じているので、師松陰の護衛役を自任し、塾生たちにも一目置かれていた。比喩《ひゆ》好《ごの》みの久坂玄瑞は、面識のある直人と狂介を、書面のなかでことさら持ち上げ、同年齢の二人を競わせようとした。

〈貴君が孤独なる海の鮫ならば、かの狂介は群れをもって獲物を襲う狼《おおかみ》の頭《かしら》ともなれる人物であろう。それほどにかれの槍と舌鋒《ぜっぽう》はするどい〉

玄瑞への熱い友誼《ゆうぎ》をはさんで、山県狂介にむけた対抗意識から、無垢《むく》な直人はいっそう修練をつんだ。

「あげな出世欲の男に敗《ま》けやせん！」

覚えが早く、難技もやすやすとこなせた。幼いときから櫓をこいできたせいか、腰と腹筋がしぶとい。腰は〈月の要《かなめ》〉と書くとおり、人体の要所である。海育ちの直人は、天性の二枚腰であった。

すべて独学である。

剣術師範に支払う金がなく、瑞陽禅寺の和尚から借り受けた『五輪書』の写しを手本とした。直人は、地《ち》・水《すい》・火《か》・風《ふう》・空《くう》の五巻をむさぼり読んで、実技を試した。海と空だけを眺めてきた自然児は、恩師村田蔵六の狂気じみた勉学法で識字できるようになっていた。また、難字については、和尚の洋昭にじっくりと月日をかけて教わった。

〈振りかざす太刀の下こそ地獄なれ、一足進め先は極楽――〉

剣聖の訓戒を、浅学の直人は単純に読みとった。

恐れず、死地に一歩ふみこめば、たやすく敵を撃ち倒すことができるのだ。修羅の先にはふしぎな安息がある。

それは、直人の実感でもあった。死にゆく者と一体となるような奇妙な陶酔を、狂暴なホホジロに銛《もり》を打ちこんだ瞬間に味わっていた。

武蔵は自在であった。

大太刀にこだわらない。敵の人数や、場所などに合わせて最適の武器を使う。長剣をふるう佐々木小次郎《ささきこじろう》との決闘には、それよりも長い木剣で一撃のもとに頭蓋《ずがい》を断ち割った。また吉岡《よしおか》一門との闘いには、二刀をもって多数の敵と斬り結んだ。武蔵の基本技は、片手斬りであったらしい。

〈此《この》一流、二刀と名付くる事〉とあり、その章のなかほどに、〈刀、わき差しにおいては、いずれも片手にて持つ道具なり。太刀を両手にて持ちて悪《あ》しき事――〉とある。

元来、太刀は片手で使えるようにできている。初めは重くて扱いにくいが、きたえれば簡単に振りまわせる。

右手も左手も自由に使えれば、どんな修羅場でも優位に立てる。道場でならう剣術のように、一刀を両手で持つのは実戦では役立たないとまで武蔵は断じていた。

「できる！　わしならできる」

漁師上がりの直人は、自分の身体の特性に気づいた。意識せずとも、自在に両手が使いこなせた。

元来、漁師は両手遣いである。そうでないと漁がはかどらない。左手で櫓をこぎ、右手でヤスを放って魚を突くことなど、佐波村の男児ならだれでも為せた。

訓《おし》えにそって、直人は重い樫《かし》の木剣を両手にもって深夜に素振りをくりかえした。想念のなかに敵影を浮かべ、右に払い斬り、左で片手撃ちに振り下げた。

一年もせぬうちに、樫の木剣が軽くなりすぎた。武蔵は、〈太刀の道といふ事、はやく振るにあらず〉と注意している。見切りの正確さが大事なのだ。

それにしても武蔵は大きい。

夜ごと、直人は汗みどろの修練をかさねた。三里の山道を駆け走ったのちに、半刻《はんとき》ほど二刀の素振りをくりかえした。疲労が極みに達すると、漆黒《しっこく》の闇《やみ》のなか、剣尖《けんさき》のむこうに巌《いわお》のような巨軀《きょく》がおぼろげに浮かびあがってくる。

「武蔵か！」

烈《はげ》しい気圧に押され、斬りつけることもできない。闇を切り裂く刃唸《はうな》りを身に感じ、直人は朽ち木のように泥地に倒れ伏した。

ある夜、長沢池の畔《ほとり》を歩くうちに奇想にとり憑《つ》かれた。

（水こそ、わが生命の源——）

池中で鍛練すれば、水の抵抗により太刀の速度も制限されよう。迷わず直人は、ずぶずぶと長沢池の水中に没した。

幼児のころから、母の潜り漁を手伝ってきた。海人の血脈ゆえか、肺活量は里人の数倍はある。池底に潜った直人は、余裕をもって水中で二刀を抜き放った。

動きはゆるやかだが、流れるような太刀筋だった。

(剣の流儀とは、まさしく心の流れのことであったか)

大気の重圧からときはなたれ、逆にかろやかな浮遊感があった。水流のごとくなめらかで、二刀の剣尖がどこまでも伸びていく。

自在に動けた。左右に握った大刀小刀も、すでに重量感を失って両腕に同化していた。速く太刀技を遣おうとすれば、かえって水圧に塞《せ》きとめられてしまう。逆らわず、力みをなくして、ズンッと剣尖を振りぬかなくてはならない。

また水中では、左右前後だけでなく、上下の動きもたやすくできる。直人は池底でクルリと回転し、一瞬の太刀筋で十文字を描ききった。

自身でも予期しなかった無心の変化撃《へんげう》ちである。

(天真を得た!)

直人は歓喜した。母の羊水のなかで浮遊する胎児のように、水中の直人はふかい安らぎを覚えていた。

「おいッ、起きィや直人。二人でこがにゃ、豊後水道の潮流はのりきれんでよ」

父の一平に手荒く肩をゆさぶられた。直人は目をこすりながら、むっくりと船中に起きあがる。

「ごっぽう風がつよまったのう」

空は曇り、夏雲が烈しく西へ流れていく。高波が船の両舷を叩き、砕け散っていた。

直人は右舷の櫓をにぎり、腰に力をこめて操った。櫓は腕力でこぐのではない。腰の揺れに合わせてなめらかにこぐのだ。

「やっぱお父ォの言うとおりじゃ、えろう時化《しけ》てきたな」

「朝焼けのあとにゃ嵐《あらし》が来る。昔からの決まりごとでよ」

「天運はむいてきちょる」

「どうじゃろうかのう。敵地に着く前に船が沈まにゃええが」

一平が、白い歯を見せて高笑いした。

久方ぶりにみる父の笑顔だった。大いなる海は、頑迷な男やもめの心も癒《いや》してくれるようだ。

嵐の日に狙《ねら》いをしぼったのは、一平父子の戦略だった。ひそかに敵の海域に侵入するには、大時化の夜を選ぶしかなかった。

めざす火振島は周防灘の彼方《かなた》にある。

遠く瀬戸内を渡り、伊予灘の佐田岬《さだみさき》をこえた宇和海《うわかい》に浮かぶ孤島だった。豊後水道の烈しい潮流にけずられて、島形は鋭利な両刃の刀身のように細長くとがっている。

〈彼方で火を振る島――〉

それが島名になったという。昔、島の高処にはいつも篝火《かがりび》が焚《た》かれ、夜走る舟の灯台代わりとなっていた。

火振島には血ぬられた歴史があった。

平安中期。四国の伊予に住む藤原純友《ふじわらのすみとも》という豪族が、南海・西海・山陽の海賊たちを結集して、その頭領となった。そして航行する船の官財私物を奪い、瀬戸内の港をも襲った。世に知られる〈承平天慶《しょうへいてんぎょう》の乱〉である。

ついには讃岐《さぬき》の国府にまで攻め込んで、美姫たちをさらい、放火、略奪のかぎりを尽くした。藤原純友は、時の平安王朝に敢然と反抗したのである。西日本の制海権は、完全に伊予海賊の手中にあった。

「瀬戸内は、わが庭先ぞ」

純友は豪語し、波荒い火振島に千隻もの海賊船をあつめ、合図の火を振って手ぎわよく出動命令を発していた。

島の台地に築かれた海賊城には、収奪した金銀財宝のほかに、諸国の美姫たちが囚われていたという。

〈火振島にて、藤原純友徒党を集め、賊徒勢揃《せいぞろ》いの事――〉

瀬戸内の反逆者の猛威が、『陰徳太平記《いんとくたいへいき》』にも詳細に述べられている。ついに純友の勢力権は太宰府《だざいふ》にまでおよんだ。このまま座視すれば京の都も危機に陥る。

〈逆賊純友を誅《ちゅう》すべし！〉

時の帝《みかど》より勅令が下った。

小野好古《おののよしふる》を山陽道追捕使《ついぶし》に任じ、鎮圧の軍勢をさしむけた。瀬戸内の海人たちも団結して、純友征伐の軍船を繰りだした。

とくに佐波海人は勇猛だった。博多湾《はかたわん》にまで遠征した彼らは、大銛を打ちこんで純友の座乗する旗船を航行不能にし、火矢を放って炎上させた。

からくも純友は伊予に脱出した。が、その天運はとうに尽きていた。六月中旬に追捕され、日をおかず獄中で悶死《もんし》した。その凄《すさ》まじい最期を『陰徳太平記』はこう締めくくっている。

〈炎暑身を焦がし、流るる汗傷口にしみて痛み激しく、純友堪え難き声を発して叫びけるが、ついにその早暁、叫び死にす――〉

天慶四（九四一）年、六月二十九日の朝であった。

それ以後、火振島において六月は忌月とされた。頭領の純友が誅された後、忌まわしい島には数十人の漁民が住むだけとなった。

海賊に囚われた美姫たちの怨念《おんねん》により、火振島に生まれる赤子は、十人中九人までが男児だった。いつしか、〈男島〉の別名が広まった。

〈逆徒と呼ばれ、さらには子孫の命脈も絶えるのか〉

祖先の犯した因果により、永く島の男たちは女ひでりに苦しむことになったという。

だが、千年の歳月をおいて、ふたたび猛《たけ》る血潮が甦ったらしい。伊予海賊の末裔《まつえい》たちは、豊予《ほうよ》海峡《かいきょう》を突っ切って、純友の仇《かたき》ともいえる佐波海人の村へと来襲し、娘たちをさらっていったのだ。

「こねぇに海が荒れちゃ、西宇和《にしうわ》の漁師らも沖にゃでれんな」

船中の直人は必死に櫓をこいだ。

三角波がむくれ上がって見える。船の中棚にも波濤《はとう》がするどく嚙《か》みついてくる。しぶきがとんで、直人の顔面を濡《ぬ》らした。

「そこが狙い目じゃ。直人、もうこの海は奴らの領域ぞ。あれに見える佐田岬の難所をこえたら、岸壁に船をよせて昼飯にしよう」

「波も荒れりゃ胃も荒れよる。お父ォ、よう飯を食う気になれるちゃ」

「無理にでも詰めこんじょけよ。夜を徹しての闘いとなるけぇな」

「それにしてん、長い岬じゃね。こいでもこいでも突端が見えん」

佐田岬は、差しのばされた女の細腕のように、どこまでもなだらかに海岸線を描いていた。

「直人、櫓を休めるな！　もうじき豊予海峡の逆流を押し渡るど！」

「行くでよ、お父ォッ。力を入れすぎて大事な手鉤を海に落とさんようにな」

「なに言うちょるか。吾助どんの造った義手は丈夫にでけとるでよ」

左舷をうけもった一平は、櫓の持ち手部分にガシッと手鉤をうち込んだ。そして両手こぎで力強く船脚を早めた。

岬を左辺に旋回すると、海峡の白波が高くひるがえっていた。奔馬のような荒々しいうねりが船先に襲いかかってくる。

「すげぇのう。お父ォ！　まるで大滝のようじゃ」

「ええか、右舷はまかせたぞ。呼吸を合わせてこぎぬくけぇな」

「おもしれぇ！」

櫓をこぐと、海人たちの心は高揚する。

直人は両足をふんばって、腰から腕へ、腕から太い櫓へと動力を送りこむ。

疲れはない。底知れぬ海の精気が身体にしみわたり、力がみなぎっている。父子は吐く息吸う息を合わせてこぎぬいた。進む距離だけ、行く手から潮流が押し寄せてくれば、船は同じ位置にとどまることになる。

遥《はる》か南方よりうねり寄せる黒潮は、その支流が豊後水道に勢いよく流れこんでくる。

烈しい潮流は、四国の佐田岬と九州の地蔵崎《じぞうざき》が角つき合わすせまい豊予海峡に轟々《ごうごう》となだれ込み、危険な渦潮となるのだ。海人たちは〈速水《はやみ》の瀬戸〉と呼び、めったなことでは近づかない。

佐田岬の突端は潮がいりみだれている。父子の乗る安宅船は沖合に流された。さける間もなく巨大な渦中へ放《ほう》りこまれた。

「大渦巻じゃ！」

螺旋《らせん》状の水流が、グルグルと海底へ巻きこんでいる。直人は、大きく目を見ひらいて、轟音をたてる渦の中核を見やった。

そこには、果てしない暗黒だけがあった。

渦の中心に呑《の》み込まれれば、中型船などこっぱみじんに砕け散ってしまうだろう。

だが、左舷の父は表情もかえず櫓をこいでいる。潮焼けした面貌《めんぼう》には、海の男の誇りと余裕が感じとれた。

「まいったでよ、お父ォッ」

「心配いらん、まかせちょけ」

「じゃが、この大渦巻からどねぇして抜け出るな」

「螺旋状の渦にはのう、外に抜ける切れ目がある。その切れ目にむかって船をこぎ上がっていきゃ大渦をとび越せる」

「そねぇにうまくゆくかよ！」

「わしらの傍《そば》にゃさちよがついちょる。めったなことじゃ海では死なん」

一平は左手を懐に入れ、小さな慈母観音像を直人に拝ませた。ホホジロの胎内より生まれ落ちた観音像は、いつも慈しみの笑みを尊顔に刻んでいる。

（かならず母が守ってくれる）

直人は確信した。

わが子の身代わりとなって海中へ消えた母は、海の霊気となって荒ぶる大渦巻を鎮めてくれるはずだ。

一瞬、横波をうけて船体がズンッと跳ね上がった。一平の下知がとぶ。

「切れ目が見えた！　こげ、直人。こぎまくれッ」

「おう！」

直人の目にも、渦中から逆に切れ上がっていく白い水流が見えた。それは慈母のさしだす救いの手かとも思える。

必死でこいだ。

父子は、全身全霊を二丁の長い櫓に注ぎこむ。渦中の安宅船は波を切り、ぐんぐん急角度で上がっていく。

船先が天をむいていた。

白い水流にのった中型船は、胸ビレを広げた飛魚のごとく見事に跳躍し、大渦巻の上辺を勢いよくとび越えた。

「抜けた！」

右の手鉤を高々とかかげ、一平が快哉《かいさい》を叫ぶ。

「やったでよ！」

直人も、爽快《そうかい》な笑みを浮かべた。


佐田岬の背に廻《まわ》りこむと、潮流もゆるやかになる。

だが、沖合に渦巻く速水の瀬戸はさらに波が高くなっていた。暴風雨の前ぶれのような黒雲が、天空を覆いつくしている。

慎重に船を岬ぞいに進めた。そして内《うち》ノ浦《うら》と呼ばれる小さな避難港で、直人たちはおそい昼飯をとった。

「豪気じゃのう、ウニ飯とは」

「直人、たっぷり腹におさめちょけ。これがこの世の最後の飯になるかも知れんで」

「莫大《ばくだい》うめぇ！」

父の不吉な言葉など気にもとめず、直人はがつがつとむさぼり食った。たちまち二つめの三角むすびに食指をのばす。五合ほどの白米をとぎ、二十個分のウニをまぜて、薄いカツオだしで炊きあげてある。

ウニ特有の濃厚な香りと甘みが飯になじんで、たまらなく旨《うま》い。

漁師料理のウニ飯は、村長の徳爺が手ずから作ってくれたものだ。そのほか、佐波村の者たちは、一平父子の言うことは何でもかなえてくれた。

この三月《みつき》、これまでの敵意を押しかくし、村全体で助力を惜しまなかった。一平の注文どおりに戦船を造り、さまざまな武器も調達した。また、敵島の情報も各地の海人仲間を通じて仕入れてきた。それほどの下準備をしても、さらわれた花嫁たちを、遠い他領の海賊島から奪還してくるのは難事である。

果敢な行動力と綿密な計画、そして天運がなければ大任は果たせない。十中八九、行きては戻れぬ死出の旅となろう。

十七歳の直人には、それほど突き詰めた感情はない。三つめのウニ飯にかぶりつき、旺盛《おうせい》な食欲を満たすことに没頭していた。

「美喜はええおなごじゃ。神代家の嫁にふさわしい」

先に昼飯をすませた一平が、瓢簞《ひょうたん》内の煎《せん》じ薬《ぐすり》をがぶ飲みしながら、ふと思い出したように言った。

良薬は、瑞陽禅寺裏の清い沢に生える石菖蒲《せきしょうぶ》を煎じたものである。久しく服用すれば、痛感をやわらげ、身体を軽くする。おかげで一平の右腕の傷口はふさがり、衰えた体力も見ちがえるほど回復した。

船中で瓢簞が手渡しされた。直人も霊験ゆたかな滋養水をぐい飲みする。

「生きちょりゃええがのう」

「惚《ほ》れちょるソか、直人。女童《めわっぱ》のときから、美喜のことはわしもよう知っちょる。心もからだもたくましい生粋の佐波っ娘《こ》じゃ。どんなつらいときでも生きのびる性根をもっとる」

「ほうじゃな。女はみんな強いけぇ」

「きっと救いだして、お主《んし》ゃの思いをかなえちゃる」

初潮をみる十三歳になると、佐波村の娘たちは母親から赤い腰巻きを貰《もら》う。

そして、月のうち十日は浜辺の〈娘小屋〉で共同生活を送る決まり事があった。気の合う者同士が姉妹のちぎりを結び、嫁にいったあとも縁者として終生つき合うならわしだった。漁村の強固な共同体を維持していくための永い因習である。

それが裏目にでた。

若い海賊たちは、女ひでりの火振島から、豊後水道の烈しい潮流にのって、佐波海湾の奥深くまで襲来したのだ。

深夜に上陸した五人の海賊たちは、夜陰にまぎれて娘小屋に押し入った。物品の略奪が目的ではなかった。それぞれが気に入った娘を一人だけえらび、横抱きにして逃走していった。

騒ぎに気づいた村人が、疾風舟《はやてぶね》であとを追った。が、海賊は火器まで用意していた。火縄銃をぶっぱなし、七人の村人が鉛玉をあびて死傷したという。

戦船にのった敵は、逆賊〈藤原純友〉の末裔たちだった。獰猛《どうもう》な海の略奪者である。久しく漁撈になれた佐波海人が、とうてい太刀打ちできる相手ではなかった。

徳爺は村人の総意をうけて、三十両の報奨金を一平父子にさしだした。ほかに、二百町歩の塩田をゆずるとまで言った。

一平は、不快げに報奨金を突き返した。

「われら親子は、軽輩ながら毛利家恩顧の家臣じゃ。今は武士の心で生きちょります。金では動かんけぇ」

「なれば、何が望みじゃ」

問いかける村長に、一平は意外な申し出をした。

「お宅のせがれの嫁御となる美喜を、直人の嫁にゆずりうけたい」

「そねぇなこと！」

「ぜひともそうしてもらいたい」

真顔で話を詰める父の傍で、直人は目を伏せていた。

美喜との仲を、一平は知っていたらしい。美喜一人を救出するためにでも、直人には命を張るしがらみがあった。

年上の美喜は、女の肌のやさしさを初めておしえてくれた。その柔肌が、日夜海賊どもに汚されていると思うと怒りにふるえた。

「よかろう。惚れた女は金よりも価値があるけぇな」

破天荒な申し出を、徳爺は承諾した。

どうせ傷物となった許嫁《いいなずけ》である。それに美喜の生死も定かではない。何よりも村長としての立場がある。せがれには因果を含めたらしい。

六月の海は時化る。

暴風雨をみこんで、朝焼けの日に出帆したのは、それなりの理由があった。風雨が強まれば、海賊たちも火縄銃を発砲できない。

また、領海で敵船と遭遇することもなく、やすやすと火振島へ上陸できる。そして何よりも、さらわれた娘たちが一箇所に集まっていることが肝要だ。

火振島では、海将藤原純友の忌月、新妻たちは昼間は婿の家で過ごし、夕飯がすむと島の高台にある古い城跡に集まって、逆賊として奮死した藤原純友の霊を慰めると聞く。

花嫁たちの所在地がばらけていては、いちどきに全員を救いだせない。たとえ海が荒れようと、嵐が来ようと、決行するのは六月の間しかなかった。

「莫大吹き荒れてきたのう」

「行くか、お父ォッ」

「北西風じゃで。こん調子なら日暮れどきにゃ敵島につく。いったん闘いが始まりゃ何が起こるかわからん。闇夜で互いの連絡もとれんじゃろう。直人、心しちょけや」

「ますますおもしれぇ！」

風がさらに強い。ぱらぱらと小雨までふりだした。

一平は、内ノ浦の岩礁《がんしょう》につないでいた綱をとき放った。

「出帆じゃ、ムシロ帆を張れや」

「おうれッ」

「もっと吹きまくれ。間切《まぎ》りの走りで一気に進むけぇな」

「わかっちょう」

この風なら人力はいらない。

二丁の櫓を船中にいれて、畳十畳分ほどの大ムシロを張りつめた。烈しい北西風をうけて、大将船はグンッと発進する。

間切りの走りとは、逆風を巧みにあやつる鉤の字走法である。

北寄りの烈風をうけて斜めに進み、さっと帆を下ろす。すぐさま船首を西にむき変え、また帆をひらいて奔《はし》るのである。

走行距離は長くなるが、目的地に着く時刻はかえって早まる。二人は熱に浮かされたように、たえまなく帆を上げ下ろしして北西風を受けとめた。

帆船は風と一体になり、三崎灘《みさきなだ》から宇和海の沖へと奔っていく。船先に立った直人は大口をあけて笑った。

「早ぇ！　まるで疾風じゃ」

ムシロ帆が、びゅうびゅうと鳴っている。今にもちぎれ飛びそうだ。雨足も強まり、ずぶ濡れとなった着衣を父子はぬぎとった。元来、漁夫はふんどし一本の裸虫である。波しぶきが頭からふりかかってくる。

全身に海の精気をあびて、直人は心地《ここち》好かった。吹きまく風雨も自然の一部だと感じられる。何の恐れもない。

一平は、帆柱にガッシリと手鉤を打ちこんで仁王立ちしていた。

そして、父は荒海にむかって唐突に妻の名を呼んだ。

「さちよーッ、もどって来いやー！」

胸の奥からしぼりだすような絶叫だった。

深い悲哀は、まだ父の心から消え去ってはいなかったのだ。直人は帆柱に近寄って一平の背をなでた。

「落ちつきぃや、お父ォ」

「お主《んし》ゃにも見えるじゃろう。ほら、あの波間でさちよが楽しげに泳いじょる」

赤にごりの両眼は虚空を見すえていた。

一平は、陶然とした表情でしきりに左手をふっている。けれども、西宇和の沖海は風雨に煙っているばかりだった。

「わしにゃ見えんで」

直人は突き放すように言った。亡妻への想いにとらわれていては、このあとの荒事は成せない。

「そうか、何も見えんか……」

ふっと素面《しらふ》にもどって、一平は気落ちしたようにつぶやいた。


帆を下ろし、沖小島の入江で夜襲の刻《とき》を待つ。

一平の下調べは綿密だった。沖小島は無人島である。目的地の火振島から半里離れた絶好の海域にあった。

大時化は峠をこしたらしい。横なぐりの風雨も少しおさまってきている。

直人は、船べりに立って放尿した。

「冷えてきたのう」

「立派なもんじゃ、直人。戦《いくさ》を前にして、竿《さお》も玉もちぢこまっちゃおらん。これなら立派に嫁とりもできよる」

「よかった。もとのお父ォにもどっちょる」

ふんどしを締めなおしながら、直人は笑声をもらす。迷妄からさめ、一平は本来の剛直さをとりもどしていた。

「わしも歳《とし》じゃ。闘いのなかで倒れることもあるじゃろう。これを渡しちょく」

守り本尊の観音像は、直人にゆずられた。手でふれると温《ぬく》もりがある。父が肌身はなさず持っていた慈母観音を、直人はさらし木綿で腹部に巻きつけた。

「心強ぇな。母ちゃんが守ってくれらァや」

「それィや。漁夫のさらしは武士の鎧兜《よろいかぶと》ぞ。刀も鉄砲玉もはじき返しよる」

「海賊らァに負けやせんで。お父、親子三人で闘うンじゃけぇ」

「うれしいのう。われら神代《ホホジロ》は敗れず、ただ死にゆくのみ」

「わしゃ生きて帰るで。花嫁の美喜を連れてな」

「ほかの砦《とりで》とはちがう。島全体が要塞《ようさい》となった海賊城じゃ。瀬戸内の漁師仲間の噂《うわさ》によると、岩石落としの坂や槍狭間《やりはざま》が待ち構えとるらしい」

「かまやせん。ホホジロ鮫の嗅覚《きゆうかく》がありゃ、まっすぐ標的にぶちあたれるちゃ」

狙いは闇夜の上陸である。島民のすべてが敵であった。鮫の嗅覚と観音像の霊験がなければとても凌《しの》ぎきれまい。

それでなくとも、砦へとたどる道には、さまざまな罠《わな》が待ちうけている。めったなことでは他国者《よそもの》を寄せつけない。藤原純友の子孫たちは、千年にわたって逆賊の汚名をきせられてきたのだ。

〈火振島で綿々と生きぬき、血脈を絶やさぬことが純友さまへの鎮魂となろう——〉

潮流の荒い絶海の孤島で、かれらは幾世代も憤怒《ふんぬ》の血をたぎらせてきた。

日は暮れ落ちた。

ついに夜襲の刻がきた。沖小島の入江を出て、夕闇の荒海へと船をこぎだす。

黒ずんだ波が大将船をつつみこむ。外海は墨汁を流したように暗い。するどい船首で大波を切りさいて進む。

「島影が見えたぞ！」

佐波海人は夜目がきく。

一平などは、夜の海原を一里先まで見透せた。直人もまた、子供のころから夜釣りを手伝わされ、暗い荒海を見慣れていた。

「お父ォ、島の高地に矢倉も見えらァ。まさに海賊城じゃな」

「恐ろしげなかたちじゃのう。島全体を悪霊が覆っちょる」

暗くぶきみな島影だった。

小雨にけむる火振島は、刃を上に向けた大太刀のごとく海上に横たわっていた。

船帆を下ろし、用心深く櫓をこいで接近する。豊後水道の激流にけずりとられ、島の周囲は目もくらむ断崖《だんがい》絶壁になっている。

「大回りして侵入口をさがすけぇ」

「おう。伊予海人からゆずり受けた地図によれば、北の入江に舟着場があるはずじゃ」

海図に記されていたとおり、潮の流れの弱い北辺に船団の格納蔵が見えた。この備えなら風がきても兵船を失わずにすむ。島そのものが一つの巨大な城郭なのである。

「こりゃ手ごわいでよ。噂以上の造りじゃのう、手はずどおりにやらにゃならん」

一平の戦略にぬかりはない。

瀬戸内の海人仲間に助力をたのみ、三月《みつき》かけて周囲の海域や火振島の地理を調べあげていた。上陸地点は北辺入江の格納蔵しかなかった。

「直人、武器を点検しちょけ」

一平が、木樽《きだる》に差しこんだ短槍《たんそう》を左手で抜きとった。

直人も、武具入れの細長い皮袋を背にくくりつける。

「村の衆が大刀を三振りほど用意してくれよった。古い無銘刀じゃが、斬れあじはすげえぞ」

「刀は抜き身で持てや、直人。腰の鞘《さや》は動きの邪魔になるけぇな」

「わかっちょう。鹿皮《しかがわ》で大きな鞘袋を作ったソじゃ。これならいろんな武器も背にかつげるし、動き走るンも楽にでける」

「わしゃ左手しか使えんけぇ、短槍でいく」

「右の手鉤のほうがぶっそうじゃな。人の首ったまに打《ぶ》ちこみゃひとたまりもないでよ」

「敵を倒すは武士の習いじゃ。直人、ためらわずに殺せ！」

「そねぇする」

直人は、覚悟した。

刀をもって人を殺すのは生半可なことではない。心酔する武蔵の『五輪書』〈水之巻〉には、

〈千日の稽古《けいこ》を鍛とし、万日の稽古をもって錬とす――〉とある。

しかし、剣の奥義を極めるには、万日の鍛錬よりも、一度の実戦に挑むほうが理にかなっている。生死の間境《まざかい》を超えてこそ、武芸の極意も得られよう。

「そろそろ上陸じゃ。直人、はよう着替えて戦支度《いくさじたく》を」

「まるで闇夜のカラスじゃな」

二人は黒染めの木綿着を、油紙のなかからとりだして身につけた。黒装束はすっと闇に溶け、たがいの両眼だけが青白く光ってみえる。

直人は、鹿皮の鞘袋へ手斧《ておの》と大太刀を二振りほど抜き身のまま入れこんだ。そして右手には、筑紫長刀《ちくしなぎなた》を構え持った。通常の長刀とちがい、刃部に長い斧をつけたような独

特の造りこみである。

筑紫長刀は九州地域でのみ使われてきた。古くは、神功《じんぐう》皇后が新羅《しらぎ》遠征の折に、御神刀として手にしたとの伝説も残っている。

鎌倉期に、古造の長刀は〈薙刀《なぎなた》〉と名を変えて武士の主要武器となった。〈蒙古《もうこ》襲来〉の折、集団戦に慣れぬ武士たちは大らかに名乗りをあげ、単騎駆けをして敵陣に突っ込んだ。そしてたわいもなく多数の蒙古兵に討ちとられていった。

「奴らには戦人《いくさびと》の心根が通じぬ。争闘の仕方もちがう」

鎌倉武士も異国軍の集団作戦を学び、飛び道具や中間距離用の長い刀を使いはじめた。五尺ほどの長柄の先に刀身を塡《は》めこんだ薙刀である。反りが深く、遠心力を使って薙《な》ぎ払《はら》う。もし、多数の敵兵にかこまれても、一振りで薙ぎ倒すことができた。直人は、徳爺より筑紫長刀をゆずりうけた。遠く壇《だん》ノ浦《うら》の合戦の折、源氏方についた佐波海人たちが、平家の落武者からうばいとり、村長宅に永く秘蔵されてきた業物《わざもの》だった。

「お父、こりゃ斬れるで」

直人は、鮫脂《さめあぶら》を筑紫長刀の斧部分にたっぷりと塗りつけた。

薙刀特有の反りはなく、楔形鉄頭《くさびがたてつとう》が左右対称に突き出している。殺戮《さつりく》用の恐るべき形状だった。これなら兜《かぶと》ごと敵の頭蓋を断ち割ることもできよう。

異形《いぎょう》の父子であった。

一平の目が闇に光る。右手は手鉤状で、左手には短槍を握っていた。その姿は、一つの身体に漁夫と武士の魂がせめぎ合っているかに見える。

子の直人も奇異な姿だった。手斧と二振りの大太刀を背にかつぎ、伝説の筑紫長刀をかまえ持って船棚に立っていた。まるで悪鬼を蹴散《けち》らす紅蓮《ぐれん》の不動明王のごとくに映る。

北の入江は波静かだった。

急峻《きゅうしゅん》な岩山にかこまれた小さな軍港に人影はない。雨の夜なので、見張り矢倉に焚《たい》松《まつ》の灯も消えていた。

「直人、ゆっくり船を岸辺に寄せろ」

「五十艘《そう》はあるな。中型の戦船も三、四艘まじっちょる」

「手順どおり、追手のないように沈めとかにゃな」

「ほかの漁船はどねぇする」

「海賊ちゅうても、本業は漁師じゃ。舟がなけりゃ日乾《ひぼ》しになろうで。脚のおそい釣舟はほっちょいちゃれや」

それは、海の男の仁義であった。

入江の最深部に波よけの岸壁があり、四艘の戦船が太縄で数珠《じゅず》つなぎになっている。直人は筑紫長刀を置いて、鯨《くじら》殺《ごろ》しの大銛を両手に持った。

櫓は父にまかせてある。ゆるやかに旋回して戦船の横腹に迫った。銛をかまえ、敵船の中棚にねらいを定める。

「ええか直人、狙う的はあン船のどてっぱらじゃ」

「やすい、やすい。この近間なら目をつむっちょっても百発百中でィ」

相手は停泊中の戦船である。獰猛で動きの速いホホジロ鮫とちがって、狙いを外す心配はない。

「おりゃ！」

間近から銛を打ちこんだ。

バンッと破裂音がして、戦船の中棚に大穴があいた。まだ雨音がつよいので、遠くまでは聞こえまい。直人は綱をひっぱって銛をたぐりよせる。

「おう、見る見る沈みよる」

一平は、満足げにうなずいた。

喫水線《きっすいせん》の中棚に穴があくと浸水が早い。船の急所である。どんな大型船も片側の重心がくずれて、もろくも転覆沈没するのだ。

残り三艘の戦船も、直人は一発の銛打ちで沈めた。

「ええ腕じゃ。このまま侍になるにゃ惜しいのう」

「お父ォは、まだ漁師のままじゃな」

「めったにゃ人は変われん。こうしてお主《んし》ゃと力を合わせて荒海をのりこえると、もとの佐波海人に戻りとうなる」

一平は、ふっと遠くを見る目になった。

「心細げなこと言うなや」

「ほうじゃな、戦に弱気はきんもつじゃ。よしッ、上陸すっで」

岸壁に船を横づけして、すばやく纜《ともづな》を架けた。

一平の下知がとぶ。

「わしは間道《かんどう》をぬけて後方を攪乱《かくらん》する。多人数で攻めこんだようにみせるんじゃ。お主《んし》ゃは本道を突っ走って海賊城の砦を襲え。もし敵に出おうたら、容赦なく斬り殺せ」

「で、不首尾のときは――」

「心配無用。わしが手傷を負うたら、かまわず見捨てて進め。美喜だけでも救いだして、二人して佐波村へ還《かえ》るんじゃぞ」

「わかった、そうするけぇ」

直人は、こっくりとうなずいた。

意志堅固な父であった。いったん決めたら止めようもない。独り死にいそいでいるかにみえる。直人は、夜雨にぬれた目元を手の甲でぬぐった。

「冷たい雨じゃ」

「ごっぽう寒いのう。こん島にゃ、逆賊藤原純友のうらみがましい霊気がさまようちょるようじゃ」

「なんの。お父ォに出くわせば海賊らも逃げよる」

見た目にぶきみなのは、隻腕の一平自身であった。台道の里人たちも、殺気だった父子を〈死神〉と呼んで近寄ろうともしない。幼子にいたっては、一平を見ると悲鳴をあげて逃げだす始末だった。

「行くぞ。心しちょけ、海よりでかい海賊は出りゃせん」

妙な喩《たと》えを出して、直人を鼓舞した。

「おうさ、行けるとこまでいってみらァ」

直人は、筑紫長刀を脇《わき》にかかえて小走りに駆けだした。

港の三方は切り立った黄土である。平地は少なく、荷揚げの船蔵のほかに数戸の民家が建っているばかりだ。

この地は台風の通り道なので、土台に石垣を組んだ低い平屋になっていた。民家に灯《あか》りはなかった。暴風雨をさけて、島人たちは早くから寝入っているらしい。

「図面からすれば、この二股《ふたまた》道じゃ。左の小道をいくと寺町にでるはず。お主《んし》ゃはまっすぐ進んで海賊城へと抜けろ」

「気ィつけや、お父ォッ」

「死ぬなよ、直人」

言葉短く別れを告げ、父子はサッと二手に散った。

静まった夜道を行くと、防御用の空堀があった。泥地がぬめって歩きづらい。堀に架かった丸木橋を渡り、長刀を杖《つえ》の代わりにして急坂を登りきる。

直人は、一息ついて下方をふりかえった。闇を通して、一平が崖《がけ》っぷちの細いごろた道を、しっかりとした足運びで登っていくのが見える。

平地の少ない岩島なので、急勾配《きゅうこうばい》の黄土は段々畑として利用されているらしい。そばの畑を見ると、荒地でも育つ唐芋《からいも》の葉が生えていた。

火振島は完全に城塞《じょうさい》化していた。

高処に立つと、それがよくわかる。砦にいたる七曲がりの道には、各所に木柵《もくさく》が設けられていた。多勢に攻め入られても、分散させて討ちとることができる。

雨が上がった。

夢幻めいた月明かりのなかに、鬱蒼《うっそう》とした海賊城が浮かびあがる。直人はゾクッと身をふるわせた。

「そこに居《お》るんは、だれぞ！」

つよい霊気にとらわれ、筑紫長刀を左寄せの逆八双にかまえた。

武蔵は左利きであったという。直人は両手が利く。自ら工夫をこらし、変則的な左からの薙ぎ斬りを体得していた。

「気の迷いか……」

直人は深く吐息する。あたりに人影はなかった。どこか生ぐさい風が吹いている。父の言うとおり、怨念ただよう霊島であった。

道のむこうに土塁《どるい》が高々とうねっている。どうやら海賊城は全体を土盛りし、幾世代にわたって増築されてきたようだ。

元来、〈城〉という字は〈土が成る〉と書く。つまり城の根幹は土塁なのである。

油断なく土狭間《つちはざま》の道をいく。

火振島の戸数は二百余り。島民の数は三百人前後だとの情報を得ている。そのほとんどが、単身の男たちだった。

男島において、〈略奪婚〉は昔からの慣習となっていた。遠征して、花嫁を奪いとることが成人の儀式でもあるらしい。

木々の少ない荒地であった。田圃《たんぼ》も見当たらない。だが、港や村落の備えには充分に金をかけている。海将藤原純友の隠し財宝があるとかで、島民の暮らしぶりは本土の百姓よりも豪勢だと聞く。

七曲がりの道を抜けると、砦の出入りを堅くする虎口《ここう》前にでた。桝形《ますがた》の木柵が立ちはだかっている。ふいに土狭間の小穴から、間のびした声がかかった。

「こんな夜更けに、だれかいな」

呰の監視人の声調は眠たげだった。はるばると波濤を越え、花嫁たちを奪還しにきたとは夢想だにしていまい。

十七歳の少年には、まだ狡《ずる》さがない。不意打ちするにせよ、相手に一声かけるのが侍としての矜持《きょうじ》であろう。短く名乗った。

「直人。神代直人」

「どこの者ぞい」

「毛利家恩顧の臣じゃ」

沈黙が虎口前によどんだ。直人の眼光は殺気立ち、しだいに輝きを増していく。

それも一瞬だった。監視人の怒声と共に、土狭間から長槍がくりだされた。するどい穂尖が闇にキラッと光る。

「くらえ！」

「ゆるいでよッ」

直人は、見切りの技が身についている。かるく上半身をひねり、余裕をもって槍尖をかわした。そのまま流れにのり、長刀を大きくふりかぶって縦一文字に斬り下げた。

「死ねやーッ！」

凄まじい筑紫長刀の一撃が、黄土を塗り固めた土狭間をザックリと割り裂いた。楔形鉄頭がめりこみ、血しぶきが飛び散った。見やると、重い斧状の刃は、土塀ごと見張り番の海賊を泥人形のように砕き倒していた。

（殺《や》った……）

無心で放った返し技であった。ふっと身近に母の匂いを嗅《か》いだ気がした。暗く揺らいだ視界の底に、サァーッと群青色の海がひろがっていく。獲物を牙《きば》にかけた大鮫のように、とめどない歓びが体内に満ちあふれた。

言い知れぬ快感が手のひらに残っている。はじめて人を殺《あや》めた直人は、口を半びらきにして呆然《ぼうぜん》と虎口前に立ちつくしていた。

近くで夜烏《よがらす》が啼《な》き、青白い人魂《ひとだま》が目前を横切った。直人は血の気がひいた面貌で、黙ってそれを見つめる。思いがけず不意に死んだ守備兵の魂は、この世の生業《なりわい》を捨てきれず、淡い燐光《りんこう》となって浮遊していた。人の生死の狭間とは、刃《やいば》の一瞬のきらめきであった。

間をおかず、物音に気づいた砦守備の海賊たちが虎口前へ殺到してきた。

直人は、はっと我にかえる。前面に三人、背後に二人の挟み討ちである。頼りの筑紫長刀は、土塀に深く食い込んではずれない。

「くそっ、とれん」

敵影が迫った。

長刀に固執してはいられない。直人は、背ごしに二振りの太刀を鞘袋から同時に抜きとった。

「来いや!」

敵を見据え、横構えに腰をおとした。左右にのばした刀を下段におとして剣気を誘う。守備兵たちの太刀は、二尺以下の脇差しである。大太刀を突きつけられると、間合いがつめられない。

直人は横走りして、左辺の二人の敵を追いつめる。間合いは一足一刀。一歩ふみこめば相手に剣尖がとどく距離になった。

まさに撃ち間である。

こちらの大太刀は撃てるが、敵の小刀は空をきる間合いだった。剣技に劣る敵兵は、すっかり腰がひけている。窮地にたっているのは、むしろ多勢の守備兵たちだった。

「寄るな、来るなッ」

おびえ声を発し、二人の兵がむやみに小刀をふりまわしている。

かまわず、直人は先をとって撃ちこんだ。左からの片手斬りである。長い左手からのびた太刀尖が宙を奔る。

「コンな、くそ!」

「うぐっ……」

横面《よこづら》を斬り裂かれた兵がふっとんだ。刀身はさらに横滑りして、脇の兵を袈裟《けさ》がけに深く傷つけた。放たれた白刃は、二人の敵兵を同時に薙ぎ斬ったのだ。

撃ち倒したあとも気圧をゆるめず、直人は残心のまま右辺の三人に剣尖をむけた。敵兵は腰くだけになって後ずさる。

「殺しちゃる！」

直人は闇に吠《ほ》えた。一人目の斬殺《ざんさつ》には、まだ不安と恐れがあった。つづけて二人、三人と殺めるうち、凶暴な殺戮本能が腹底からわきあがってきた。

剣をもっての闘いに守り技はない。

たえず、〈斬るぞ！　殺すぞ！〉の攻め気を太刀尖にこもらせなければならない。剣は殺人の武器である。そのためにのみ形状ができているのだ。剣は完全な殺傷道具であり、防御の盾《たて》代わりには使えない。そして攻める方に九分九厘の勝機がある。

「こやつは魔性の者ぞ」

「死神じゃ！」

口々にわめいて守備兵は背をむけた。逃げ足がもつれ、二人が泥地に転んだ。恐怖のためか、身動きもできずうずくまっている。

敵に出会えば殺すしかない。口を封じないと、さらに助勢がふえるばかりだ。父の下知にしたがって、容赦なく二人を据物《すえもの》斬《ぎ》りにした。

一人だけ生き残った兵が、刀を放り出して土下座した。両手を合わせておがむ顔は幼かった。直人と同じ年ごろである。

「たすけてくれや。このとおりじゃ、何でもいたします」

「さらった娘らはどこに居《お》るな」

「砦の御祈禱所《ごきとうしょ》で、純友さまの霊をなぐさめとります」

「周防佐波村の娘らァは、五人とも一緒なんじゃな」

「へい、ほかにゃ姫御の〈此《こ》の糸《いと》さま〉が居《お》られるだけです」

「此の糸……」

「藤原純友さま直系の姫巫女《ひめみこ》ですじゃ。鬼道に通じられ、千里眼を使《つこ》うてわしらの行く末を見守っておられます」

「たわけが！」

直人は、少年兵を蹴りとばした。

やはり非情に徹することはできない。いったん言葉をかわした相手に刃をふり下ろせなかった。

鼻血をだした少年兵は、ぶるぶる震えながら両手をさしだす。

「縛ってくだせぇ。仲間を呼んだりゃせんから」

「ふるえるな。殺しきらんけぇ」

手ぬぐいで猿ぐつわをかませた。さらに少年の腰帯をといて、すばやく逆手逆足の海《え》老反《びぞ》りにきつく縛りあげる。

声を発せない少年兵は、しきりに目で媚《こ》びた。

「じっとしちょけよ」

きびしい口調で言い残し、直人は土塁をよじのぼる。虎口を脱し、静まった砦内へと入った。

うねった塁壁の間には、いくつもの渡り矢倉がある。使用目的により、鉄砲矢倉、井戸矢倉、潮見矢倉などに分かれていた。どこにも人気はなく、つよい霊気だけを感じる。

雲間の物錆《ものさ》びた月が、古砦をわびしく照らしている。

(死の砦か！)

ぞくっと身ぶるいした。

ひときわ高い丘上には、天守閣代わりに堅牢《けんろう》な二階屋が建っていた。物見台も兼ねているようだ。鬼門にあたる北東《うしとら》の地に、標石で囲った磐境《いわさか》が見える。

そこは、まさしく祭祀《さいし》を行なう神域であった。そのむこうに朱塗りの御祈禱所が鎮座していた。

唐様式《からようしき》の神殿である。かずら石の礎盤《そばん》の上に円錐形《えんすいけい》の赤い胴張柱が立っている。半円の華頭窓《かとうまど》から灯りがもれていた。

「居《お》る……」

直人は、神域を土足で汚して進む。

さすがに気がひけて、血ぬられた二刀は背の鞘袋におさめた。

板唐戸《いたからど》の前まで来ると白檀《びゃくだん》の芳香が流れてきた。なかで香を焚きしめているらしい。

直人は耳をすます。若い女の声だ。心安らぐ涼やかな祓《はら》い詞《ことば》であった。

豊後の潮の流れきてー
大海原にうち出《い》でむ
天の八重雲吹き放ちー
罪は在らじと人の問う
荒海に討たれし将のー
御霊《みたま》を祓いたまえや

姫巫女の嘆きが、しっとりと直人の心にもしみわたる。

六月の忌月に香を焚き、祓い詞を唱えて、海将純友の魂を慰撫《いぶ》しているようだ。その子孫たる島民は、千年もの永い時を逆賊の汚名をせおって生きてきたのだ。

「お入りなされませ」

御祈禱所の内から、たおやかな姫巫女の声がふってきた。

回廊にいる直人に気づいていたらしい。雅《みや》びやかな声音に警戒の色はなかった。

女たちが護《まも》る神域に、島の男は立ち入ることができないようだ。直人は、板唐戸を静かに押しひらいた。

「これは！」

思わず立ちすくんだ。行灯《あんどん》の火がキラキラと四面の壁に浮遊して、広い祈禱所内を夢幻のごとく彩っていた。

「鏡じゃったか」

目くらましの光彩は、壁に飾った無数の銅鏡が行灯の火を反映していたのだ。神代《かみよ》から伝わる銅鏡には、人の魂までも映しとる霊力があるらしい。

見ると、板の間に敷かれた布団のなかで三人の娘が寝入っていた。その奥には御簾《みす》が下がり、畳敷きになっている。

御簾ごしに、姫巫女の声がした。

「速水の瀬戸をこえ、遠く西国より来られましたね」

透かし見れば、金糸の衣をまとった美少女がうっすらと笑みを浮かべていた。

「何と……」

絶句し、直人は見惚《みと》れた。

少女のひろい額には、紅で花模様が描かれている。また目じりには半月形を、そして口元には愛らしい小点《ちょぼ》をいれてあった。

胸高に緋色《ひいろ》の帯をしめ、前垂れの装飾としていた。ほそい頸《くび》や手首には真珠の管玉《くだたま》が光り、シャラシャラと幽《かす》かな音色をたてた。

巻きあげた結髪は蝶形《ちょうがた》にととのえられ、咲き乱れた紅花の小枝を挿頭華《かざし》にしている。うりざね顔の少女に、紅花はよく似合う。

周防の男児が、これまで目にしたこともない古雅な風体だった。直人は、からくも声を発した。

「お主《ぬし》ゃが姫巫女じゃな」

「此の糸と申しまする」

「鬼道の糸をあやつる島の王女か」

「いいえ、宿縁《さだめ》の赤い糸にみちびかれた悲しい女でございます。こうしてあなたさまと出逢《であ》う日を、ひたすら待っておりました」

「このわしを……」

「はい。すでに神域は血に汚れ、姫巫女としての役目は果たせませぬゆえ」

直人の全身は返り血にそまっている。手足のふれた床や柱に、べっとりと赤黒い血痕《けっこん》をつけてしまっていた。

「島の者を殺したけぇ」

「それもまた因果。これ以上、無益な殺生をなさいますな」

「非はそちらにある。さらわれた娘らを救いださにゃならん」

直人は、就寝する娘らの布団を次々にはぎとった。三人目の掛け布をめくると、寝間着の美喜が困惑したように半身を起こした。娘たちは寝入っていたわけではないらしい。

「よかった、美喜。生きちょったか」

「なんで……」

伏し目の美喜は、かぼそく応えた。

すっかり面変わりしている。浅黒く健やかだった素肌も、白っぽく艶《つや》めいて見える。

「ここにゃ三人だけか。ほかの娘らは」

「亭主どのと一緒に暮らしちょる。子を妊《はら》んだけぇね」

「くそっ、そげな事が！」

烈しい怒りにかられた。

まんまと少年兵の口車にのせられてしまった。救出の機会は一度きりだ。五人が同じ場所にいなければ全員を奪還できない。

また、二人の佐波娘が懐妊したことも予想外だった。それを、他人事《ひとごと》のように語る美喜の態度も腹立たしい。

何度か肌をかわした仲である。それなのに美喜は、命がけで海賊城へ乗りこんできた直人を、人さらいか何かのようにおぞましげに見ていた。

「美喜、身仕度をしろ。一緒に佐波村へ帰るんじゃ」

「帰らんよ、うちゃ」

「何いうちょるンな！」

「ほかの娘《こ》らァも、こん島に残る気ィね」

傍の二人の娘が、きつい横目でこっくりとうなずいた。

「こげな馬鹿《ばか》なことが……」

「島の男衆は、うちらにやさしゅうしてくれよる。きつい潜り漁もせんでええし」

女は希少価値がある。略奪された花嫁たちは、男島で大事にされているらしい。海の労務から解放された佐波娘は、美食をくらって安穏な日々をおくっていたようだ。

たくましい順応力は、とうてい男のおよぶところではない。酢をのんだように、直人は顔をしかめるばかりだ。

「お前だけでも、わしと共に」

美喜の手をとると、サッと邪険にふりはらわれた。

「きたないッ、血だらけじゃがね」

険しい女の目だった。

直人は、胸板に氷を押しつけられたような気がした。

虚《むな》しさに心が冷える。

シャランとかすかな音がして、御簾が上がった。

「わたしがご一緒にまいります」

にこやかに此の糸が言った。どこかで見た慈しみの表情である。世俗をこえた透明感につつまれていた。

「何じゃと」

「このままでは争いがつづきましょう。五人の嫁御の身代わりになりますゆえ」

「お主《ぬし》ゃが佐波村へ来ると」

「この身をば、好きになされませ」

浮世ばなれした美少女であった。

神の館《やかた》に暮らし、切れ長の両目は清く霊気をおびている。肌は透きとおるほどに白い。古雅なことばづかいも、遠い昔の国府の美姫を想いおこさせる。

たしかに、骨太で潮焼けした村娘五人以上の価値があった。

直人は魅入られた。

「決めた。お主《ぬし》ゃを連れてもどる」

「なれば引き出物として、この小烏《こがらす》丸《まる》を」

「小烏丸――」

　手渡された大太刀を、直人はいぶかしげに眺め入った。

「はい、純友さまゆかりの宝刀でございます。都におわす桓武《かんむ》天皇が、玉砂利の庭にて朝拝の折、一羽の小さな鳥が飛来して、伊勢神宮の使いであると申し、飛び去りました。そのあとに、この宝刀が残っておりました。ゆえに天子さまは、〈小烏丸〉と名付けて王家の護り刀にしたとのこと。時が流れ、讃岐の宝物殿に納められた小烏丸は、国府を襲った海将純友さまの手中にと――」

　此の糸の語り口には、心地好いゆるやかな抑揚がある。美しい姫巫女は、島の伝説を継承する語部《かたりべ》でもあった。

「まことか」

　烏の濡れ羽色に似た漆黒の鞘である。

　直人は、宝刀をスラリと抜き放った。伝説の小烏丸は羽毛のごとく軽かった。切っ尖が両刃となった峰両刃造りの古刀であった。

　反りは少なく、直刀にちかい。刃肉がゆたかに付き、若い女の裸身のようになめらかである。ブンッとかるく振り下げると、ふんばりのきく太刀尖だ。飾り物ではなく、実戦向きの造りこみだった。

「すげぇ太刀じゃのう」

直人は嘆息し、小烏丸を黒鞘におさめた。

千年の風雪をへた古刀には、持ち主の心を鎮める霊力があるようだ。

そのとき、神域に敷かれた玉砂利が鳴った。京の御所でも使われる玉砂利は、鳴り砂とも呼ばれ、本来は侵入者を知らす警報装置なのである。

「来よったか」

ザッザッと砂を踏む音がする。多勢の足音が御祈禱所へ迫ってきた。直人は小烏丸の鯉口《こいぐち》を左手の親指でグイと押した。

凜《りん》とした姫巫女の声音がひびいた。

「外の者、入ってはならぬッ」

ぴたっと物音が消えた。

直人は半円形の華頭窓を指先ほどあけて、戸外をうかがった。数十人の海賊たちが、槍や弓をもって御祈禱所をとり囲んでいた。

そのなかには、命ごいをした少年兵の姿もあった。太い腰帯で縛ったので結び目がゆるんだらしい。すぐに仲間をよび、押し寄せたようだ。

(斬っておくべきだった)

生者は、何かとしゃべりすぎる。

直人は臍《ほぞ》をかむ。父の言うとおり、争闘の場で情けは禁物なのだ。情けとためらいは、逆に死魔となって自身にふりかかってくる。

逃げ場はなかった。

四方は皆敵である。もはや、血みどろになって斬り進むしか方策はない。逆賊藤原純友を祀《まつ》る霊廟《れいびょう》は、まさしく直人にとっても死地であった。

姫巫女は落ちつきはらっている。殺気立った直人を目で鎮め、板唐戸をあけて島民たちに御託宣を下した。

「純友さまの霊廟を血で汚してはなりませぬぞ。案ずるな、すぐさま三人の嫁御は表に出しますゆえ。遠来の客人の心をなぐさめ、わたしも夜明けになれば廟より出ます。それまではだれも近よるでない。さ、行きませ嫁御どの」

見事な差配である。直人には口をはさむ余裕がなかった。

二人の佐波娘は、命がけで救出にきた直人に目もくれず、足早に霊廟から抜けだしていった。そして、それぞれが亭主とおぼしき若者の胸にすがりついた。

「女めがッ」

直人は奥歯をかみしめた。

故郷で待つ肉親縁者の心痛は何一つ娘たちに伝わらなかった。死地にとびこんだ佐波海人の俠気《きょうき》も空回りしてしまった。

美喜はためらっていた。

泣くことも笑うこともできず、感情が底潮《そこしお》のように渦巻いているようだ。幼いときから隣家で育ち、姉弟ともいえる仲であった。年下の直人の身を案じる心根が潤んだ瞳《ひとみ》にこもっていた。

「直人、死んじゃいけんよ」

「今さら、そねぇなこたァ聞きとうない」

「うちからも島の衆に頼んじゃげるから」

「命ごいなんかまっぴらじゃ。美喜、はよう行け。行ってしまえ！」

恥辱にまみれ、直人は獣のように吠えた。

無事に連れかえって、自分の嫁にと思った女である。深間の美喜という存在がなければ、命を張ってまで海賊城へのりこむことはなかったろう。

何もかも徒労だった。

「直人、あんたのことはいつまでも忘れんけぇね」

「わしゃ……」

言葉にすれば、未練になる。

あふれる激情を抑え、直人は背をむけた。

「直人、忘れんけぇ」

もういちど言って、美喜は霊廟から出ていった。

カシャと板唐戸をとじる音がした。内側から、姫巫女が閂《かんぬき》をかけたらしい。

「何とせつない……」

「此の糸、泣いちょるンか」

「はい、嫁御たちの心を思うて」

「わしにゃ、おなごの心がわからん」

「故郷でさげすまれて暮らすより、遠い絶海の孤島で誇り高く生きる道を五人の娘らはえらんだのでございましょう」

「そうかもしれんな」

直人は、力なくうなずいた。

神に使える姫巫女は、人の心も読みとることができるようだ。他国の略奪者と交わった花嫁は、たとえ佐波村にもどったとしても、冷たく白眼視されることになる。そうした村人たちの陰湿さ、底意地の悪さを、直人は身をもって知っている。

五人の娘たちは豪奢《ごうしゃ》な暮らしに慣れて、火振島に居残る気持ちになったわけではない。わずらわしい過去をすて、南海の新天地に根をおろすことを健気《けなげ》に選択したのだ。

いったん静まった戸外が、また騒がしくなった。

「火付けじゃ！」

「奥山の村が燃えとる」

「周防の佐波海人が、軍団を組んで攻め寄せてきたげな」

島民は口々に叫び、浮き足立っていた。囲みがくずれ、城塞警護の男たちはすっかり隊列を乱していた。

（お父ォ、やったな！）

間道をぬけた一平が、後方攪乱《かくらん》の付け火をしたらしい。華頭窓からのぞき見ると、裏山の集落が赤々と燃え上がっていた。

直人は、小烏丸をたぐり寄せた。守備兵たちは恐怖心にとらわれている。活路をもとめて斬り込むのは今しかなかった。

「お待ちなされませ」

此の糸が小声で制した。

「なんとする。打って出るしか逃げ道はないんじゃ」

「よき思案がございます。直人さま、わたしについてまいられよ」

御簾をくぐって、祭壇を押しのけた。それから此の糸は手早く行灯の火を百匁《ひゃくめ》蠟燭《ろうそく》に移しかえた。祭壇奥の一枚岩が神々《こうごう》しく照らしだされた。

「これは！」

「神の磐戸《いわと》でございます」

「抜け穴か」

「純友さまの霊廟より海へと通じておりますれば」

「出入口は、どこに」

「ありませぬ。この磐戸をば宝剣をもって撃ち砕くのみ」

「されば、斬る！」

切羽つまった直人は、左手を小烏丸の鍔元《つばもと》にそえた。

〈切羽〉とは、まさに刀の鍔の両面にそえる薄い金物である。抜き差しならぬ土壇場にこそ、切羽つまって一気に鞘走《さやばし》るのだ。

が、相手は生身の人ではない。微動だもせぬ巨岩である。生半可な太刀筋で斬りつければ、刃が折れるだけだ。

直人は深く息を吸い、胆力をふくらます。

（人に急所があるように、岩にも裂目があるはず）

必死に目をこらす。

無機物と思えた岩盤が、蠟燭の火をうけてうっすらと汗ばんでいた。岩石もまた、人と同じ自然のなかの生き物であった。

「見えた！」

茶褐色の岩肌に、一筋淡く裂目が浮かび上がった。

直人は下腹に力をこめ、するどく抜刀した。それからゆったり刀身を頭上に持ちあげ、拝み撃ちに斬り下ろす。

「コンな、くそッ！」

宝刀小烏丸がすさまじい勢いで落下していく。両刃の剣が、流星のごとく青白い光の尾をなびかせた。

ガシッと岩石が砕けとぶ。同時に、刀身から燐光《りんこう》のような火花が飛び散った。

「見事なり、周防の剣士」

姫巫女の声を間近に聞いた。眼前の一枚岩は、小烏丸の一撃をうけて割れ落ちていた。

「よう斬れるのう、小烏丸」

直人は、親しい身内に語りかけるように宝刀をかざした。小烏丸は一片の刃こぼれもなく、青々とぬめっていた。

割り砕いた磐戸のむこうから、清らかな涼風が吹き流れてくる。

「直人さま、まいりましょう」

「おう」

此の糸にみちびかれ、地下への石階段を降りていった。

洞内へ足を踏みいれると、全身が冷気につつまれた。足先が濡れてしびれる。石床にはサラサラと浅い小川が流れていた。

かぼそい伏流水が、気の遠くなるほどの永い年月をかけて石灰岩を溶かし、火振島の地底を穿《うが》ちぬいたのだ。古人たちは、冥界《めいかい》への出入口として霊廟を建てたにちがいない。

「御祈禱所の下に、こんな広い鍾乳洞《しょうにゅうどう》が隠されちょったか」

「落城の折の脱出路でありましょう。わたしのほかには知りませぬ」

「かすかに潮の匂いがするのう」

「半刻《はんとき》ほど歩めば、港近くの古社へと抜けるはず」

「いそごう」

直人は、伏流にそって歩を速める。

百匁蠟燭の仄灯《ほのあか》りに、鍾乳洞の天井が蒼白《あおじろ》く幽玄に映しだされた。氷柱《つらら》状の鍾乳石が、さまざまな形態を示していた。歩みながら、ためつすがめつ眺めていく。巨魚や人面、または昇竜のごとき奇岩もあった。

(霊島の地下に穿った風穴は、精霊を封じこめた黄泉路《よみじ》かもしれぬ)

ぶるっと肩をすくめ、直人は点在する石筍《せきじゅん》をさけて先を急いだ。

どれほどの距離を歩いたのだろうか。脚が疲れ、眠気が降ってくる。同じ所をぐるぐると旋回していただけのような気もする。いつしか時刻の観念も薄らいでいった。

洞内の湿気が身体にまとわりついて、いっそう疲労がつのる。足元は冷たい流水に浸って、すっかり凍えていた。

蠟燭の火も残りわずかである。灯りが消えれば、道を見失って暗闇で凍死しかねない。

（このまま精気をしぼりとられ、冥界の氷柱として凝固させられるのか）

百匁蠟燭が燃えつきそうになったとき、暗い風穴の正面から、ヒュルヒュルと潮風が吹き流れてきた。

「あったぞ！」

直人は、喜び勇んで前進する。脇の伏流水がとぎれた。清水はさらに地底深くへと潜ったらしい。

吹きこむ潮風が強まるにつれ、鍾乳洞はずんずん狭くなっていく。背をまげて歩くのがやっとである。此の糸も、しっかりと後についてくる。

出口付近は思いのほか狭小だった。直人は腹ばいになって進む。生暖かい風が、どっと顔面を打つ。洞内とはかなり温度差があった。かじかんでいた手足もぬくもりをとりもどした。

真正面から吹きつける風に、直人は目もあけられなかった。しゃにむに這《は》いずるうち、ストンと風穴から転げ落ちた。

「ここは……」

直人は虚《うつ》けた声をもらす。立とうとすると床板に頭をぶつけた。

「港に祀られた社《やしろ》でございます」

此の糸が、背後から小声で教えてくれた。

地べたは黄土である。どうやら古社の軒下であるらしい。たしかに、港の絶壁にひっそりと祀られた社は、海賊城の霊廟と結ぶには絶好の出口だった。

あたりに人の気配はない。軒下から這いでた直人は、大きく背伸びをした。眼下にひろがる夜の港は凪《な》いで、古き世の銅鏡のように鈍く光っている。

上空を仰ぐと、天の川の星屑《ほしくず》がざくざくと鳴るがごとくに輝いていた。

「雨が上がれば星月夜か」

「この小道から行けます。さ、直人さま」

島育ちの此の糸が先導する。とても身軽な足さばきだ。神の館に座行する姫巫女とは思えない。古社の横手に、港へ下りる細い段々道があった。此の糸は、急坂を羽毛のように舞いおりていった。

入江の岸壁に来たが、父の姿はなかった。見知らぬ他郷である。いったん別れてしまえば互いに連絡法がない。ましてや、生死をかけた海賊城への奇襲であった。騒乱が始まれば、父子の運命の綾《あや》は烈しくよじれて繕《つくろ》いようがなかった。

「ちっ、親父《おやじ》がおらん」

安宅船に此の糸をのせ、直人は岸壁で父の帰還をひたすら待った。

敵地深くに潜入しすぎて、父は戻る時機を失してしまったのかも知れない。〈わしにかまわず、見捨てて帰れ〉という遺言めいた言葉が心に甦る。

死を覚悟して、父は子に慈母観音像をゆずり渡したのかとも思える。

「直人さま、追手が迫っておりますれば」

「わかっちょる。じゃが、親父を見殺しにゃできん」

「いま帆をあげねば、父子ともに命を失いまする」

「おしえてくれ、姫巫女。わしゃどうすればええんじゃ」

「追い風を背にうけ出帆するのみ。父御《てご》どのは、死んでも死なぬ強い運勢をもっておられますれば、かならずまた逢えまする。御案じなさいますな」

黒い瞳が清《すが》しい。

挿頭華の紅花がそよ風にゆれている。船べりに立つ少女の容姿は、息をのむほど可憐《かれん》だった。

やっと思いあたった。父の形見の観音像を懐からとりだしてみる。少女の顔は、大慈大悲の観世音菩薩と生き写しだった。

姫巫女の此の糸こそ、直人につながる宿命《さだめ》の糸であった。

「よしッ、お主ゃの御託宣を信じよう」

直人は、纜《ともづな》をといて船に乗りうつった。

ムシロ帆を上げると、山背《やませ》の追い風が吹いてきた。安宅船は、するすると岸壁を離れていく。もう引き返すことはできない。

(これでいいのか……)

直人には自身の運命《ゆくさき》が読めない。悔恨の情だけがわいてくる。五人の娘を奪還できず、父までも置き去りにしてしまった。

後ろ髪をひかれる。

気持ちをふりきるように、懸命に櫓をこいだ。断崖にかこまれた湾内をぬけると、ムシロ帆が外海の烈風をうけて大きくひるがえった。

周防灘へは東風を利用して一路西へむかえばよい。帰りは豊後水道の潮流にのっていけば、たやすく瀬戸内へと入れる。

夜空に輝く北斗七星が、船の進路を教えてくれる。一昼夜に十二方を指すため、古来、海人はこれによって刻を測った。

遠ざかる火振島の翳《かげ》を、直人は悄然《しょうぜん》と見やっていた。

(何を失って、何を得たのか)

それすらもわからなかった。

此の糸が蝶形の結髪をといて、挿頭華の紅花を海に流した。

くれないの花が波間へ散っていく。豊予海峡をわたる夜風が、直人の頰《ほお》をなでる。身代わりとなって故郷を捨てた美少女は、船べりに横座りして流麗な海の恋唄《こいうた》をうたいだす。

夜走る舟やー
北斗の星をば
夜空に仰ぎて
彼方へと去る

くれないの花やー
くちびるに染めて
いとしい男を
心に染めて

直人は哀傷にひたされた。頰の白痣《しろあざ》がしだいに赤らんでいく。
星明かりの下、ほどかれた少女の長い黒髪が潮風になびいていた。

四章　都落ち

　黒い海峡を一羽の夜鳥《よがらす》が渡っていく。

　馬関の烈《はげ》しい潮流ごしに、対岸の門司《もじ》港《こう》の灯が見える。夜目のきく直人は、下ノ関の高台にある浜門《はまもん》から遠く目をこらした。

　海峡に面して建てられた豪壮な浜門は、海商白石正一郎《しらいししょういちろう》の盛業ぶりを示していた。長州の海運業者は時代を見る目が早い。白石は尊皇論に傾倒し、下ノ関を訪れる諸藩の浪士たちを援助している。高杉晋作《たかすぎしんさく》が〈奇兵隊《きへいたい》〉を創立したときも惜しみなく資金を提供した。

　文久三《ぶんきゅう》（一八六三）年六月八日。下ノ関新地町《しんちまち》の白石邸で奇兵隊は生まれ、正一郎自身も一隊士として連判状に名をつらねたのである。

「神代さまは、いつも夜の海をながめておられますな」

見送りにきた正一郎が、そばに立って笑声をもらした。長州一の豪商は懐が深い。どんな下役の食客にも礼をつくす。

無愛想な直人は、ぼそりと応《こた》えた。

「夜の海にゃ、いろんなものが映るけぇな」

「わたしめには、波の音しか聞こえませせぬが」

「よう見える。昔のことまで」

眼下のくらい海面に、船島《ふなじま》が難破船のような影を落としていた。舟形の小さな島は地元民からは〈巌流島《がんりゅうじま》〉と呼ばれている。巌流とは、船島の決闘場で敗死した佐々木小次郎の号であった。

慶長年間。その島浜で宮本武蔵と宿敵佐々木小次郎が互いの生死を斬《き》り結《むす》んだ。剣の力量は互角だった。だが兵法に長ずる武蔵は刻限を守らず、小次郎のあせりを誘った。さらには舟の櫂《かい》をけずり直した長い木剣をたずさえ、左からの片手撃ちで小次郎の頭蓋《ずがい》を砕き割ったのである。

(遠い日、決闘場に向かう武蔵も同じ海の香をかいだにちがいない)

浜門からの夜景を直人は見飽きることはなかった。港町は潮の匂《にお》いが濃い。玄界灘《げんかいなだ》を渡ってきた北風が、高台にまで海藻の匂いを吹き上げてくる。

ふっと少年時の鮮烈な感覚が甦《よみがえ》ってきた。すこやかな母の笑顔は、今もくっきりと脳裏に刻みつけられている。その容姿は美しく、いつまでも歳老《としお》いることがない。

身代わりとなって死んだ母親は、わが子の心に永遠《とわ》なる憧憬《しょうけい》と悔恨を残した。母を食い殺したホホジロ鮫《ざめ》は、まさしく直人自身であった。

そして、父の一平までも海賊城に置き去りにしてしまった。心ならずも両親を死の淵《ふち》へ追いやった。それは逃れようのない罪業だった。

(何を失って、何を得たのか……)

直人は、根深い虚無のなかへ堕《お》ちこんでいく。

陸に上がったホホジロ鮫のように、とめどなく息苦しい。二十歳になった今も、直人は独り暗中にいた。

そばの正一郎が、浜門脇《わき》に咲く白い瓜《うり》の花を摘みとった。

「悲しゅうございますね、神代さま。人に見えるのは昔のことばかり。われらの行く末は何一つわかりませぬ」

「年月だけが流れていきよる」

「そういえば今宵は七夕祭《たなばたまつり》でしたな。稲荷町《いなりまち》の廓《くるわ》もにぎわっておりましょう。くりだして気晴らしなどなさいまし。では、そろそろと門をしめまする」

「行ってくる。今夜はもどらんけぇ」

「では、たっぷりと」

若白髪の豪商は世馴《よな》れた笑みを浮かべた。

直人は一礼し、浜門の長い石段を降りていった。白石邸から紅灯町《こうとうまち》まで徒歩で小半刻《こはんとき》もかからない。坂を下りきり、大股《おおまた》で海沿いの道をいく。潮騒《しおさい》の音をかき消すように、三弦の音がながれてきた。

廓の紅灯を背景にして、黒塗りの板張り屋根が見える。出入口の大門には、横ならびに御祈禱札《ごきとうふだ》が打ちつけられてあった。

稲荷町は港に浮かぶ不夜城であった。

直人は、人波にまぎれて歩を進める。紅殻格子《べんがらごうし》から白粉《おしろい》まみれの女の手がのびる。遊客は町人だけでなく、奇兵隊の若い隊士たちも多い。

畏友《いゆう》の久坂玄瑞にさそわれ、直人も奇兵隊に入隊していた。剣の腕をかわれ、草民諸隊の中核となる〈御盾隊《みたてたい》〉の合図方《あいずかた》に抜擢《ばってき》されたのである。戦場における斬り込み隊長の役どころであった。

年若の直人は、御盾隊の幹部として十人の草民出身兵を束ねる身となった。異論をはさむ者などいなかった。

「神代どころか、奴《やつ》は死神ぞ」

すでに人斬りとして、〈死神直人〉の名は広まり、隊士たちに畏怖《いふ》されていた。

険相な山県狂介もまた、凄腕《すごうで》の刺客として皆に恐れられている。噂《うわさ》では、久坂の命じる暗殺指令を黙々とこなし、京都に潜入しては幕府寄りの学者や公卿《くぎょう》たちを闇《やみ》にほふってきたらしい。

「狂介どころか、奴は狂犬ぞ」

見識のある隊士たちに毛嫌いされていた。現世利益の底意が見えるだけに、直人にも山県狂介の言動が卑しく映る。

(しょせんは、同じ卑賤《ひせん》の人斬り――)

けれども、狂介は一介の刺客の座に甘んじる男ではなかった。

たくみに上司にとりいって、派閥をつくる手管《てくだ》をもっていた。徒党を組んで一気に政敵を倒していく。

その裏工作は抜け目がなく、〈餓狼《がろう》の群れの頭《かしら》〉ともなりうる資質をそなえていた。

狂介は、直人とは対極にいる若者だった。久坂玄瑞の比喩《ひゆ》どおり、直人は深海にひそむ孤独な鮫であり、狂介は荒野に吠《ほ》える狼《おおかみ》であった。

吉田松陰は、弟子たちに狂気を求めた。

「狂わねば、世直しなどできぬ!」

塾双璧《そうへき》の久坂玄瑞と高杉晋作をしきりにあおりたてた。そして師の刑死後、一番弟子の久坂が直人と狂介に求めたものは、やはり烈しい狂気であった。

「人はどれほど狂いぬけるか」

久坂の両袖《りょうそで》のなかで、二人の若者は競い合うことになった。日をおかず、狂介は奇兵隊で異例の出世をとげた。かれの異常な出世欲がまさり、諸隊をしきる軍監の地位までのぼりつめた。御盾隊合図方の直人は、まだ下級幹部にすぎなかった。

「松下村塾に籍をおいたら、野良犬やヤモリでも上位に立てる」

他の草民隊士が嫉《ねた》むように、すべて門閥のおかげであった。狂介は奇兵隊開闢提督《かいびゃくていとく》高杉晋作と同じ松陰門下生だった。また、塾生筆頭久坂玄瑞の後押しもあった。

たった数回、松下村塾に顔をのぞかせた渡り中間《わたりちゅうげん》の小せがれは、今では時代の波にのって草民混成部隊の最高幹部の一人にまで成り上がった。

直人は憂いをふりはらい、廓の大門を抜けた。表通りの角まで六軒の引手茶屋が建ちならんでいる。この六軒茶屋が稲荷町ではもっとも格式が高い。

下ノ関は最古の廓であった。

寿永《じゅえい》四（一一八五）年三月。源義経《みなもとのよしつね》に追われた平家一門は壇ノ浦に滅びた。が、多数の宮廷官女たちは赤間関《あかまがぜき》の浜辺に漂着して命をながらえた。

生業《なりわい》をもたない官女たちは、その日の糧《かて》にもこまり、旅人の袖をひいて、あさましくもわが身を切り売りしたという。

源氏の世となり、京の都へもどることもできず、美しい官女たちは港町に居ついた。

それが遊里の起源となった。

長州は
筋目正しき
遊女なり
京の官女が
泣いて袖ひく

港町にはそんな戯歌《ざれうた》も残っている。紅灯町としては格式も高く、昔から遊女や芸妓《げいぎ》の品が佳《よ》いことで評判だった。

稲荷町の廓に身売りされてくるのは、貧しい百姓家の娘たちとはかぎらない。禄《ろく》をなくした武家の娘や、神社の巫女《みこ》くずれも諸芸を習って芸妓として生きていた。

夕立がふったので道がぬかるんでいる。安っぽい粉白粉《こなおしろい》の匂いが、プンと直人の鼻孔をくすぐった。通りの両脇には、灯の入った看板提灯《ちょうちん》が吊《つ》りさげられていた。

〈辰巳屋《たつみや》〉のやり手婆《ばば》が、店頭で愛想笑いを浮かべた。

「ようおいでました、神代さま。毎年のように七夕の彦星どすかいな。織姫はんもさぞやお喜びどっしゃろ」

「どうかな、それは……」

「冗談《てんご》言いなはんな。年にいちどの逢瀬《おうせ》やおへんか」

「そんな仲じゃないけぇ」

直人は伏し目かげんに言った。

下ノ関は、〈西の浪華《なにわ》〉と呼ばれている。海運の要衝であり、日をおかず大坂の流行《はや》り物が入ってくる。そのせいか、港町の遊里では上方なまりの妙な廓言葉を使う。

「上がるぞ」

「あの妓《こ》とは古いなじみやし。遠慮のう奥へすーっと行きなはれ」

「そうする」

直人は、辰巳屋の暖簾《のれん》をサッとさばいた。

二階座敷から音曲がもれてくる。辰巳屋は広いぶちぬきの宴会場が階下にあって、諸隊の壮行会などに利用されていた。

遊女はおかず、丸抱えの芸妓たちが、唄《うた》や三味線で宴席をもりあげた。遊客を泊めない貸席稼業である。けれども、それは表向きで、大金さえ積めば、なじみ芸妓と奥の離れ座敷で連泊することもできた。

上がり口に下駄をぬぎ、ほかの芸妓に目もくれず、直人は長い廊下を足早に進んでいく。どんづまりに、窓もない三畳ほどの小部屋があった。

「お入りなされませ。直人さま」

此の糸の雅《みや》びやかな声が、古い襖《ふすま》ごしに聞こえた。姫巫女の勘働《かんばたら》きは、ふるさとの火振島を離れても衰えてはいない。

小部屋に入った直人は、大刀を横抱きにして剝《は》げ落《お》ちた荒壁に背をもたれた。

「来た」

直人は短く言った。

「ほんに律儀なお人。年にいちど七月七日の夜にだけ」

「あれから三年か……」

「長い廓暮らしでございます。顔も変わり、心も荒《すさ》みました」

「なんも変わっちょらせん。昔も今も、誇り高い姫巫女じゃ」

世辞をいえる質《たち》ではない。

水茶屋の抱え芸妓に身を堕とした此の糸は、肌艶《はだつや》が増して凄《すご》いほどに美しい。廓の苦界に沈んでも、みじんもその気品を失ってはいなかった。

鬼道に通じる少女は、直人が来ることを感じとっていたらしい。座敷を休んで、自室でささやかな酒席をととのえてくれていた。

「この色町は海峡の波音が聞こえますゆえ、なんとのう心が安まります」

「親父《おやじ》も、どこぞで波音を聞いちょりゃええがのう」

「一平さまの運気は烈しゅうございます。きっとご無事ですよ」

「信じよう。姫巫女のことばを」

「さ、直人さま、お盃《さかずき》を」

しめきった小部屋は蒸し暑い。直人は、つがれた冷酒を心地《ここち》好く呑《の》みほした。

此の糸は、海将藤原純友の末裔《まつえい》であった。海賊城で育った美少女は、略奪された五人の花嫁の身代わりとして、みずから異境の地へ流れてきたのだ。

三年前の夏。直人は、戦船《いくさぶね》のムシロ帆を下ろして悄然《しょうぜん》と佐波村へ帰還した。さらわれた花嫁たちの一人も奪還できず、父の一平まで置き去りにしてしまった。

父は死にいそぎ、美喜は過去をふりきって新天地に居残った。無垢《むく》な少年に、他者のえらんだ運命をくつがえす力などない。

(人の行為は、すべて徒労に帰するのだ)

遥《はる》かな潮路をこえ、海賊城を夜襲して手中にしたものは、一振りの太刀《たち》と、一人の少女だけだった。佐波村の男たちは承服せず、よってたかって戦利品の美姫を凌辱《りょうじょく》しようとした。直人は小烏丸をぬいて立ちふさがり、村はずれの神社の古堂に立てこもって少女を護《まも》りぬいた。

が、娘を略奪された五家族が直人に哀訴した。親としての情愛をふくめ、潜り漁に長《た》けた佐波娘は一家の稼ぎ手でもあった。直人にしても、同族の漁民を斬り殺すほどの覚悟はなかった。

美しい姫巫女は、下ノ関の廓に売られた。生涯売切りの身代金に百五十両の値がついた。稲荷町始まって以来の高値であった。此の糸の浮世ばなれした華麗な容姿を、抱え主は正当に評価したのであろう。

百五十両の金は、海賊に連れ去られた娘たちの五家族に分配された。

「娘を三十両で遊里へ売ったと思ってあきらめよ」

村長《むらおさ》の徳爺は、そういって因果を含めたという。

たしかに、此の糸には五人の娘以上の価値があった。身売りは恥ずべきことではない。公娼《こうしょう》制度は世間に受け入れられていた。

命がけの遠征で、直人の手に残ったのは、姫巫女より譲りうけた宝刀〈小烏丸〉だけとなった。

よく斬れる。

巌《いわお》も撃ち砕く古式の玉鋼《たまはがね》であった。ひとたび小烏丸を抜き放って撃ち合わせば、相手の刀身はことごとく折れとんだ。

手だれの人斬りとして、佐幕派の藩士たちに次々と刃《やいば》を浴びせた。兄事する久坂玄瑞からの殺人指令を、直人は狂介と競うように実行してきた。小烏丸を鞘《さや》走《ばし》り、容赦なく刀身ごと相手を砕き割った。

「神代直人の刀割りは、凶暴な大鮫の牙《きば》にも似たり――」

猛剣をふるう白痣《しろあざ》の凶徒を、藩士たちは恐れぬいた。

長州の政論はまっぷたつに割れている。幕府との融和をはかる〈俗論党〉は、藩の高禄上士たちで結成されていた。それに対抗し、故吉田松陰一門の〈正義党〉は、過激な武力行為で藩の実権をもぎとろうとした。

正義党の基盤はもろい。上士の高杉晋作をのぞけば、あとの者は名もない足軽や中間たちだった。藩主にお目見得もかなわぬ身分である。塾生筆頭の久坂玄瑞にしても、わずか二十五石どりの微禄藩医にすぎなかった。

大らかな平等意識は松下村塾のなかにだけあった。長州においても、まだ身分制度はきびしい。松陰門下生たちは、上士と論戦をかわす立場になかった。

「問答無用！　政敵は斬るしかない」

白面貴相の久坂は、その外見とちがって冷酷な一面があった。

久坂には血を見ることで高揚する性癖があるようだ。子飼いの直人や狂介たちに平然と暗殺指令を発した。暴挙の止め役は、いつも高杉晋作であった。長州の奔馬と称される高杉だが、侍としての本分から外れた行為を何よりもきらっていた。

海峡の潮音が薄い壁ごしに聞こえてくる。そばの此の糸が眉《まゆ》をひそめた。

「小鳥丸をつかわれましたね」

「苦界に身を沈めたお主《ぬし》ゃの形見じゃと思うとる」

「また罪もない人を斬って」

「この世に罪のない者などおるまい。桓武帝が命名した宝刀ゆえ、尊皇攘夷《そんのうじょうい》のためにのみ小烏丸を抜く」

「おゆずりせねばよかった」

此の糸は悲しげに目をふせた。

ぬき衣紋《えもん》の襟元にほつれ毛がなびく。細面《ほそおもて》のうりざね顔に島田髷《しまだまげ》がよく似合っていた。鬢《びん》の張った前髪には、めずらしい挿頭華《かざし》の紅花が飾られてあった。

〈挿頭華の名妓《めいぎ》〉と呼ばれ、此の糸の名は萩の御城下にまでとどいていた。

間近で見ても、此の糸の顔に廓暮らしの疲れはない。それどころか、全身からまろやかな女っぽい香りを漂わせていた。

（これが女の色香か……）

直人は息苦しい。左頰《ひだりほお》の白痣がほてり、淡い桜色にそまっていく。そっと左の手のひらで頰を隠し、つがれた冷酒をゆっくりと呑みほした。

「なぜじゃろうか。お主《ぬし》ゃと一緒におると、初心《うぶ》な昔にもどってしまう」

「はい。そして昔のわたしを知るお方は直人さまだけ」

「聞かせてくれ、あの海の恋唄を」

「来るたびに同じ唄ばかりを所望されて」

「くれないの花を故郷の海に流したのう」

「おぼえておられますか。あの夜は天の川が泣きたくなるほど美しかったことを——」

此の糸は手早く三味線の音締《ねじ》めをした。そして、遥かなる南の潮流を懐かしむように、しっとりとうたいだす。

夜走る舟やー
北斗の星をば
夜空に仰ぎて
彼方《かなた》へと去る

くれないの花やー
くちびるに染めて
いとしい男を
心に染めて

遠く哀しく、豊後水道の潮騒がきこえてくるようなうたいぶりだった。

此の糸が、表情を変えずに言った。

「直人さまとは、もう逢《あ》えませぬ」

「なんと」

「さるお方に身請けされ、名も〈おうの〉と変えました」

「そ奴《やつ》は……」

「萩のお侍で晋作さまという詩歌や芸事のお好きな人です」

「高杉晋作！」

「はい。三味線を習いたいと通ってこられまして。気のやさしい小柄なお人どっせ」

直人は苦い酒をぐっと呑んだ。

落籍した男は、此の糸のいうような軟弱な遊び人ではない。彼は倒幕運動に身をこがす革命児であった。

高杉は毛利家の上士として育ち、久坂玄瑞と共に松陰門下の竜虎《りゅうこ》と呼ばれるほどの逸材だった。また、直人の所属する奇兵隊の開闢提督でもあった。

一見、間のびした此の糸は愚かしく映る。浮世ばなれした、たおやかな此の糸の魅惑を読みとれるのは、やはり感性のするどい高杉晋作しかいなかった。

直人の背がこわばった。漁師上がりの軽輩とは身分がちがう。師の吉田松陰でさえ、何よりも高杉の非凡な直感力をたよりにしていたという。上士の跡取り息子なので、皮肉屋で自説を押し通す悪癖もあるが、いったん気をゆるしあう深間になれば、相手に濃《こま》やかな情愛をそそぐ風狂の男であった。

此の糸が惹《ひ》かれるのも無理はない。

港町に漂着した美しい姫巫女は、やっと愛《いと》しい男に出逢ったのだ。それは直人ではなかった。わかっていながら、逆流する血潮をおさえきれない。

直人は、荒壁にもたれて瞑目《めいもく》した。まぶたの裏に、速水の瀬戸の烈しい渦が甦る。年月は渦にのまれ、すでに暗い奈落へと吸いこまれてしまったのだ。

今の直人には惜春の情だけがある。銀河の下、夜走る舟にのって彼方をめざした少年少女は、七夕の夜を境にそれぞれの道に別れゆくほかはない。

「帰る」

直人は席を立った。

「これを……」

此の糸が、挿頭華の紅花をぬきとって手渡した。

「くれないの花か」

「海へ流してくださりませ。二人の想い出は北斗の星にみちびかれ、ふるさとの島へとたどりつきましょう」

「そうする」

「想い出をすて、明日より此の糸は、おうのとして生きてまいります」

切れ長の目元が、かすかに潤んでいる。しっとりと甘いまなざしだった。

つねに受身に微笑《ほほえ》む姿は、夜の潮路に流れ行く一輪の紅い花にも似ていた。


一月《ひとつき》後、京都で政変が起こった。

文久三年八月十八日の夜半、御所をかこむ九つの門がいっせいに閉ざされたのである。

〈長州を都より駆逐すべし！〉

すべての御門を、薩摩と会津《あいづ》の兵が固めて参朝をゆるさなかった。それまで堺町御《さかいまちご》門《もん》を守護してきた長州兵は、朝廷より解散命令をうけて薩摩軍に追い払われた。

長州は地にまみれた。

すでに反撃の機会は失われていた。謀略戦で敗れたのである。油断があった。長州寄りの公卿たちの力量を過大視しすぎた。

武力倒幕をめざす久坂玄瑞らは、同じ尊皇派の薩摩が、幕府一辺倒の会津と手をむすぶとは予想だにしていなかった。

資金の潤沢な長州は、これまで貧乏公家《くげ》を丸抱えにして、〈大和行幸《やまとみゆき》〉をもくろんでいた。京の天子を神武《じんむ》天皇陵に参拝させ、攘夷を祈願したあと、警護の長州軍と共に大和に留まるという奇策であった。そして、彼《か》の地に〈錦《にしき》の御旗《みはた》〉をひるがえして一気に武力倒幕へと突っ走る。それは、久坂玄瑞の描いた壮大な戦略図であった。

が、土壇場で破綻《はたん》してしまった。

長州と幕府の天皇争奪戦に、とつぜん薩摩が横槍《よこやり》を入れてきたのである。大和御親征の謀略を知った会津は肝をつぶし、家老の山川浩《やまかわひろし》が薩摩の西郷吉之助《さいごうきちのすけ》に泣きついた。

「長州の暴挙を捨ておけば、他藩の者は百年も風下に立たねばなりますまい。お力をお貸しくだされよ」

「わかり申《も》した。天子さまを擁し、長州の奴ばらが大和に立てこもれば、国体は二分されて南北朝のごとく乱れ申《も》そ」

西郷は、長州の飛躍を不快に感じていたらしい。朋友《ほうゆう》の大久保一蔵《おおくぼいちぞう》と連携し、秘密裏に宮廷工作をして、大和行幸を中止に追いこんだ。

さらに西郷は凄腕をみせて、長州兵を堺町御門の守衛からはずし、長州派七卿《しちきょう》を宮中から追放したのである。

十八日深夜、中川宮尊融《なかがわのみやそんゆう》親王から勅令が告げられた。

〈長州藩の暴論あやまられ、聖旨に違うこと少なからず、とくに大和行幸のごときは、長州藩の陰謀するところにして――〉

たった一枚の勅令により、長州は宮廷内の勢力を完全に失った。また長州寄りの公卿たちも職を追われて路頭に迷った。

近くにある鷹司邸《たかつかさてい》に集まった長州藩幹部連は、必死に策を練った。

「こげなもんは偽勅にすぎん」

「薩摩討つべし！」

長州兵はいきりたった。

御門を打ち破り、帝《みかど》に上訴する強行案が座をしめた。だが、勅命に刃向かって戦乱となれば、薩摩の思う壺《つぼ》にはまる。同座していた三条実美《さんじょうさねとみ》卿が必死におしとどめた。

「聖旨をないがしろにしては、末代まで逆賊の汚名を着せられまするぞ」

「無念なるかな」

座主の久坂は袴《はかま》の膝元《ひざもと》をつかんで呻《うめ》いた。今は時も場所も悪い。長州は退《ひ》きさがるしかなかった。

朝敵の名を甘受して帰国するのでは面目が立たない。高貴な七卿を奉じて西下することで、京都撤退の意義をもたせた。

大事な〈玉〉は敵の手中にあった。せめて〈側金〉の公卿たちを連れ去って、盤上の再戦を挑むほかはない。

官職を解かれた公卿らは無力である。七卿たちには生活手段がない。その日の米代にも事欠く暮らしとなろう。住みなれた古都を離れ、長州へ西下することをこばむ者はいなかった。

「三条卿をお護りせよ！」

妙法院《みょうほういん》で待機していた直人に、久坂の下知がとんだ。

親衛隊長の久坂玄瑞は、下ノ関の白石邸でくすぶっていた直人を、七卿の護衛役として京へ呼び寄せていた。

「わしが、公卿さまの護衛を……」

「直人。お主《ぬし》ゃがいちばん腕が立つ。長州へ落ちのびるまで徳川家譜代の諸藩を通りぬけねばならん。もし、刺客の襲撃があれば、命にかえて三条卿の身を」

「かならず護りきりますけぇ」

直人は小烏丸の鍔元《つばもと》をカチッと切って、覚悟のほどを示した。

「まかせた」

久坂は、つよく直人の手を握った。

七年前、久坂は藩医として父の来診に訪れ、熱っぽく時勢を語った。あのとき交わした手のぬくもりを、今も直人は忘れずにいる。

敬愛の念がふかい。志士久坂玄瑞こそ、偏狭な直人の魂をすくいあげ、広い世間に向けさせてくれた畏友であった。

(この男のためになら、迷わず死ねる)

直人は勇み立った。それにしても久坂の赤濁りの目が痛々しい。この二日、彼は一睡もしていない。朝敵に落とされた口惜《くや》しさを火照《ほて》った両頬に滲《にじ》ませていた。

師吉田松陰は、塾生のなかで久坂をもっとも愛した。実妹の婿に迎え入れ、身内として遇した。軽輩藩医にすぎなかった久坂は、名実ともに松陰門下生の筆頭となった。

安政《あんせい》の大獄《たいごく》で松陰が刑死して以来、久坂はより過激な革命論者に変貌《へんぼう》した。

「たとえ日本全土を焼け野原にしても、徳川幕府を殲滅《せんめつ》せねばならん！」

武力倒幕は、同時に義兄の仇討《かたきう》ちを意味していた。果断な策を次々に打ち出し、刺客をつかって佐幕派の要人を闇に葬った。帝の大和巡幸はその総仕上げとなるはずだった。が、薩摩との暗闘に敗れ、長州兵は禁裏から追放された。

夜雨は激しく降りつづいていた。

事は切迫している。屈強な薩摩兵が妙法院を襲う懸念《けねん》もあった。とくに三条実美卿は幕吏につけ狙《ねら》われて、その命さえ危うい。

大雨の早暁、七卿らは妙法院を脱出した。駕籠《かご》や牛車《ぎっしゃ》の用意もできず、警護の長州兵と共に徒歩で都を落ちていった。年かさの三条西季知《さんじようにしすえとも》が五十一歳。あとの公卿たちは、すべて二十代から三十代の若さである。護衛役の兵たちと年齢は変わらなかった。

竹田街道《たけだかいどう》は泥にうまっていた。雨音で互いの声も聞こえづらい。実美卿の手を引きながら、直人は大声で怒鳴った。

「どねぇです、歩けますかッ」

「……無事におじゃる」

実美卿は、少し顔をしかめて笑った。

若い公卿は思いのほか豪気であった。紫絹袴は泥にまみれ、両足は鮮血に染まっていた。履きなれぬ草鞋《わらじ》で、やわらかな皮膚が破れたらしい。親衛隊長の久坂が近寄り、泥地にひれ伏した。

「おゆるしくだされ。捲《けん》土重来《どちょうらい》、かならずや王城を奪還いたします！」

傷ついた公卿の両足をなで、久坂は再起の決意をのべた。

長州は暴発した。

もはやだれもとめることはできない。過年八月の七卿落ちの積怨《せきえん》が、この六月五日に起こった〈池田屋騒動《いけだやそうどう》〉で烈しく再燃した。京洛《きょうらく》での失地回復をねらう尊攘派は、ひそかに三条小橋《さんじょうこばし》近くの商人宿に集結し、京都守護職松平容保《まつだいらかたもり》の暗殺計画を練っていた。入京を偵知した新撰組《しんせんぐみ》の近藤勇《こんどういさみ》らは、池田屋を襲撃して、二十余人もの尊攘志士たちを捕殺したのである。その中には、吉田稔麿《よしだとしまろ》など松陰一門の俊英もふくまれていた。池田屋で斬り死にした志士たちの遺恨は、若い長州人の激情をあおりたて、一気に倒幕戦へと突入していった。

ただ一人、異をとなえた慎重論の高杉晋作は、脱藩の罪にとわれて獄中にあった。

だが、それは表向きの罪科にすぎない。藩主の毛利敬親が高杉の才学を惜しみ、松陰門下の過激分子たちと引き離すためにしくんだ苦肉の牢入《ろうい》りであった。その証拠に、高杉は入獄直前に家禄とは別に新知行百六十石を藩主から貰《もら》いうけていた。

長州は最悪の事態を予測し、高杉晋作という最後の〈切札〉を温存したのである。

真意はどうあれ、旧友らは高杉の変わり身の早さを痛罵《つうば》した。

「口ばかり達者な蝙蝠侍《こうもりざむらい》じゃ。昼と夜には隠れ暮らし、飛び立つときは夕刻の一瞬。御加増の百六十石に目がくらみ、腰まで抜かした大うつけぞ」

一方、松陰門下筆頭の久坂玄瑞は死魔にとり憑《つ》かれていた。

命を賭《と》した王城突入だけが視野にあった。昨年八月の政変で、長州は京から追放されている。賊徒の汚名を晴らし、形勢を挽回《ばんかい》するには武力で覇権をもぎとるほかはない。

直人も久坂の護衛役として従軍した。最強の刺客だからこそ警護の任も一貫して遂行できる。

「すでに七卿は西下された。この上は御所の帝を長州へお迎えすべし！」

久坂は吠えた。自軍に錦旗《きんき》さえひるがえれば、倒幕の名目はあとからでもつけられる。

来島又兵衛《きじままたべえ》ひきいる遊撃隊《ゆうげきたい》を前面に押したて、参謀の久坂はわずか千二百余人の決死隊で上洛《じょうらく》した。迎え討つ幕府軍は、在京諸藩二万人の大軍であった。

装備も兵員も足りない。長州には怨念《おんねん》だけがあった。勝敗の行方は、京の童《わらべ》の目にもあきらかだった。

元治《げんじ》元（一八六四）年七月十七日。石清水八幡宮《いわしみずはちまんぐう》でひらかれた最終軍議で、禁裏奪取が決定された。

〈尊皇攘夷〉〈討伐会奸《かいかん》〉の二旗が長州軍陣営にひるがえった。当面の敵を会津一藩にしぼった。長州会津の遺恨戦に限定することで、寡兵の弱みをおぎなう戦略をとったのである。

久坂の真情は、高杉晋作の慎重論に近い。

しかし、七卿落ちで都から敗走した負い目があった。恩師吉田松陰の言によれば、〈志士とはすなわち死士たり〉である。もはや久坂には、決死して王座奪回をめざすしか残された道はなかった。

七月十八日、京洛へ突入した長州軍は御所をめざした。

寡兵だが将兵の士気は高い。来島又兵衛を将とする遊撃隊は、幕府の大軍を蹴散《けち》らして蛤御門《はまぐりごもん》へと迫った。

その時点では、長州にも勝機があった。

御所の南手にある堺町御門を突っ切れば、長州びいきの公卿鷹司邸へ入りこめる。久坂は親しい鷹司卿にすがって、孝明《こうめい》天皇の西下を嘆願するつもりだった。

「宮中へ鷹司卿と同行し、ぜひにも天皇さまに拝謁せねばならぬ」

幕軍二万に対し、長軍は千二百余にすぎない。物量戦になれば勝ち目はなかった。一気に兵を走らせて御所を抜くしかない。圧倒的に数にまさる幕軍に勝てないまでも、玉座を長州に遷《うつ》せば〈尊皇倒幕〉の気運が諸藩にも伝わり、土壇場の逆転劇も起こりうる。帝の座す〈禁門《きんもん》〉をひらくことが、久坂が死をかけた乾坤一擲《けんこんいってき》の最終戦略だった。

総攻撃の前夜。久坂は騎乗して王都をとり囲む諸隊をまわり、檄《げき》をとばした。

「刻《とき》は待たぬぞ。長州の存亡はこの一戦にかかっちょる。まよわず禁門へ突っ走れ!」

「おう!」

若い兵たちは勇みたった。夜明けをまって長州軍は三方から洛中《らくちゅう》へ攻め入った。そして幕軍の防御陣を次々に撃ちくずし、阿修羅のごとく御所へとひた走った。

家老の国司信濃《くにししなの》は、四百の兵をしたがえて中立売御門《なかだちうりごもん》に肉迫した。戦闘訓練に明け暮れた長州兵は、銃撃戦にも白兵戦にもなれている。けたはずれの強さをみせ、将棋倒しのように幕軍を撃滅していった。

「御所へ通じる門をすべて押さえよ!」

指揮官の国司は勝ちいそぎ、小隊を二手に分けた。百五十の兵員を下立売御門《しもだちうりごもん》へとさしむけたのである。

これは無謀だった。古来、兵を小出しにするのは愚者の兵法とされている。数少ない長州軍はさらに分割され、各所で孤立してしまった。

しかし、蛤御門をめざす遊撃隊の勢いはすさまじい。隊長の来島又兵衛は、もとは京の禁裏守衛であった。宮廷闘争で薩摩に敗れ、無念の思いで帰郷した。その後は、復《ふく》讐《しゅうしん》心を燃やして御所奪取の進発論を主導してきた。

「死ねや、みんな死ねーッ」

馬上の又兵衛は、金貼《きんば》りの采配《さいはい》をふりまわして幕兵たちをにらみすえた。突撃をくりかえし、だれもが一騎当千で荒れ狂った。

同じころ、直人の属する久坂隊も、桑名《くわな》兵の防衛陣地を果敢に攻め落として鷹司邸内にたどりついた。護衛の直人は、大きな盾《たて》となって久坂を護りぬいた。

玉座奪取が目前にせまった。

「やったぞ！　すぐにも禁門がひらく」

まさしく、それは奇蹟《きせき》だった。

長州軍は、烈しい怨念だけで二十倍の幕府連合軍を撃破し、めざす御所へと立ち入ったのである。

「とどくでよ！」

手をのばせば握れるところに、久坂の望む果実はあった。けれども、それは此岸《しがん》と彼《ひ》岸《がん》の果てしなく遠い距離だった。

このまま傍観すれば、尊い玉座は長州へと流れ下る形勢となった。長州の奇蹟をさえぎるため、薩摩の西郷吉之助が重い腰を上げたのである。

「それにしてん幕軍の弱かこつ。ものの役にも立たん田圃《たんぼ》の案山子《かかし》でごわすな。そろそろと薩摩も出陣いたしもす」

西郷の差配により屈強の薩摩兵が動いた。

配下の部隊は、洋式の軍制をとりいれた最精鋭の鉄砲隊が主軸であった。死兵と化し、都で荒れ狂う長州兵を封じるのは、剽悍《ひょうかん》な薩摩隼人《はやと》たちしかいない。三門を占拠する長州兵に、薩摩鉄砲隊が銃弾の雨をふらせた。

〈討伐会奸〉の旗を押し立て、会津と長州の遺恨戦に限定しようと図った久坂のもくろみは、もろくもくずれた。最強の薩摩軍団の出動により、長州有利の戦況はたちまち急転していった。

「薩兵きたる！」

一報をうけた来島又兵衛は、蛤御門にとってかえした。昨年まで禁裏守衛を任としていた来島にとって、薩摩は怒りの標的だった。西郷の巧みな宮廷工作により、天皇好きの老志士は京から追い落とされたのだ。

（薩摩の西郷憎し！）

来島の京都進発論の根幹は、その一事にあった。

「討薩じゃ！　薩摩兵どもを蹴散らして西郷の猪首《いくび》をはねよ」

「やっちゃる！」

老将の怒りが兵にものりうつった。来島隊は何の防御もせず、しゃにむに薩摩の鉄砲衆の前面におどり出た。

「突っ込めーッ」

来島又兵衛は馬上より突撃の大音声を発した。金の采配を大きくうちふって駆け出すところを、薩摩の鉄砲衆に狙《ねら》い射《う》たれた。

数発の弾丸に射ち抜かれながらも、又兵衛は金配をふり捨て、抜刀して薩摩隊へ突撃していった。それは〈人生五十年〉と思い定めた老将の、夢にえがいた散りぎわだったのかも知れない。

「一歩もひくな。来翁《らいおう》につづけ！」

父代わりの将を失い、若い長州兵たちは銃口が居並ぶ敵陣に自暴自棄の斬り込みをかけた。ばたばたと射ち倒され、来島隊は残らず全員が蛤御門前で闘死してしまった。

先鋒《せんぽう》の来島隊は壊滅した。

中立売御門の国司隊もよく闘った。だが、二十倍におよぶ兵力の差は酷であった。薩摩・彦根《ひこね》・会津・桑名などの合流大部隊に囲み射ちされ、洛外へ総退却した。

長州は完膚《かんぷ》なきまでに敗れ去った。

けれどもただ一隊、直人の属する久坂隊だけは洛中からしりぞかず、鷹司邸を死守していた。残る人数は、将の久坂玄瑞をふくめ、わずかに二十三名。そのほとんどが槍傷や銃創をうけた重傷者だった。

久坂は右足に二発の銃弾をくらっている。護衛役の直人も、左肩に貫通銃創を負っていた。気が昂《たか》ぶっているせいか、さほど痛みは感じない。

あたりを見回すと、久坂隊の分隊長をつとめていた山県狂介の姿がなかった。

「どねぇしたんじゃろ。さきほどから狂介の姿が見えんが」

不審に思って直人が問うと、久坂が力なく苦笑した。

「先の読める者は、この場に残りゃせんよ。とうの昔に、山県狂介は品川弥二郎《しながわやじろう》らと共に落ちのびちょる」

「あン外道《げどう》め、隊長を見捨てて……」

「怒るな直人。彼は、もう充分に任をはたした」

久坂の言うとおり、山県は京都偵察の大任を全《まっと》うしていた。一月《ひとつき》前、彼は上洛する長州軍のさきがけとして洛中に潜入し、手だれの諜報係《ちようほうがかり》として暗躍した。

もはや山県は一介の槍遣いではなかった。幕軍の情報を伝えるだけでなく、稀代《きたい》の謀略家として要人暗殺まで企てた。長州軍が京都に突入する七日前。七月十一日にその事件は起こった。三条木屋町《きやまち》筋で、開国思想家の佐久間象山《さくましようざん》が刺客に襲われたのである。

佐久間象山は並ぶ者のない西洋軍学者だった。そして、幕閣勝海舟《かつかいしゆう》の妹婿でもあった。〈海陸御用係〉という大仰な役名を持ち、京においても、朝廷に招かれて諸般の国内外情勢を公卿たちに講義していた。

「わしに手をふれる者などおらぬ」

森羅万象の意に通じた洋学者は超然としていた。

幕府は彼の学識を敬い、長州をひきいる革命分子も、自分の弟子筋にあたる吉田松陰の門下生たちであった。塾生らは、いわば象山の孫弟子である。

幕末動乱のなか、象山はゆるぎない立場だった。佐幕派からも勤王派からも襲われる心配はない。かれ自身はそう思いこんでいた。

権高な象山は、長州人の狂気を知らなかった。とくに松陰門下生は軽輩上がりが多く、目上の者への憎しみと攻撃性がつよい。松陰と象山の一時の子弟関係に、ふかく思いを馳《は》せる者などいなかった。

佐久間象山の派手な言動は、賊徒となった長州人の神経を逆なでした。

「公武合体し、朝廷と幕府が協力一致して国難に立ちむかう。それには遷都しかない」

破天荒な象山の提案は、すぐさま暗殺指令となって彼の身にはねかえってきた。

所用があれば、象山は洋鞍《ようぐら》をおいた黒馬で繁華な道を一人で通った。その姿はいやでも人目をひく。何の警戒もしていなかった。

七月十一日の白昼、乗馬した象山は高瀬川《たかせがわ》ぞいの木屋町筋にさしかかった。と、数人の刺客たちがうっそりと立ちあらわれた。

「天誅《てんちゅう》!」

首領格の男が、手槍をつかって黒馬の横腹をざっくりと突き刺した。長州人特有の長顔だった。

刺客たちは手慣れていた。落馬した象山の頭蓋に凶刃をふるった。西洋軍学者の脳髄にたっぷりとつまっていた森羅万象の真理は、一瞬にして中空へ放散した。

暗殺直後、三条川原に次のような立て札が掲げられた。

〈この者、慢《おご》り高ぶり、京都御所をないがしろにして江戸遷都の議を首唱す。ゆえに天誅を加う――〉

象山暗殺は、だれの目にも長州勢のしわざと映った。しかし、ずっと後になってから肥後の河上彦斎《かわかみげんさい》が自分が暗殺犯だと公言した。彦斎は首領の名もいわず、暗殺指令をだした黒幕の素性ものべなかった。

山県狂介は刺客としての任を果たした。長州の京都進発の前ぶれだった象山謀殺は、ありふれた天誅事件として暗い歴史の闇に消えたのである。

口にださずとも、直人には〈象山暗殺〉の裏面が透かし見える。それは同じ刺客としての直感であった。

(狂介にだしぬかれた――)

佐久間象山の奇策にのって、孝明天皇が江戸に遷れば幕府と朝廷は一身となり、長州の尊皇攘夷論は跡形もなく消え失せてしまう。

あせった久坂は秘密裏に暗殺指令を発し、それを受けた山県らがすみやかに実行したのであろう。大物を殺《あや》めたあと立て札まで掲げる用意周到さは、河上彦斎などの食いつめ浪士にできることではない。

先ほど偵察にだした諜者《ちょうじゃ》が、息をきらせて書院へ走りもどってきた。

「久坂さま、吉報ですぞ。関白鷹司卿が宮中へとむかわれておりますッ」

久坂は愁眉《しゅうび》をひらいた。

今朝早く、久坂隊は裏門から鷹司邸内に押し入った。だが、たのみの卿は不在だった。卿に同行を願わねば、帝に拝謁することはできない。久坂は諜者を放ち、鷹司卿の所在をさがしもとめていた。

「おう、やっとお姿を見つけたか。で、公卿さまは今どこにおられる」

「当屋敷の目前、禁裏の御門にッ」

「でかした。まだ天運は残っちょる。鷹司卿におすがりして、帝に西下を願おう。直人、一剣をふるって禁門への道をひらけ！」

「やりますけぇ」

直人は守り刀を抜きはらった。

小烏丸が音もなく鞘《さや》からすべりでる。桓武帝が愛《め》でた宝刀には、禁裏の扉を押しひらく霊力があるはずだ。磨きぬかれた刀身は燃えさかる京洛の炎を映し、あざやかな緋色《ひいろ》に染まっていた。

屋敷外を見張っていた諜者が、鷹司邸のくぐり戸をあけて叫んだ。

「おいそぎくだされ、久坂さま。鷹司卿が裏の通りを！」

「行くぞ、直人。肩をかせ」

久坂が傷ついた右足をひきずって玉砂利の小道へ走りでた。直人もくぐり戸をぬけ、久坂の右脇について身体を支えた。

幸い、せまい裏道に幕兵の姿はない。

「あそこに……」と、直人は指さした。

白羽二重《しろはぶたえ》の絹衣が前方でゆれている。

小柄な鷹司卿が五人の供をつれ、散策を楽しむかのようにゆったりと歩んでいる。戦乱なれした京の公卿は、土壇場になると侍以上の胆力があるらしい。

〈王政復古──〉

それが鷹司卿の悲願であった。武力倒幕をもくろむ長州とは利害が一致している。またことのほか美青年の久坂を寵愛《ちょうあい》していた。これまでも久坂の頼みごとなら、たとえ無理筋でもかなえてくれていた。

　小走りに追いすがった久坂が、鷹司卿の裾《すそ》を握りしめた。

「卿、御同行をお許しくだされッ」

　久坂は、参内途中の鷹司卿の足元にひれ伏して必死に懇願した。

　けれども、卿の表情は能面のように冷たく冴《さ》えている。

「今さら、なにゆえに」

「畏《おそ》れながら禁裏へとお伺いたてまつり、帝に長州の無実を訴えたく存ずる」

「久坂よ、もうおそいぞや。勝敗の帰趨《きすう》は決した」

「なにとぞ、おそばに」

「できぬ」

　すがる久坂の手を邪険に払って、鷹司卿は砂利道を去っていった。

「無念……」

　久坂が砂利をつよく両手でつかみとった。その切れ長の目尻《めじり》から、はらはらと涙がこぼれ落ちている。脇の直人は、無慈悲な公卿に烈しい殺意をおぼえた。

「斬っちゃる」

「ひかえろ、直人。この場で卿を斬ったとて無益なことぞ」

「じゃが、このままでは」

「もういい。貴人もまた利に走る。義に生きなんとする者は、松陰先生のごとく狂徒として巷《ちまた》に屍《しかばね》をさらすのみ」

「わかっちょります」

直人は小さくうなずき、蒼《あお》みがかった刀身を鞘におさめた。

いつも公家たちは、歴史のなかで勝者がわについて尊い血脈を保ってきた。泥にまみれた敗将など、決して禁裏へは迎え入れないのだ。

鷹司卿の一行が禁裏の御門へ入っていく姿が、裏道の角地から望見できた。すぐに御門は閉じられた。

そして、〈禁門〉は二度と開かなかった。

「愚かなり、わが所業。むやみに政敵を殺めすぎた。ゆるせ、直人」

「そねぇなことはないですちゃ」

「今となってははっきり見えた、人は貴賤《きせん》にあらずと。最後に頼れるのは、漁師上がりのお主《んし》やだけじゃ」

久坂玄瑞は、長い迷妄からさめた。

閉ざされた禁門をながめ、がっくりと両膝をついている。太腿《ふともも》に二発の銃弾をうけ、それまで気力だけでもちこたえていたのだ。

「もどりましょう、久坂さん」

「すまんのう」

「ふるい仲じゃないですか。なんも遠慮はいらんちゃ」

「周防の佐波村ではじめて逢《お》うてから、もう八年もたつか」

久坂はすなおに直人の肩におぶさった。

「色々とおしえてもろうたです」

それは実感だった。久坂の薫陶をうけて、直人の土俗的な尊王思想は確固たるものになったのだ。

背負われた久坂が、しみじみと言った。

「お主《ぬし》ゃは、あのまま漁師でおったほうが」

「良かったかも知れんですな。なんも知らんで海を見て暮らしとったほうが……」

「光り輝く瀬戸内の海は忘れられんのう。育った萩の暗い荒海とちごうて、どこまでも青く澄んじょった」

わずか八年の歳月のなかで、紅顔の少年医は長州の最高幹部となり、革命軍をひきいて上洛した。また無学な漁師のせがれも、最強の護衛として傍《そば》に付きしたがっている。

玉座奪取は成らなかった。

大いなる野望は潰《つい》え、長州軍は四散した。行き暮れた二人は、共に苦い青春の蹉跌《さてつ》をあじわっていた。

二人が邸内にもどると、鷹司卿の親族たちが軒先に集まっていた。先ほど久坂は薩摩軍の西郷に伝令をだし、鷹司家の親族が屋敷から脱出する際に砲撃しないよう申し出た。

宮家に長年つとめる小者が、伝令の役目を見事にはたして戻ってきていた。

「薩摩の西郷はんとも話がつきました。宮家のご家族が当屋敷から出はるまで、攻撃はひかえると言うてはります」

「そうか、よかったのう」

久坂は、ほっと安堵《あんど》の笑みをもらした。

「ほな、行きますよって」

「お待ちあれ。これまでの狼藉《ろうぜき》ゆるされよ。義挙とはいえ、尊い鷹司家へ乱入いたした。お屋敷は敵軍の矢弾の的じゃ。御家の修復のため、この三千両の金子《きんす》をお使いくだされ」

ふかく謝罪して、軍資金の残りをすべて鷹司一族に分け与えた。久坂は、敗将としての責務を為し終えたのだ。

鷹司邸を死守する残兵に、もう金銭は必要ない。いさぎよく討ち死にするのみである。

鷹司一族は、金品を荷車にのせて自邸から逃れ去った。

その半刻後、薩軍の砲兵隊が邸内へ十五センチ砲を撃ちこんできた。屋根瓦《やねがわら》がふっとび、奥屋から火の手があがった。黒煙が西風にのって流れていく。

薩軍は攻め入ってこない。死兵と化した久坂隊と白兵戦になれば、道連れにされてむだな兵員を失うことになる。遠巻きに包囲し、久坂隊全員の自刃を待つ腹らしい。

「これじゃ死に花も咲かせられん。薩摩の西郷も部下思いじゃのう」

久坂は、朋友の入江九一《いりえくいち》に笑いかけた。

補佐役に徹した入江は、松陰門下四天王の一人で、塾生のだれもに慕われていた。いつも自説を曲げない高杉でさえ、入江に諭されると黙ってうなずくという。派閥外の直人にも分けへだてなく接してくれていた。まるで権勢欲というものがない。功利に走る山県狂介とは対極にいる高潔の士だった。

「義助さん」

と、入江は親しく久坂の幼名を呼んだ。

「みんな疲れちょる。このへんでおひらきにしましょうや」

「九一、よう言うてくれた。一緒に松陰先生のもとへ謝りにいこう」

「そうするかいのう。こうして御所近くで死ぬるなら本望じゃ」

「うむ。われらが死ねば、あの高杉もかならず挙《た》つ！」

久坂は、てらいもなく言いきった。

松陰門下四天王のうち、吉田稔麿は尊攘派の大同団結に奔走していた。先月、入京の折に運悪く池田屋騒動にまきこまれた。腕の立つ稔麿は、からくも新撰組の刃をぐって脱出した。二条の長州藩邸へ駆けもどり、すぐに救援を要請した。

しかし、新撰組だけでなく、洛中には三千の会津兵があふれて浪士狩りをしていた。藩邸には二十人ほどの長州兵しかいなかった。留守居役の乃美織江《のみおりえ》は、池田屋にこもる志士たちの救出を断念した。

「ならば、わし一人で行く。同志たちが待っちょるけぇな」

吉田稔麿は友誼《ゆうぎ》を守りぬいた。手槍をかかえ、たった一人で池田屋へ馳せもどったのである。そして、行く道をふさぐ会津兵の一団に突っこんで奮死した。

今また、ここで久坂玄瑞と入江九一が死ねば、四天王の生き残りは高杉晋作ひとりとなる。上士の身分を捨てきれなかった高杉も、友の屍をこえて立ち上がるしかない。

「これを国元の高杉にとどけてくれ」

帯にはさんだ根付《ねつけ》をはずし、久坂は梨地《なしじ》の印籠《いんろう》を脇にひかえる直人に手渡した。

「この印籠は?」

「中の小箱に、松陰先生の指の骨が入っちょる。門下生筆頭の証《あかし》じゃ」

「では、あの優柔不断な遊蕩児《ゆうとうじ》に後事をたくすと」

「上士の彼が立てば、藩論も一つにまとまる。奔馬は高空を駆け、錦の雲をよんで長州に神風が吹く」

「それほどの男じゃろうか……」

直人の疑念を晴らすように、久坂はきっぱりと言った。

「それほどの男だ」

うなずくほかはない。直人は、形見の印籠を懐にしまいこむ。

「わかりました。血路をひらき、かならず高杉の手元へとどけますけぇ」

「頼んだぞ」

久坂は清《すが》しい笑みを浮かべ、かたく直人の手をにぎった。

死支度《しにじたく》は整った。久坂は、生き残りの傷兵たちに最期の決意を述べた。

「薩摩の西郷に、長州男児の肝っ玉を見せつけようぞ。動ける者は大きくときの声をあげて正門より打って出よ！　その間隙《かんげき》に、直人は裏塀をのりこえて堀川《ほりかわ》から西大寺《さいだいじ》へと突っ走れ。皆よくついてきてくれた。これより一死をもって、諸君たちへのはなむけとする」

久坂は同門の入江九一と相対し、たがいに目で時をはかった。

「九一、いざ参るッ」

「おう！」

二人は呼吸を合わせ、迷いなく小刀で刺しちがえた。血潮が噴きとんだ。かたわらに座す直人は、生あたたかい血のりを頬にあびた。

入江九一、享年二十七歳。

長州軍総指揮官の久坂玄瑞は、二十四歳の若さで京洛に散った。

（敗れたのではない）

烈しく燃焼しきった末の見事な自裁だ。直人は、そう思いたかった。そして白痣のある右頬にしるされた久坂の鮮血こそ、刺客神代直人の道標《みちしるべ》であった。

（斬る！　行く手をさえぎる者は斬る）

鷹司邸の裏塀を跳びこえた直人は、堀川へと抜ける小道をひた走る。

耳をつんざく銃音が正門あたりでわき起こった。久坂隊の残兵が邸に火を放ち、最後の突撃をかけたらしい。

古雅な公家屋敷は突風にあおられ、一気に燃え上がった。これで久坂玄瑞の骸《むくろ》が幕兵たちに辱《はずかし》められることはない。

「あっ……」

砂利道の尽きた角地で、ばったりと幕軍の掃討隊と出くわしてしまった。旗印で桑名兵だとわかる。十人ほどの小隊であった。

「こやつ、長州人だ！」

「討ちとれッ、銃をむけろ！」

小隊長とおぼしき関羽髭《かんうひげ》の男が、刀の柄《つか》を手に後ずさりながら声を放った。

配下の桑名兵たちが、あたふたと旧式の火縄銃に点火している。

「射たさぬ！」

直人は疾風のように走った。

八間ほどあった距離を瞬時につめ、烈声を発して鞘走った。

「コンな、くそッ」

小烏丸が宙に唸《うな》る。真正面から敵陣に踏みこみ、横なぐりの太刀をふるった。得意とする左からの片手斬りである。

前面にいた二人の桑名兵が、同時にのどから血を噴いて、あおむけざまに転倒していった。ブーンと振りきった刀身を峰に返し、こんどは逆袈裟《ぎゃくげさ》に斬り上げた。左辺で棒立ちになっていた若侍が、両刃の剣に脇腹をえぐられて血へどを吐いた。

直人の両目が鮫のように三角にとがった。薄茶色の瞳《ひとみ》は殺気立ち妖《あや》しく濡《ぬ》れていた。

「こりゃ、どえらい奴ぞ！」

「とてもかなわぬ……」

桑名兵たちは貌《かお》をこわばらせた。御所の角地で鉢合わせした相手が、血に染まる剣鬼だと気づいたらしい。

全員が浮き足立っている。直人はさらに間合いをつめていく。剣の心得などもたぬ砲兵が、火縄銃を放《ほう》り捨《す》てて逃げだした。

「行かすかよ！」

直人は地面をつよく踏んで跳ねた。飛びおりざま、勢いにのって桑名兵たちの後頭部に斬撃《ざんげき》を加える。カンッ、カンッと桶《おけ》を叩《たた》き割《わ》るような乾いた音がした。

軽めの手応えが肩にひびく。

標的を真《ま》っ芯《しん》でとらえたような根深い快感があった。

「長人め、よくも賊徒の身で」

小隊長が白塀を背にからくも踏みとどまった。太刀を右寄せの八双にかまえ、濃い関羽髭をふるわせた。

壮年の小隊長は脇構えに一歩ふみ出し、直人をにらみすえた。

互いの剣尖《けんさき》がとどく脇構えは、柳生新陰流《やぎゆうしんかげりゆう》の捨身技である。明らかに相討ちを狙っていた。撃ちこんでくる相手より一呼吸おそく斬りこむ必死必殺の剣であった。どちらもかならず傷を負う。両者の太刀筋の正確さが生死を分けることになる。よほどの覚悟がなければ遣える技ではなかった。

「お主《んし》やできるのう、名を聞こう」

「桑名藩馬廻役《うままわりやく》、大木弥五郎《おおきやごろう》」

「親衛隊士、神代直人。志士久坂玄瑞恩顧の臣じゃ。悪いが、斬るでよ」

スッと半歩ひいて、直人は小刀を右手で抜きはなった。さらに二刀を大きく宙空にのばし、揚羽蝶《あげはちよう》のようになびかせた。

「その構えは……」

「二天一流。剣聖武蔵の流れをくむ者」

「まさか」

「剣の道もまた一期一会。いずれの道にも別れを悲しまず——」

武蔵の遺訓をつぶやき、直人は身体がぶつかるほどの近間にふみこんだ。両者の間合いはわずかに三尺。撃尺の位置である。どの角度から斬りつけても互いに致命傷を与えられる。

息がつまる。脇構えの大木弥五郎は待ちきれない。先をとって、右から袈裟がけに斬りこんできた。

「とりゃーッ」

太刀筋は強烈だった。

地の底まで撃ちぬく破壊力があった。が、あまりにも間合いが近すぎる。刀身の遠心力が切っ尖にまでとどかない。直人はかわさず、敵の豪剣を右の小刀でうけとめた。と同時に、小烏丸を半回転させて弥五郎の脇腹をざっくりと薙《な》ぎ斬った。二刀ならではの、転瞬の受け太刀攻め太刀であった。

血しぶきがとんで、背後の白壁にあざやかな朱色の横一文字が描かれた。

「武蔵の剣か……」

地に伏した大木弥五郎は、あえぐように言った。出血がひどく面貌《めんぼう》は蒼白《そうはく》だった。虚空にのばした手がしだいに力を失っていく。

「お主《ぬし》ゃ、ええ腕じゃったのう」

「早くとどめを」

「刺さぬ。闘いの場は決死転生。敵にあびせるは一太刀のみ。それが流儀じゃ」

他の人斬り浪士たちのように、倒した相手を多勢で斬りきざむ見苦しさを直人はきらった。一太刀で生死を決することが、刺客としての矜持《きょうじ》であった。

瀕死《ひんし》の敵を見捨て、直人は公家屋敷の白塀ぞいに駆けだしていった。

小路を走りぬけて堀川通りにでると、炎に追われた被災民がひしめいていた。

長州軍の禁裏奪回で砲弾が乱れとび、まきぞえを食った町衆は方向もわからず逃げまどっている。京洛の各所から火の手があがり、辻々《つじつじ》は男たちの怒号と女子供らの悲鳴で満ちていた。

「どけッ、のおくれめが！」

直人は町衆を蹴りとばし、前をふさぐ人波をかきわけた。だが、膨大な人のうねりに抗しきれない。

（めざす方向がちがう——）

町衆の流れは西大寺とは逆方向の鴨川《かもがわ》へとむかっている。火炎に追われると、人は本能的に川辺へと逃げていくものらしい。直人は被災民の群れに身をまかすしかなかった。

古都は戦火につつまれ、二条にある長州藩邸も幕軍の砲撃をうけて真っ赤に燃えさかっていた。

もはや長州の再起はおぼつかない。総指揮官の久坂玄瑞を亡くし、尊皇倒幕の種火さえ消え去ってしまった。

被災民にまぎれ、鴨川の柳土手に立った直人は、赤々と燃え落ちていく長州藩邸をむなしく望見していた。

(残るはただ一人、高杉晋作のみ)

久坂玄瑞の形見の印籠をとどけることが、生き残った直人の責務だった。

師吉田松陰の遺骨が入った梨地の印籠こそ長州の士魂であった。その小箱には、先んじて逝った恩師や朋友たちの血涙がこもっている。いったん印籠を手にすれば、蕩児気どりの高杉も高禄をなげうって、義挙せざるを得ない。

「北山《きたやま》しぐれか……」

直人は、冷たい雨滴を手のひらでうけた。

ふいに夕空が暗みをおび、北山の稜線《りょうせん》から黒ぐろとした雨雲がせり出してきた。

五章　高杉挙兵

波しぶく海峡に、深く青ずんだ潮流が奔《はし》りこんでいる。

元治元（一八六四）年八月二十七日、直人は下ノ関港の埠頭《ふとう》に降り立った。藍地《あいじ》の潮じみた古着をまとい、下はふんどし一本の船頭姿だった。

（また生きてもどった……）

徒労の思いに浸される。

大切な人を、心ならずも彼岸《ひがん》へ置き去りにしてしまった。いつも護《まも》るべき者を護りきれない。そして、血に汚れた己《おの》れだけがぽつんと此岸《しがん》にとり残されてしまう。

一月《ひとつき》前、畏友《いゆう》の久坂玄瑞は京都に進軍して禁裏奪回をめざした。が、天運に見放され、禁じられた門前でいさぎよく自刃した。

〈後事は高杉晋作に――〉

それが久坂の遺言であった。護衛役の直人は殉死をゆるされず、形見の印籠《いんろう》を高杉にとどけるため京洛《きょうらく》から脱出した。

敗走する長州兵への詮議《せんぎ》はきびしかった。直人は厳戒の伏見筋《ふしみすじ》をさけ、鞍馬山《くらまやま》の間道《かんどう》をこえて鯖街道《さばかいどう》をひた走った。若狭《わかさ》の小浜湾《おばまわん》にたどりつき、漁村に潜伏して長州帰還のときを待った。生まれついての漁《すなど》りである。見事な櫂《かい》さばきや丹念な網直しを見て、流れ者の漁夫として働く直人を疑う者はいなかった。

一月後、やっと馬関へむかう北前船に帆上げの船頭として乗りこむことができた。僻《へき》地《ち》に潜伏していた直人は、長州の情報を何一つ得ていない。

下ノ関に上陸した夜、さっそく白石邸を訪れた。海運業者はだれよりも早耳である。そして豪商白石正一郎は勤王の思いが深く、算盤勘定《そろばんかんじょう》よりも大義に生きる男であった。すっかり漁師面《りょうしづら》にもどった直人に、着替えの衣服をそろえ、鯛《たい》の御膳《ごぜん》で迎えてくれた。

「ご無事でありましたか。さすが不死身の神代さまじゃ」

「すまんのう、また世話をかける」

「なんの、ご遠慮はいりません」

「白石さん、きかせてくれんか。わしゃ、京をおちのびて若狭の漁村におったけぇ、長州の政情がまるでわからんソじゃ」

「まずは一献」

二合徳利の酒をついで、正一郎はおもむろに語りだす。

長州は崖《がけ》っぷちにあるという。

「いつ滅んでも不思議はないです。〈禁門《きんもん》の変〉で大敗したあと――」

さらに思いがけない災禍がふりかかった。長州人は敗戦を嘆く間もなかった。八月初旬に入って、なんと西洋列強の連合艦隊が攻め寄せてきたのである。

前年の五月。攘夷《じょうい》に燃える長州藩は馬関海峡を通る外国船を砲撃し、朝廷への忠義立てをした。

〈夷狄《いてき》誅滅《ちゅうめつ》！〉

それは京の帝《みかど》の勅令でもあった。が、開国を迫る西洋列強は報復にでた。イギリス・フランス・アメリカ・オランダの諸国が大艦隊を組んで長州に襲来したのである。下ノ関の防衛陣地は、艦砲射撃をうけてふっとんだ。圧倒的な武力だった。

「もう、涙もでませんでしたな」

教養人の正一郎は、さも愉快げに笑った。

悲劇を通りこし、すべてが上方《かみがた》の俄劇《にわかげき》のようにばかげていた。京都乱入で、長州は日本の全藩を敵にまわして敗退した。そして一月も経ぬうちに、今度は極東の島国の一藩でもって全世界に決戦を挑んだのである。

新型の破砕弾で、陣地は跡形もなく粉砕された。列強の海兵隊は難なく下ノ関に上陸した。夷狄を迎え討つべき正規武士団は、われ先に萩城下へ逃げ帰ったという。

勇敢に闘ったのは、装備の劣る奇兵隊だけだった。

「世襲の禄《ろく》をいただくお侍は、とかく戦《いくさ》で死ぬのをいやがります。その点、百姓町人の次男が多い奇兵隊は命をぽんと放《ほう》りだす」

「では、奇兵隊提督の高杉どのは」

「藩主のお声がかりで出牢《しゅつろう》した高杉さまは、講和使節として敵の旗艦へおもむきました」

「あの小男が、巨漢の異人と……」

「さよう。わが家に寄られ、高杉さまは一尺ほどもある高下駄を履かれましてな。古式ゆたかに立烏帽子《たてえぼし》をかぶり、黄金色の鎧直垂《よろいひたたれ》に真紅の陣羽織という出立《いでた》ちで、『これから始末をつけてくる』と笑って言い残し、颯爽《さっそう》と講和会議に」

「計り知れんのう、高杉晋作という男」

宍戸刑馬《ししどけいま》という変名を用い、高杉は長州藩の家老と称して旗艦ユーリアラス号へ乗りこんだ。

交渉の通訳代わりに、英国より帰国したばかりの伊藤俊輔《いとうしゅんすけ》と井上聞多《いのうえもんた》が随行した。イギリスに留学中だった両名は、連合艦隊の長州攻撃の噂《うわさ》を聞き、急ぎ帰郷した。ポーツマス港から貨物船にとび乗った二人は、遠征する艦隊より一月早く長州へたどりついた。暗い牢屋から高杉をひっぱり出し、講和会議の表舞台に上げたのも彼らであった。

会談の席についた高杉は、まるで勝者のごとく傲然《ごうぜん》と言い放った。

「以後、馬関海峡の通船をゆるす」

これには通訳の井上もあきれた。高杉のだした提案は、外国船の海峡通過を見逃してやるという一事だけだった。賠償金のことも土地の割譲も示されていなかった。

司令長官のクーパーは激怒した。これでは膨大な戦費を使い、艦隊をつらねて極東の小島へ押し寄せた意味がない。

「この会談は決裂だ。長州の目がさめるように、もっと大量の砲弾をおみまいしよう」

「望むところだ。数千人の海兵で征服できるほど長州は小さくない。陸戦では五十万の兵をもってお相手いたそう」

高杉は大ぼらを吹いた。悠然と席を立ちかけた高杉をクーパーが真顔でとめた。

「もっと話し合おう」

「よかろう」

高杉は、にやりと笑って坐《すわ》りなおした。

この会談で、戦費の話を煮詰めなければ、司令長官クーパーの責任問題になることを高杉は見透かしていたらしい。

これまでは、どの東洋人も卑屈な作り笑いでクーパーに接してきた。が、この長州人はちがった。一片の恐れも見せず、まっこうからクーパーの青い瞳《ひとみ》を正視していた。

今度は、クーパーが作り笑いを浮かべた。

「賠償金は、いや我々の使った戦費はどうなるのでしょうか」

「それは、徳川幕府が支払う」

「なぜ、幕府が？」

「もともと外国船の撃ち払いは、幕府よりの通達であった。長州藩はそれに従ったにすぎん。よって諸氏らの戦費は幕府が肩代わりする義務がある」

まったくの詭弁《きべん》であった。

だが、クーパーはそれにのった。戦費さえ回収できれば金の出所はどこでもよかった。また、西国の一藩を相手にするより、幕府のほうが賠償金の取りはぐれがない。高杉とクーパーの思惑は一致したのである。高杉は、まんまと敗戦のつけを幕府に押し付けた。ビタ一文の賠償金も出さず、居留地として一坪の土地も割譲しなかった。かつて上海《シャンハイ》に遊学した高杉は、西洋の居留地となった港町での外国人の横暴さを見知っていた。

賠償金は三百万ドルと決定された。高杉が勝手に決めたのである。他人が払うのなら、額はいくら高くてもかまわなかった。もちろん徳川家には何のことわりもない。長州征伐をもくろむ幕府軍の資金を削《そ》ぐ狙《ねら》いもあったらしい。

「まさに奔馬ですな。いったん高杉さまが奔りだすと、だれにもとめられません」

「ただの蕩児《とうじ》ではなかったようだな」

「はい、あの風雅な〈此の糸〉が惚《ほ》れたほどの男です」

「それを聞きたい。此の糸はどこにおる」

「当家の別棟でお暮らしです」

「なんじゃと……」

「高杉さまが廓《くるわ》より落籍し、わたくしめがお預かりしております」

「で、その高杉本人はいずこに」

「風のごとく消え失せました。失礼ながら、神代さまとそのお仲間のせいで」

講和会議で大博打《おおばくち》をうったあと、高杉を待っていたのは志士たちの誹謗《ひぼう》だった。奇兵隊のなかでも、直人の属する御盾隊は神国思想に殉ずる者が多い。

隊長の大田市之進《おおたいちのしん》は、四十石どりの馬廻役《うままわりやく》である。夷狄誅滅の思いにかられ、十八歳のとき、江戸に出て練兵館《れんぺいかん》で剣を学び、塾頭にまでなった遣い手だ。久坂玄瑞の影響下にあり、直人の凄腕《すごうで》を見込んで、御盾隊の幹部にまねき入れたのも大田市之進だった。

攘夷志士はきわめて了見がせまい。すぐに人を斬《き》る話に熱中する。大田らは夷狄と談合した高杉に天誅《てんちゅう》を下すという。

直人には、思いあたる節があった。

「先だって、大田さんに帰郷するとの書状を小浜より船便で届けたがのう」

「たぶんそのせいですな。神代さまに狙われて命を永らえた者はおりません。長州の暴れ馬も遠方へと逃げだしたようです」

「悪名ばかりが広がっちょる」

「では、高杉さまを斬る気はないと」

「それどころか、自刃して果てた久坂さんの形見を渡さにゃならん」

「こまりましたな。まァいずれ、〈おうのさま〉恋しさに当家へ舞い戻ってこられるでしょうが」

「此の糸の新名だったな。気高い姫巫女《ひめみこ》に、高杉もつまらん名前をつけたのう」

「さにあらず。世人はだれも知りませぬが、〈うの〉とは尊い女帝の別名なのでございます。天武《てんむ》天皇の妃《きさき》でもあった持統《じとう》天皇は、若き日は〈うののきらら姫〉と申され、天武帝は親しく〈おうの〉と呼んでいたとのこと。最下層の廓の美妓《びぎ》に女帝の名をつけるとは、いかにも風狂な高杉さまらしい」

　貿易商人の白石は、なまじの国学者よりも古本に通じていた。

「知らんかったでよ。そげな謂《いわ》れがあったとは。おうのに、いや此の糸に逢《あ》いたい」

「どうぞ別棟へと」

　此の糸と直人をめぐる深い因縁を、白石は知っているらしい。座を立って、裏庭に面した広縁の障子戸をあけ放った。

なつかしい海峡の潮風が、サァーッと宴席へ流れこんできた。

此の糸は微笑《ほほえ》み、ギヤマンの水差しをかざして見せた。

「直人さまに逢える気がして、砂糖水を用意しておきました」

丸髷《まるまげ》をほどいた長い洗い髪が、しなやかに浴衣《ゆかた》の両肩にかかっている。

化粧を落とした女の素顔は、きれいな桜色に張りつめていた。くっきりとした奥二重の目は霊気をおびて、情感たっぷりに濡《ぬ》れている。

直人は、やはり目を合わせられない。

別棟の狭い畳部屋で、伏し目のままぼそりと言った。

「かわらんな。その瞳の深さ……」

「ほほっ、お口も上手になられました」

「いつも本気だ」

あごが小さくとがって、此の糸の面貌《めんぼう》は童女のようにあどけない。どこにも廓暮らしの暗い影はなかった。

ギヤマンの器に砂糖水をついで、此の糸は吐息をもらした。

「また、たくさんの人を殺《あや》めましたね」

「斬った。それがわしの務めじゃけぇ」

「あのとき、宝刀小烏丸を授けねばよかった」

「それもまた二人の宿縁《さだめ》。腰にたばねた愛刀は、どこまでも剛《つよ》く烈《はげ》しい。海賊城で死んだ親父《おやじ》の化身じゃと思うちょる」

直人は、冷えた砂糖水を飲みほした。砂糖大根の甘みが、ほのかに口中にひろがった。

此の糸が、唐突に言った。

「父御《ててご》の一平さまは生きておられます」

「なぜわかる。姫巫女の千里眼か」

「海路は遠くて近いもの。直人さまにつれられて、十五の夏に火振島を離れて以来、ずっと島の者とは連絡がとれておりました」

「では、親父は今もあの海賊城に囚《とら》われちょるソか」

「はい。姫巫女のわたしが去ったあと、隻腕手鉤《せきわんてかぎ》の一平さまは、神館に棲《す》みついて怪異な呪術者《じゅじゅつしゃ》として海賊城に君臨しておられます」

「そげなことが！」

思いがけない話に声をのんだ。

神の手のひらで、人の運命は変転する。

海賊城に置き去りにした父は、しぶとく生きていた。その上、逆賊藤原純友の遺魂を守る霊能者として、今では絶対的な立場におさまっているらしい。

か）

（嵐《あらし》の夜、突如あらわれた手鉤の男は、荒ぶる海神として島人の目に映ったのだろう

直人は、そんな光景を夢想した。

醜怪な男と美しい姫巫女。くるりと入れ代わった二人は、見知らぬ土地にたどりつき、それぞれの役割を事もなげに演じている。

そして、互いに行きて帰らぬまま歳月だけが過ぎていた。

白石邸は下ノ関港の高台にある。そこからは馬関海峡を一望できた。潮路をたどれば、故郷の島へと流れつけるだろう。

「星がよう見えるのう」

「直人さま、また二人して夜の海を渡りとうございます」

裏庭にでた此の糸が、惜春の情をこめてうたいだす。直人も共に海の恋唄《こいうた》を口ずさむ。

彼方《かなた》へと去った舟はふかい闇《やみ》にのまれ、ふたたび戻ることはない。

夜走る舟やー
北斗の星をば
夜空に仰ぎて
彼方へと去る

くれないの花やー
くちびるに染めて
いとしい男を
心に染めて

満天の星の下、異郷の美姫は長い洗い髪を潮風になびかせていた。


奇兵隊は崩壊寸前だった。

長府《ちょうふ》の屯所へ集結した諸隊の者たちは、板の間の広堂で黙りこんでいた。何一つ方策がみつからない。藩の重役たちからは、すでに諸隊の解散命令が出されていた。

この危急時に開闢提督《かいびゃくていとく》の高杉晋作は、刺客神代直人の凶刃を避けて、いずこへかと遁走《とんそう》していた。

〈その上、奇兵隊二代目総督の赤根武人《あかねたけんど》までもが――〉

藩の佐幕派になびいているという。

やり場のない怒りが座に充満していた。前途が見えない。まったくの八方ふさがりであった。指針をなくした下級隊士たちは、むっつりとふさぎこんでいる。

直人は表情を変えない。昔から談合は苦手だった。これまでも撈《すなど》りの本能と直感だけで行動してきたのだ。

広堂の奥隅で、直人は黙って大刀の柄《つか》に太めの黒糸を重ね巻きにする。木綿の黒糸は、握りがしっかりして手のひらになじむ。

「斬るべし！　裏切り者の高杉を斬るべし」

軍監の山県狂介が手槍《てやり》を膝元《ひざもと》におき、不在の高杉を責めたてた。しかし、本当に責められるべきは奇兵隊の留守居役を任ずる山県本人であったろう。

山県の弄《ろう》した策は失敗つづきだった。禁門の変においては、持ち場の相国寺《しょうこくじ》から単独で脱走し、同志の久坂玄瑞を見捨てた。帰郷後も、俗論党首魁《しゅかい》の椋梨藤太《むくなしとうた》にすりよって奇兵隊の存続を乞《こ》い、はねつけられている。

奇兵隊軍監の地位を失えば、寄る辺ない身となってしまう。今の山県は自己保身だけが念頭にあった。

（もはや松陰一門は壊滅した）

山県はそう思いこんでいた。松陰門下生の名はかえって邪魔になる。門下上席の高杉を糾弾《きゅうだん》することで、自身の立場を守りたかった。

たしかに松陰一門は、この数か月のあいだにそろって自爆してしまった。師に嘱望された松門四天王のうち、もっとも若い吉田稔麿は、京都三条の〈池田屋騒動〉で友誼《ゆうぎ》に殉じて闘死した。

そのわずか一月後。元治元年七月十九日、御所奪回を図った久坂玄瑞は〈禁門の変〉に敗れ、朋友《ほうゆう》の入江九一と刺しちがえて自刃した。松門四天王は、すでに三人までが死にいそいだ。残る一人の高杉晋作も、萩の俗論党に追われ、また身内の奇兵隊士からも命を狙われて行方をくらましていた。

〈飛ぶ鳥も勢いをなくせば、地に叩《たた》きつけられる――〉

藩の実権を握った俗論党はあざわらった。師の吉田松陰は刑死し、高弟たちも死に絶えた。隆盛を誇った松陰一門の凋落《ちょうらく》ぶりは、だれの目にも明らかだった。

もとより山県狂介は影が薄い。

久坂玄瑞の使い走りで、末席の塾生にすぎなかった。渡《わた》り中間《ちゅうげん》の彼が状況を読んで、己れの足場を松陰一門から奇兵隊にのりかえても何ら不思議はない。

父の山県三郎《さぶろう》も渡り中間で、武家屋敷に奉公する雑務係だった。狂介は、門下生筆頭の久坂の紹介で数日のあいだ松下村塾に身をおいたことがある。それだけの経歴にすぎない。これといった志士活動もせず、師吉田松陰との縁も浅かった。

まだしも二代目総督赤根武人のほうが松陰に愛され、その志士歴も古い。生まれは瀬戸内の大島《おおしま》で百姓医のせがれである。

〈大島の神童たり〉

自他ともに認め、十三歳で高名な勤王僧月性《げっしょう》に師事した。その縁で吉田松陰や梅田《うめだ》雲浜《うんぴん》にも学んだ。

赤根は機略にも富んでいた。安政の大獄で梅田雲浜が捕縛された直後、すばやく関連人物の証拠書類を焼き捨て、多くの志士仲間を救った。

高杉晋作が自ら創設した奇兵隊を赤根武人に譲り、二代目総督の座にすえたのも、彼の才覚を信じたからだろう。

それが裏目にでた。

「尊皇攘夷と武力倒幕を混同してはならぬ。今は強大な幕府に恭順し、奇兵隊を守りぬくことが第一義である」

先の読める赤根は、藩の佐幕政権に手を貸そうとしていた。第一次征長軍との和平折衝で、すでに民兵組織の諸隊は解散の内命をうけていた。

総督の赤根もまた、山県と同じく足場がもろい。やっと手中にした奇兵隊を失いたくなかった。藩の俗論党と妥協してでも、奇兵隊を温存したかった。もちろん、尊皇攘夷と武力倒幕の分離案は赤根の本意ではない。一時のがれの詭弁である。

「君子豹変《くんしひょうへん》すじゃ。見よ、そのうち――」

いずれ、民兵組織の軍事力が〈尊皇倒幕〉の切札になることを予感していた。

草民の力が天下を動かす。それこそが百姓上がりの奇兵隊総督赤根武人の悲願であった。

禁門の変の敗走後、長州の尊皇攘夷運動は完全に行きづまった。四方の陸境には幕府の征長軍が押し寄せ、海上からは西洋列強の連合艦隊に砲撃された。

長州は一藩で戦った。まったくの孤立無援であった。兵も民も力を使いはたし、急坂を転げ落ちるように長州は疲弊していった。

「臥薪嘗胆《がしんしょうたん》のたとえもある。たとえ幕府の軍門に下っても、毛利家を滅ぼしてはならぬ」

藩重役の椋梨藤太が幕府と渡りをつけた。過激な松陰一門は一掃され、幕府寄りの俗論党が藩の実権をもぎとった。

椋梨の差配により、恭順和平した長州は御所乱入の責任をとって、勤王派三家老を処断した。国司信濃、益田右衛門介《ますだうえもんのすけ》、福原越後《ふくはらえちご》の首を征長軍にさしだし、藩主は謹慎の身となった。

また、長州が護ってきた五人の公卿《くぎょう》は太宰府に移されることになった。ついに長州は、最後の〈玉〉まで手放す羽目におちいったのである。

正義派領袖《りょうしゅう》の周布政之助《すふまさのすけ》は、すでに九月末に割腹して果てている。藩の俗論党に詰め腹を切らされる前に、いさぎよく自裁した。

同じ九月二十五日夜。開明派の井上聞多も刺客たちの闇討ちに遭って重傷を負った。

佐幕派の首魁・椋梨藤太の追い落としはきびしい。勤王派藩士は根こそぎ捕らえられ、萩の野山獄《のやまごく》においてことごとく斬首《ざんしゅ》された。

あやうく生き残ったのは、脱藩して九州へ逃げた高杉晋作だけであった。

「あと一歩、詰めが甘かったのう。虎《とら》を野に放ってしまった」

椋梨藤太は寝ざめの悪い思いをした。

幸い、イギリス帰りの伊藤俊輔も難をのがれた。藩士からみればとるに足りぬ小者であった。討ちとっても手柄にならぬと見逃したらしい。だが、この小者は大志があり、何よりも高杉に心酔していた。高杉の留守中、伊藤は諸隊の〈力士隊《りきしたい》〉をあずかって腹へらしの巨漢たちをうまく手なずけていた。

その伊藤が、壇上に立って角ばった顔を紅潮させた。護衛の大柄な力士たちが、その背後を囲んでいた。成り行きを見守る直人の目にも、小柄な伊藤はことさら貧相に映る。

「高杉さんをそしる者は、この伊藤が相手になっちゃる！　われらの真の敵は奇兵隊をつぶそうと図る萩の俗論党じゃで」

「伊藤さんの言葉にゃ一理あるのう」

前席の平隊士が間《あい》の手《て》を入れた。

奇兵隊の平隊士たちは、尊皇攘夷の旗の下に馳《は》せた壮士団であった。町人、百姓、漁師の次男坊が多い。たびかさなる敗戦のなかで、うちしずむ士族にかわって草民が奮起したのである。

隊士の声援をうけ、伊藤俊輔の顔がほころんだ。

「よう言うてくれた。このまま長州藩が佐幕の飼い犬になっちゃ、亡き松陰先生もうかばれん。今こそ尊皇倒幕の旗を挙げにゃならん。その旗振りができるのは、やはり上士の高杉さんしかおらんで。九州偵察より帰られて、もうすぐこの屯所に来られる」

場がざわめいた。

野に放たれた虎が舞いもどったのだ。広堂に集まった三十人ほどの諸隊幹部たちは態度を決めかねている。

（解散か、それとも決起か！）

幹部連の弱腰を見越して、高杉寄りの伊藤が諸隊決起の前説を平隊士たちにぶっているらしい。

「むざむざ諸隊が解散させられるのも業腹《ごうはら》じゃろう。それに奇兵隊を離れては、もうわしらにゃ帰る場所もありゃせん」

「田畑もないしのう、形《なり》ばかりでかくて実家に帰っても食っちゃいけん」

力士隊の大兵が真顔で言った。それは多くの隊士たちの実感でもあった。

はぐれ者の伊藤俊輔ならずとも、生業《なりわい》を捨て兵士となった草民たちにふたたび帰る家はない。

高杉のふところから生まれでた奇兵隊は、長州軍の鬼っ子である。封建の身分制度をこえた特殊兵団だった。

「強すぎる！」

軍事訓練を一見した藩の重役たちは、背に冷水をあびた心持ちになった。

実戦になるとさらに勇猛だった。正規藩士が蒼《あお》ざめるほどの働きをみせる。どこか野犬集団の狂暴さを思わせる強さだった。げんに各諸隊は家出人や、他藩の食いつめ浪士もまじった混成部隊であった。

しかし、奇兵隊の実数は三百人足らずである。解散の内命が出たあと、脱落した隊士も多く、長府に集結した総数は二百名をきっていた。

隊士たちが長府を頼ったのは、支藩の長府藩主毛利元周《もとちか》が、勤王の志を今も堅持していたからである。また兵法指南役の三吉慎蔵《みよししんぞう》など、落ち目の奇兵隊に助力してくれる長府藩士もいる。この無住の禅寺を、屯所として貸してくれたのも三吉慎蔵らの温情だった。

「来られた」

壇上の伊藤が思わせぶりに言った。

スッと襖《ふすま》がひらき、足音高く長顔の若者が広堂へ入ってきた。幼児期に疱瘡《ほうそう》を患ったせいかあばた面である。

（斬る）

本能的に左手の親指を刀の鍔《つば》にかけた。

高杉をこの場で斬ることに迷いはない。畏友久坂玄瑞の遺志に反すれば、だれが止めようと一太刀《ひとたち》でほふる気だった。

（どう出る、高杉……）

直人は両の手のひらがじっとり汗ばむのを感じた。

高杉はいつも不遜《ふそん》である。山県狂介や品川弥二郎らの諸隊幹部たちを無視して足早に壇上に立った。そのかたわらには長府藩士の三吉慎蔵が付きそっていた。短槍《たんそう》を小脇《こわき》にした立ち構えは、自然体で軽やかだった。

〈槍の慎蔵〉の名は藩外へも鳴り響いている。長府湾に舟を浮かべ、波間を奔る飛魚を槍で刺しつらぬいて腕をみがいたという。他藩との交流試合でも、二十人抜きの離れ業《はなれわざ》をみせ息も乱さなかった。〈槍の慎蔵〉と〈剣の直人〉が長州の竜虎《りゅうこ》と呼ばれていた。共に揺れる舟上で体技を習得して育った二人であった。

「赤根武人なんぞ、大島のイモじゃ！」

痩身《そうしん》の高杉が壇上で吠《ほ》えたてた。酒を呑《の》んできたらしく目元が赤い。

「この高杉は毛利家の上士ぞ。志の高さがちがう！　挙《た》つべし、隊士諸君。椋梨らの俗論党を討って藩政を奪取し、倒幕戦のさきがけとせん！」

高調子に言って、高杉は広堂に座す諸隊幹部たちをにらみすえた。気にのまれ、だれもが無言である。

反論も同意もなかった。

高杉の述べた挙兵案は、酔漢の暴言と受けとられたらしい。わずか二百名の奇兵隊が決起しても、数千人の正規武士団に勝てる道理がない。

軍監の山県は静まっている。沈黙は金であった。何も意見を言わず、山県は傍観者の立場をとる腹づもりのようだ。先ほど声高に言った〈高杉討つべし！〉の強行案も、いざ本人を前にすると霧消してしまった。

高杉と同門の品川弥二郎が、声を低めて言い述べた。

「すまん、高杉さん。こりゃ勝ち目のない戦じゃで。悪いが挙兵には賛同でけん、御盾隊は動けんのじゃ」

隊長の座は四十石取りの大田市之進に譲っているが、御盾隊の人事を仕切っているのは足軽育ちの弥二郎であった。

足軽は藩校の明倫館に入る資格がない。十五歳のとき、弥二郎はしかたなく生まれ在所の松本村《まつもとむら》の私塾に通った。師は吉田松陰という国禁を犯した罪人だった。師の刑死後、凡庸な少年は朋友の薫陶をうけて、ひとかどの志士となった。

その品川弥二郎までが日和見《ひよりみ》を決めこんでいた。諸隊幹部たちも、だれ一人として立ち上がらない。

直人の身内で熱くたぎるものがある。それは孤高をたもつ高杉への憧憬《しょうけい》であったろう。けれども、口の重い直人はこの場にうってつけの賛同の言葉が思い浮かばない。

「もういい。奇兵隊はわし一人じゃ」

高杉は声高く言って、後も見ずに爽然《そうぜん》と広堂を出ていった。

（あの印籠は……）

直人はめざとく見やった。

高杉の黒い腰帯には見知った印籠が光っていた。その梨地《なしじ》の印籠こそ自刃した久坂の遺品であり、門下生筆頭の証《あかし》であった。小箱内には故吉田松陰の遺骨が入っている。

（大いなる遺志は高杉に継がれた）

直人は大きく息を吸い、刀の鍔をズンッと鞘《さや》におさめた。

此の糸にあずけた形見の印籠は、たしかに情人《いろ》の高杉の手に渡っていた。

孤影の高杉を護衛する三吉慎蔵が、襖の前でちらっとこちらを振りむいた。口元に笑みをきざみ、直人にかるく会釈した。

刺客の鋭い殺気を感知していたのは、慎蔵だけだったらしい。

今ここで闘えば相討ち。たがいに優劣はない。ただ、どこまでも清明な若侍の瞳の色に圧倒された。

直人は、照れくさげに一礼した。

高杉は子飼いの隊士らに見捨てられた。

勇猛な奇兵隊とは、まさに高杉晋作ひとりのことであった。

だれもが暴挙と見ていた。進退の早い高杉は諸隊の者たちが弱腰だとみてとると、無理強いはせず、さっさと席を立った。即断即決である。

「勝ってこそ義挙になるのだ」

今の高杉は、大博打に勝ちぬく気概が満ちている。

旗揚げに加わった幹部は、力士隊の伊藤俊輔と遊撃隊の石川小五郎《いしかわこごろう》の二人にすぎない。あとに続く平隊士は、力士くずれの腹へらしと、脱藩浪士の食いつめ者たちだった。

「一書生のわしによう命をあずけてくれた。これだけおりゃ充分じゃ。勝ちぬく算段はでけちょる。まかせとけ」

高杉はどこまでも強気だった。

元治元年十二月十五日。雪夜に蜂起《ほうき》した高杉隊は、総勢わずかに三十六人。出陣に先立って、高杉は名刹功山寺《めいさつこうざんじ》をめざした。

「五卿《ごきょう》に逢う。いざッ」

馬上から用件だけを隊士に告げた。

雲間からもれる月が、降りしきる雪を白々と照らしていた。

高杉の合戦装束は、朱色の小具足に逆八文字の大兜《おおかぶと》という出立ちであった。あざやかな手綱さばきで、功山寺の石段を駆け上がっていく。馬の蹄《ひづめ》が、石段の雪をパッパッと跳ねとばした。

「おう……」

隊士たちは、息をのんで見守った。

美事な馬上の武者姿は、雪の功山寺を借景にして、くっきりと歌舞伎絵のごとく浮かびあがっていた。

奇兵隊の心の支柱は、京から西下した公卿たちである。

〈絶対権威は京の天子さまにあり、開国をせまる夷狄は排外せねばならぬ――〉

武装化した草民たちは、土俗的な尊王攘夷思想にどっぷりと染まっている。萩の上士などは論外、毛利藩主に対してさえ忠義心がなかった。

西下した七卿《しちきょう》のうち、五卿が功山寺に寄寓《きぐう》していた。しかし、長州を離れて太宰府へ移される日も近い。奇兵隊二代目総督の赤根武人が、椋梨一派と〈諸隊存続〉の裏取引をして五卿を手放すことを内諾したのだ。

握った〈玉〉は決して手放すな。

古今、それが戦いの鉄則である。策士の赤根は策におぼれた。目先のことばかりにこだわって将来の展望を忘れた。五卿が九州へと去れば、草民集団の奇兵隊は魂を抜かれたも同然となる。佐幕派が手を下さずとも内部崩壊するだろう。

「挙《た》つのは、今しかない！」

そう高杉は読んだ。命ぎりぎり、土壇場の挙兵であった。

深夜に叩き起こされた五卿たちは、行儀よくいそいそと控えの間に出向いた。

兜をとった高杉は、ざんぎり頭で畳座敷に平伏した。

「しばしの暇乞《いとまご》いであります。われらは決起し、神州に巣くう邪鬼どもを退治する所存。いずれ輿《こし》をつらねて、九州の地へ五卿をお迎えに参ります」

「何やしらんけれども、ご苦労はん。ようやらしゃった、がんばりや」

事情のわからぬまま、三条実美卿は戦支度の高杉に祝辞を述べた。

「三条卿の御尊顔を拝し、また激励のお言葉までいただき、心清《こころすが》しきこと」

「聞けば、そちは久坂玄瑞の朋輩《ほうばい》とやら」

「心の友でござった」

「物言いまでが似ておられる。ほんに長州の若侍は勇ましゅうおじゃる」

五卿たちは眠い目を絹衣の袖《そで》でぬぐい、華やかな若武者に見惚《みと》れていた。

「では、これにて。願わくば、出陣する死士たちを見送ってくだされ」

「よろしいで」

芝居がかった高杉の呼吸にのまれ、五卿は肩を寄せ合って本堂の広縁に立った。

「出立！」

雪の境内で、馬の口をとった従者が烈声をひびかせた。

高杉ひきいる小隊は、白雪に背を濡らしながら粛々と功山寺から進発していった。

「わずかこれだけの人数で。雪のなか、ゆきて戻れぬ行路かいなァ」

寒さにふるえながら三条卿は嘆息した。

すると、馬上の高杉がくるりとふりかえって高々と公言した。

「五卿よ、とくと御覧あれ。邪鬼はゆき去り、ふく風にのって、正義は勝つ！」

「えいえいおぅ！」

瞬時、隊士たちは楼門に歩をとめて鬨《とき》の声をあげた。

そして、高杉は風にのった。

馬上の公言は、翌十二月十六日に現実のものとなった。

高杉隊は長府湾から海路をとった。疾風のごとく下ノ関港に上陸し、新地の奉行所を夜襲したのである。

「まずは軍資金だ」

蕩児の高杉は世知に長《た》けている。戦においても、やはり先立つものは金であった。

それに馬関奉行の根来上総《ねごろかずさ》は開国論者で、高杉とも歌会の仲間だった。もとより刃《やいば》をまじえる気などない。屋敷を包囲した反乱軍が高杉の一隊とわかると、根来はそそくさと門をひらいた。

交渉役として、伊藤俊輔が力士隊の二名を供につれ門内へ入った。声を荒らげ、義挙の軍資金を馬関奉行の根来に強要した。

「断れば、銃撃する！」

伊藤のそばで、力士くずれの大兵の目が吊《つ》っている。

手にした新式のライフル銃は、上士の奉行に向けられていた。

「わかった、有金ぜんぶ持っていけ。高杉さんが挙《た》ったなら馬関奉行所も明け渡す」

「ええんですか、ほんとに」

「かまわん。そのかわり邸内にいる佐幕派の藩士には手をだすなよ。屋敷を空け、彼らを連れてわしも萩に戻るけぇ。高杉さんにそう伝えてくれ」

「そねぇします。話がまとまってよかった」

伊藤は吐息し、そばの巨漢たちはライフル銃をおろした。

高杉隊は一滴の血も流すことなく本陣をぶんどり、金蔵を開けさせて軍資金を得たのである。

一夜にして反乱の拠点が確保できた。

隊士たちは、正規武士団を屈伏させ、なかば呆然《ぼうぜん》としていた。が、さらに驚嘆することを高杉が言いだした。

「長州海軍をそっくり全部いただこうぜ」

「まさか、本気で……」

隊士たちは度胆をぬかれ、言葉を失った。

長州は早くから海軍育成にとりくみ、正規藩士たちがイギリスから買い入れた新鋭艦に乗りこんでいる。戦艦を見たこともない草民部隊が手をだせる相手ではなかった。巨象の分厚い皮にしつけ針をつけるような愚行であった。

が、高杉はいっこう意に介さない。

「本気だ。三田尻の海軍局にある三隻の戦艦を奪いとる。制海権を握れば、日本海に面した萩城は落城したも同然」

高杉はいたずら坊主のように目をしばたたいた。どうやら、初めからそうした戦略をもっていたようだ。

すでに二丁櫓《ろ》の佐波舟も用意されていた。舟脚が速く、壇ノ浦の烈しい潮流も楽々とのりこえられる。舟の支度は海運業の白石正一郎に頼んでおいたらしい。

伊藤俊輔がやる気をみせた。

馬関奉行所の襲撃で上士たちを追い払い、思わぬ功名を得て昂《たか》ぶっていた。

「高杉さん、やりましょうや。戦艦ぐらい動かせます。渡英の折には、井上聞多と一緒にイギリス船の船底でこき使われ、石炭をくべちょりましたけぇ」

「おう、俊輔。ごっぽう剛毅《ごうき》なのう」

「これでも万里の波濤《はとう》をこえてきた長州男児であります」

「そう反りかえるな、つっかい棒がいるぞ。力士隊は重量がかさむ。舟が重みで沈んだら笑い話にもならん。この件は遊撃隊にまかせよう」

高杉は即決し、身軽な他藩の浪士を十五人ほど選んだ。遊撃隊隊長の石川小五郎が眉根《まゆね》を寄せた。

「高杉さん、たったこれだけの手勢で……」

「ひるむな石川。力士隊は三人で奉行所を乗っとった。歴戦の遊撃隊が十五人もそろえば充分に海軍局を制圧できる。さ、行くぞ！」

快笑し、高杉は佐波舟にとびのった。

下ノ関の埠頭を離れた三艘《そう》の舟は、波しぶく壇ノ浦を突っ切った。櫓を休めず翁崎《おうざき》をまわって三田尻港へ潜入した。

遊撃隊は夜陰にまぎれて上陸し、高杉を先頭に海岸線を走った。海軍港に夜番はいなかった。戦艦を奪いに来るなどだれが予測できよう。高杉らは造船所に隣接した海軍局に押し入った。

「騒ぐな！　高杉だ」

名を告げただけで、海軍局の役人たちは腰くだけになり、無抵抗で降伏した。海軍局といっても船の修繕屋にすぎない。陸地に上がれば、刀の振りかたも知らない連中だった。

「もらうぞ」

高杉は、あっさりと言った。

三隻の軍艦を強奪するのに、まるで猫の子でも抱き帰るような気軽な口ぶりだった。海軍局の主幹も、妙に協力的である。

「どうぞ、どうぞお持ち帰りを。年明けにゃ和平恭順のため幕府がわに渡すことになっちょる船ですけぇ。高杉さんに使《つこ》うてもろたほうが寝ざめもええ」

「幕府を討つ前にすることがある。戦艦を日本海へまわし、萩城の俗論党らに艦砲射撃をくらわす。椋梨藤太にそう伝えちょけ」

「無茶なことを。城がぶっこわれる！」

「そうでもせねば佐幕派の目はさめん。すでに下ノ関はわれらの手中にある。奇兵隊と義勇兵、合わせて三千名。日をおかず大軍をもって陸と海から萩城へ総攻撃をかける」

表情も変えず、高杉は得意の大ぼらを吹いた。決起隊の実数は五十人に満たない。しかし、海軍局の役人たちは大軍襲来の話を真《ま》にうけた。

「こりゃ大変じゃ。長州はひっくりかえりますのんた」

脇で見ていた石川小五郎は、目の前で次々に変転する有様が信じられなかった。

石川は死ぬ覚悟で高杉に従った。それなのに流血もなく下ノ関を占領し、たやすく海軍局の戦艦も手中にできた。

(高杉は神の寵児《ちょうじ》なのか――)

奇蹟《きせき》を見るような思いだった。高杉の横顔は血の気が失せ、するどく削いだようで近寄りがたい。

長州最後の切札は、ついにめくられたのだ。

〈高杉勝利!〉

またたく間に、義挙成功の噂が長州全土に広がった。

明日にも、神将高杉晋作が奇兵隊をひきいて、海と陸から萩を総攻撃するという。疾風迅雷である。だれにも高杉が次に放つ奇手が読めない。

「危うい、実に危うい!」

と藩の重役たちは狼狽《ろうばい》し、萩の周辺を兵でかためて守勢にまわった。

愚策であった。決起した高杉隊は日増しに兵員が集まっていたが、まだ百人前後であった。もし、藩兵が一気に下ノ関へ攻め入れば一日で殲滅《せんめつ》できたろう。

だが、佐幕派は〈高杉晋作〉の名におびえて進撃の時をのがした。

時をのがしたのは、奇兵隊も同じだった。暴挙とみて、〈高杉挙兵〉に参加しなかった多数の諸隊兵士はあせった。

「のりおくれたか！」

〈暴挙〉は、わずか三日で〈義挙〉の美名に変わっている。幹部連は顔色なく、平隊士たちは所属する隊長の弱腰を非難した。抜刀してつめよる壮士もいた。

「殺す！」

置き去りにされた平隊士たちの怒りは、所属する隊の上官へ向けられた。

奇兵隊を仕切る軍監の山県狂介は追いつめられた。決起した高杉を突き放したことが、重いつけとなってのしかかった。高杉好きの隊士たちに命を狙われ、片時も手槍を離せなかった。

とくに神代直人の動きを不穏に思った。同じ刺客上がりの山県が、いちばんその恐ろしさを知っていた。いったん高杉にむけられた凶刃がくるりと峰をかえし、いつなんどき自分の頭蓋《ずがい》に振りおろされるかわからない。

「このままでは……」

白痣《しろあざ》の死神にからめとられてしまう。

山県は隊務を離れ、吉田郷《よしだごう》の山寺にこもって髷《まげ》を切った。懺悔《ざんげ》の意味をこめて〈素狂〉と号し、素の初心をとりもどすため写経にふけった。

瀬戸際の山県は自ら謹慎した。そうした姿勢をみせることで高杉に詫《わ》びをいれ、からくも奇兵隊とのつながりを保ったのである。

長府に駐屯する御盾隊は、最終会議をひらくため古江小路《ふるえしょうじ》ぞいの旅籠《はたご》に集結した。隊士の数は五十三名。諸隊のなかでもいちばんの大所帯で精鋭がそろっている。平隊士たちは、口々に隊長の大田市之進や幹部の品川弥二郎を責めたてた。

その御盾隊のなかでも、直人がうけもつ合図方は歴戦の猛者《もさ》ぞろいである。直人配下の植草《うえくさ》剛《つよし》が、上座の品川弥二郎につめ寄った。

「どねぇなっちょるンです！　高杉さんらは決死して次々に戦功を挙げとるのに、大君に殉じ、その御盾とならんとする御盾隊の幹部らは惰眠をむさぼっとる」

「すまん。事を見誤った」

弥二郎は頭をさげ、すなおにあやまった。くどくど弁明すれば、隊士たちの怒りに火をそそぐことなる。

少し間をもたせ、顔をあげた弥二郎が新たなる決意を述べた。それは高杉をまねた大言壮語であった。

「われら御盾隊は、今より萩城を攻める！」

異論はなかった。高杉の奇蹟的な逆転劇をみるうち、草民たちの気勢はとめどなく盛り上がった。長州藩の象徴である萩城も難なく落とせそうな錯覚にとらわれていた。

「やっちゃる！　高杉さんへの手土産《てみやげ》じゃ、萩城なんぞ三日で落城でよ」

山猟師上がりの植草剛は感涙し、頬《ほお》をひきつらせながら直人を見た。

「うむ……」

直人は静かにうなずいた。

談判が決裂すれば、この場で品川と大田を斬る手筈《てはず》だった。佐幕派に手をかす者は、たとえ上官であってもほふる。

〈死神直人〉と、陰で人は言う。

狙われたら逃れる術《すべ》はない。目を合わすことさえ恐れた。奥二重のまぶたの奥で、直人の薄茶色の瞳がキラリと光るとき、すでに相手は斬撃《ざんげき》をうけ骨まで断ち割られている。

今も直人は、畏友久坂の悲痛な死が目について離れない。〈尊皇攘夷〉の言霊《ことだま》が、ひたひたと身にしむ。久坂の烈しい遺魂がのりうつったかのようだ。

内紛の危機をのがれた品川弥二郎は、さも親しげに直人の肩に手をふれた。

「松陰先生や、久坂さんもあの世で喜んでくれるじゃろう。斬り込み隊長のあんたには、松陰一門の誇りをかけて大いに働いてもらわにゃならん」

松下村塾の同門あつかいされ、直人は面映《おもは》ゆい。下手に出る弥二郎の心根がわかるだけに、底深く漂う声調になった。

「ようわからん。行く手をさえぎる者は退《ど》かせて進むだけじゃ」

「神代さんならそれができる。敵はごっぽう多い、真っ先に突っ込んでくれ」

「わしゃ、人を斬ることしかできんけぇ」

「たのもしいのう。合図方を先鋒《せんぽう》にして、明日にも御盾隊は萩にむけて出陣ぞ」

弥二郎は、弁舌巧みに直人をとりこんだ。

翌朝、長府に駐屯していた奇兵隊はそろって出発した。平隊士たちの不満を知る諸隊幹部のあいだで、前もって〈出撃〉の話はまとまっていた。その密議には、隊務復帰をねらう元軍監の山県狂介も一枚かんでいた。

もう、だれも傍観者の立場はとれない。

(ここで挙《た》たねば……)

死神直人に、血祭りにあげられる恐れがあった。

その死神にも泣きどころがある。おのれの浅学を恥じ、松陰門下生に対する羨望《せんぼう》の念が抑えがたい。周防で育った直人は、生前の吉田松陰にいちども逢うことはなかった。

〈志士とはすなわち死士たり――〉

一面識もない師の訓《おし》えにしたがい、直人はひたむきな塾生のごとく檄剣《げきけん》をふるった。

尊皇攘夷の旗の下、血みどろの死地をくぐってきた。

けれども、直人の孤影は深まっていくばかりだった。

秋吉台《あきよしだい》は氷雨《ひさめ》にけむっていた。

果てしなく広がる冬の台地には、白い石灰岩の石筍《せきじゅん》が無数に林立している。草木さえ見当たらない。厳冬の秋吉台は、海育ちの直人には自身の荒涼たる心象風景として映った。

存亡の淵《ふち》に立つ長州は、さらにむごい年明けを迎えた。征長軍の外圧に加えて、藩内部の紛争が沸騰点に達したのである。

慶応《けいおう》元（一八六五）年一月五日。諸隊は、厳寒の秋吉台を踏破して権現山《ごんげんやま》に至った。その山裾《やますそ》の絵堂《えどう》に、萩の正規軍が駐留している。

討伐隊は千三百人もの大部隊である。反乱した二百人足らずの〈百姓隊〉を鎮圧するには、充分すぎる兵力だった。

「高杉は別格だ。渡り中間の山県が差配する百姓隊など一撃でふっとばす！」

武士団の長老である粟屋帯刀《あわやたてわき》は、無邪気なほど大勝利を確信していた。

「諸隊は負けるだろう」

一方、隊務に復帰した山県狂介は全滅を予感していた。

去年の暮れから、両軍は大田川《おおたがわ》の渓谷をはさんで対峙《たいじ》している。

兵数だけでなく、互いの陣どりを見ても諸隊の敗北は明らかだった。

地形が悪すぎる。諸隊が陣を敷く大田川畔の友永郷《ともながごう》は、伊佐街道《いさかいどう》と三隅山道《みすみさんどう》が合流する交通の拠点である。

萩の討伐軍は、先鋒の粟屋隊の後に、総奉行毛利宣次郎《せんじろう》ひきいる本隊がつづいている。二手に分かれた討伐隊に友永郷で挟み討ちにされれば、二百人の諸隊は全滅してしまう。しゃにむに動きだすしかなかった。

慎重な山県が、はじめて果敢な言葉を放った。

「陣をすて、権現山をこえて一気に敵の本営に夜襲をかける。古今、夜襲をかけて敗《ま》けた戦史はない。合図方が先鋒となれ！」

山県狂介は、合図方隊長の直人に花をもたせた。

修羅場で頼りにできるのは、やはり白痣の剣鬼しかいなかった。今の死地から脱出するには、十里離れた血の匂《にお》いをかぎつける大鮫《おおざめ》の霊力にすがるほかはない。

白い痣が血の色に染まった。気分が高揚すると、いつもそうなる。直人は左頬を片手で押さえ短く応《こた》えた。

「やりますけぇ」

合図方の隊士は脚力で選抜されている。野を駆けぬけ、だれよりも先に敵陣に着くことが必要だった。ときには、単身で斬り込んで敵兵たちを攪乱《かくらん》する。その騒音が味方への合図となる。たとえ討ち死にしても職務は果たせる。

直人は上官の下知を待たない。獲物の匂いを近くに嗅《か》ぐと、すぐさま行動にうつる。そのことを軍監の山県は充分に認識していた。こまかい指示はださず、激励の言葉だけをかけた。

「神代さん、死中に活路を！」

「見いだせりゃええがのう」

壇上の山県を一瞥《いちべつ》した直人は、小烏丸をたずさえて隊列を離れた。

混成部隊なので、隊士のなかには山猟師や樵《きこり》もいる。かれらは絵堂に至る間道を知りぬいていた。絵堂盆地には正規軍が集結している。

「道案内に一人だけ連れていきますけぇ。いくぞ、植草ッ」

「はい！」

山猟師の植草剛を供にえらび、早くも直人は駆け出した。植草は秋吉の山育ちだった。彼を先導役にして、暗い間道を二匹の獣と化して走った。

猟師と漁師である。共に夜目が利く。迷わず夜の山坂を下った。

入隊当時から、寡黙な二人は無性にうまが合った。陸と海の違いはあるが狩猟民としての心根が似通っている。

休まず夜道を走りぬき、赤土の小高い崖上にでた。植草が真下の庄屋宅を指さした。

「神代さん、見えたで。あれが萩軍の本陣じゃ」

「妙に静かだ」

「お侍は、夜は働かんようにでけちょる。楽な商売ですな」

「いや、今に泣きをみる」

庄屋宅の軒先に、ぽつんと一つだけ篝火《かがりび》が焚《た》かれている。見張りの兵はいない。全員が眠りこけているようだ。

夜雨のなか、萩正規軍は油断しきっていた。藩士たちは、家屋内の布団にもぐりこんで惰眠をむさぼっている。

（この戦は勝つ！）

直人は、直感した。

走りづめなので氷雨の寒さも感じない。直人は雨具の蓑《みの》をふりすて、すばやく細縄でななめ十文字にたすきがけをする。

「わしゃ、行くで。植草はここで待機し、後から来る諸隊の者と合流せい」

「じゃが、たった一人で……」

「そのほうが動きやすいけぇ」

直人は、夜雨にけむる集落を眼下に見定めた。三方を山にかこまれた絵堂盆地は、小さな擂《す》り鉢《ばち》の底のように狭い。出口は萩へ通じる伊佐街道の山路だけである。

討伐軍の将兵は、民家や山寺に分宿していた。篝火の焚かれた庄屋宅が指揮官の陣家になっていた。

寝込みを襲うのは、直人の性に合わない。

二天一流を極めた兵法者としての自負もあった。就眠中の者を斬ったとしても、そこには息詰まる太刀合わせの緊迫感がない。

開戦の報も告げず、敵将の寝首をかけば、やはり百姓隊だと嘲笑《ちょうしょう》をうける。夜襲を発案した山県狂介の出自は、百姓身分よりも不安定な渡り中間であった。

(刺客には刺客の一分《いちぶ》がある――)

自身が開戦の〈戦書〉代わりとなり、寝入った敵兵の枕《まくら》を蹴《け》って起こさねばなるまい。

「見ちょれ、植草ッ」

「なんと！」

直人は両刀を抜き放って、崖上から黒い蝶《ちょう》のごとく宙に羽ばたいた。

泥地に降り立った直人は、二刀をひろげて横走りに走った。めざすは本営の庄屋屋敷である。指揮官の粟屋帯刀を狙い討って、藩兵たちの心胆を凍えさす。また途中で出会えば何人《なんぴと》も生かさない。

(目に入る者はすべて斬る！)

頰の白痣が朱に染まった。

直人は殺気のくまどりを目元にくっきりと浮き上がらせた。

「うりゃーッ」

軒先の篝火を、支柱ごと横薙《よこな》ぎに斬りはらった。松脂《まつやに》をふくんだ木片が湿地にとんで、ジュッとかき消えた。

夜明け直前の闇はいっそう深い。

夜目の利く直人には有利な時間帯だ。敵の本営には不寝番もいず、門の閂《かんぬき》までがはずれている。どんっと蹴破って、屋敷の前庭に押し入った。家内は静まりかえっていた。

「出《い》でよ！」

怒鳴った。

しかし、返答はない。冬夜の寒さに、藩兵たちは布団を頭からかぶって寝入っている。戸を蹴り倒した。入口の土間には無数のわらじが脱ぎすてられている。物音につられ、玄関脇の小部屋から若い藩士が行灯《あんどん》を手に寝ぼけまなこで出てきた。

「あんたは……」

「御盾隊合図方、神代直人」

数瞬、無言で見つめあった。やがて藩士の両膝がぐらぐらと揺れだした。直人の酷薄な双眸《そうぼう》に射すくめられ、目をそらすこともできない。

「て、敵襲！」

からくも若侍は声を放った。家中でざわざわと寝床を離れる音がしはじめた。

これで敵の枕は蹴った。

「用済みじゃ、死ね！」

両者は手のとどく距離にある。左からの逆袈裟《ぎゃくげさ》を遣うまでもない。直人は右手に握った小刀で若侍の腹部を深くえぐった。

「うあぁっ……」

若侍の目が焦点を失った。大きく口をあけたまま仰向《あおむ》けざまに倒れていく。手にした行灯が後方へとんで、油まじりの火の粉が襖に燃え移った。

「そこじゃ！」

直人は、燃えたつ襖を逆袈裟に斬り裂いた。襖の向こうで、手槍を構えていた藩士が左胸をえぐられて横倒しになった。なおも直人は、血ぬられた両刀をひっ下げて突き進む。

「次はどいつかいのう」

炎に照らしだされた直人の影は、数倍も大きく藩士たちの目に映った。その黒く縁どられた両の眼窩《がんか》は、彼らに不吉な呼び名を想起させた。

「死神じゃ！」

「直人が来よった！」

口々に叫び、われ先に逃げだしていく。

恐怖心にあおられ、立ちむかってくる者などいない。直人は低い声でうなり、容赦なく踏みこむ。せまい廊下に密集する藩士たちに次々に斬撃を加えた。

「コンな、くそッ」

藩兵たちの血が噴きとんで足場がすべる。

火炎のなか、凄惨《せいさん》きわまりない死闘となった。しかし、直人が一瞬でもためらって両刀を引けば、多数の敵の逆襲をうける。人の情をすて、狂暴なホホジロ鮫《ざめ》となって牙《きば》をむくしかない。

「どこにおる、粟屋帯刀ッ」

前をふさぐ藩兵を薙ぎ倒し、奥座敷に踏み入った。

だが、寝所はもぬけの殻である。太刀も衣服も置きざりにしたまま、指揮官の粟屋は身ひとつで逃げだしたらしい。

「これは……」

枕元には軍配まで転がっている。瓢簞形《ひょうたんがた》の革製の軍配には必勝祈願の九曜星が描かれていた。

藩兵が家の戸をやぶって逃げたので、どっと風が吹きこんできた。たちまち火勢はつよまり、壁や天井へ燃えうつる。

手のほどこしようがない。直人は奥座敷の小窓から裏地へとび下りた。

「ダダーン！」

刻《とき》をはかったように、三方の山上から諸隊の一斉射撃が轟《とどろ》いた。銃弾が風を切って絵堂盆地へ降りそそぐ。本陣の発火が、戦闘開始の合図になったらしい。

一発の反撃もなかった。総崩れとなった藩の正規軍は裸足《はだし》で逃げのびていく。

夜はうっすらと明けはじめ、山の稜線《りょうせん》は紫がかってきた。

脱出路はせまい。雨のあがった伊佐街道を、藩兵たちは蟻群《ありむ》れのように一列になって敗走していった。諸隊の狙撃手《そげきしゅ》にとって、これほど狙いやすい的はない。

「射《う》ちまくれーッ！　奴《やつ》らを皆殺しじゃ！」

軍監の山県が狂ったように絶叫した。隊士たちは横合いの山陰から連射した。

一発必中である。射てばかならず二、三人の藩兵が木偶《でく》人形のように転がった。

正規兵は雑兵に堕《お》ちた。全員が恐慌をきたし、友軍の遺体を踏みこえて伊佐街道をよろばい進んでいく。

「あれは」

直人は、早暁の山路に目をこらす。

伊佐街道の前方から、朝陽《あさひ》を背に騎馬武者が颯爽《さっそう》とあらわれた。

「退《ひ》くなーッ、侍の意気地を逆賊らにみせてやれ！」

鎧兜に身をつつんだ荒武者は、鉄鋲《てつびょう》を打ちこんだ六尺棒をふりまわして、敗走する藩兵を馬上から叱咤《しった》した。

赤ら顔に見覚えがある。

財満新三郎《ざいまんしんざぶろう》という壮者だった。代々家老職の上士で、棒術の師範を兼ねていた。棒は自在である。

臨機応変、瞬時にして、突き、撃ち、払い、振り回せる。棒術者を敵にまわせば、これほど厄介な相手はない。ましてや財満は達人の域に達している。

〈如意棒の新三郎〉とも言われ、思うさまに六尺棒をあやつった。長い棒は、新三郎と一体となり、太い両腕の延長のように襲ってくる。

「逃げる者は撃ちすえるぞ！」

馬を盾にして、財満新三郎はせまい山路に立ちはだかった。絵堂盆地の銃声をきいて、隣村の宿所から単騎で駆け参じたらしい。

佐幕派も腰抜けばかりではない。戦国武将のような豪気一徹な侍もいる。

藩兵たちの足が止まった。武士の面子《メンツ》に思い至った。闘将の叱責《しっせき》どおり、むざむざ百姓隊に追い落とされては嗤《わら》い者になる。

合図方として見過ごすわけにはいかない。

事前に反撃の芽を封じることも斬り込み隊長の任である。直人は裏の厩《うまや》から粟屋帯刀の愛馬を引きだし、財満新三郎にむかって一騎討ちの名乗りをあげた。

「来いやーッ、新三郎。わしが相手になっちゃらァ！」

「おう、直人か。死神をあの世におくるのも一興じゃ。叩き殺してくれる！」

「いざッ」

直人は、馬の横腹を両 踵《りょうかかと》で蹴った。

「参るぞ」

新三郎も六尺棒を小脇にし、片手持ちの手綱さばきで一本道を直進してくる。

馬に慣れない直人は、手綱を両手でしっかりと握り、馬上で背をかがめていた。一方の新三郎は馬術にも長けている。間合いが近まると手綱をはなし、両手で風車のごとく六尺棒を旋回させた。

一撃必殺。

馬ですれちがいざま、六尺棒で直人の頭蓋を叩き割る戦略らしい。道幅がせまく、横っとびに避ける場もなかった。

銃音はやんでいる。諸隊の者も息をつめ、木陰から強者の一騎討ちを見守っていた。

小気味よい蹄の音だけが山峡《やまかい》にひびく。両馬は見る間に迫り、真正面からぶつかり合った。

「死神め、地獄へおちろや！」

新三郎の六尺棒がうなりをあげた。馬上から横殴りの片手撃ちが放たれた。鉄鋲ごしらえの樫棒《かしぼう》が烈しく風をきる。

凄《すさ》まじい一振りだった。大刀の切《き》っ尖《さき》はとどかぬが、六尺棒ならば的確に撃てる距離である。が、直人は長柄《ながえ》の武器に対する返し技を会得していた。

縦に撃ちくれば横に避け、横に払いくれば縦に跳ねて返し撃つ。六尺棒をふるう新三郎の怒号が中途でとぎれた。

「見切ったぞ、直人……」

「させるか！」

直人は、馬の背を蹴って真上に飛んだ。

宙空で鞘走《さやばし》った。飛び下りざま、左から逆袈裟に小烏丸をズバッと斜めに跳ね上げた。

財満新三郎の首が、独楽《こま》のように回転して宙に舞った。

「殺《や》った――」

会心の手応えが腕に残る。

根深い落下感。どこまでも軽く心地好《ここちよ》い。

互いの生死が錯綜《さくそう》し、よじれた二本の命綱が同時にぷっつりと断ち切れた気がする。

そして非道な刺客は死者と一体になり、共に奈落の底へおちていくのだ。

冬枯れの山野は墨絵のように陰っている。直人は剣をおさめず、残心のままで路傍に立ちつくしていた。

六章　海　峡

忌まわしい噂《うわさ》を、直人は焼け落ちた小倉城《こくらじょう》の厩《うまや》できいた。

高杉晋作が死の床にあるという。

（あの神の寵児《ちょうじ》は――）

大事を成して従容《しょうよう》と黄泉路《よみじ》にいたるのか。高杉はいつも人の意表をつき、有無をいわせなかった。その意味では傲岸不遜《ごうがんふそん》な往生なのかも知れない。根深いしがらみのなかで、直人は痩《や》せがれた思いになる。

これまで松陰門下の烈士たちは、ことごとく戦乱のなかで斬《き》り死《じ》にしていった。畳の上で死んだ者など皆無である。奔馬と呼ばれた高杉が、港町の小さな借家で愛妾《あいしょう》おうのに見守られ、ひっそりと療養している様子《さま》は想像しがたい。

（ついに、高杉を斬るべき機を失した！）

直人は、無念げに太刀《たち》のこじりを砂地に突きたてた。

〈死神直人〉と恐れられ、だれよりも上士の高杉を呪《のろ》って、その命を狙《ねら》ってきた。が、それらは水泡に帰した。肉迫するたびに、さっと間合いをはずされた。高杉は徹底して直人を無視した。互いに真正面から向き会う機会を一度として与えなかった。

「あんな鮫殺《さめごろ》しの漁師に、あっさり釣られてたまるかよ」

強気の高杉も、土俗の尊皇攘夷色《そんのうじょういしょく》にそまった人斬りは敬遠したかったらしい。最後まで接触をさけた。三吉慎蔵を護衛にし、また愛妾の此の糸まで盾《たて》にして、直人を近寄せなかった。

そして今、神の寵児たる高杉は、するりと刺客の魔手からのがれ、愛する此の糸に看護されて静謐《せいひつ》のときを過ごしている。

高杉は逃げきった。もう直人の放つ殺気もとどかない。

(もとより、この世を超えた男だった!)

思えば、長州滅亡の土壇場で決然と挙《た》った高杉は、藩内の佐幕派を討ち破って奇蹟《きせき》の逆転劇を演じてみせた。

つづいて幕府が第二次征長令を発し、数万の幕兵が四方の海陸から攻め寄せてくると、総指揮官として各地で迎え撃って大勝利を飾った。からりとした思い切りのよさで、高杉は奇手を連発し、それがことごとく図にあたった。

なまじ行ない澄ましてきた君子より、遊び惚《ほう》けた蕩児《とうじ》のほうが、生死の場で霊異を呼ぶことがあるらしい。

そして、どの戦場においても高杉は超然としていた。

激戦のすえ、征長軍の本城であった小倉城を落とした。入城した高杉は、炎上する華麗な天守閣を見上げた。

「美しいのう。形ある物は壊れ、生ある者もいつかは滅びる――」

焼け落ちた城跡の木陰に馬をやすめ、高杉はしばし筆をとって詠嘆した。

　惜しからぬ命ながかれ桜花
　　雲井に咲かん春を待つべき

一首吟じたあと、高杉は桜の木の下で喀血《かっけつ》した。桜の根を染める真っ赤な血のりは、神の寵児の幕切れを告げるものであった。

肺結核の病状はすでに末期だった。戦野を駆け走った奔馬も、業病にむしばまれて歩行さえできない。高杉は自ら回天劇の表舞台からしりぞき、護衛役の三吉慎蔵に付き添われて長州へもどった。そして、病床から二度と立ち上がることはなかった。

風がつよい。

馬関海峡の潮風が渦巻くように吹き上げてくる。敵地の小倉城の大手門には、〈一字三星〉の長州軍旗がたなびいていた。

譜代小倉藩の牙城《がじょう》にはためく毛利家の紋章こそ、長州の復活を告げるものだった。

軍旗をながめる直人も感慨深い。焼け残った敵城の厩が、御盾隊の宿舎となっている。若い隊士たちは、開闢《かいびゃく》提督《ていとく》高杉晋作の病状を嘆き、回復祈願の黙禱《もくとう》にふけっていた。

「提督あってこその奇兵隊ぞ——」

高杉の本意をはずれ、今では長州の神将にまつりあげられていた。

過年十二月十五日、功山寺に挙兵した高杉晋作は疾風にのった。下ノ関の奉行所を襲って軍資金をぶんどり、三田尻の長州海軍局に押し入って三隻の軍艦を略奪した。

高杉の〈暴挙〉とみて、日和見《ひよりみ》を決めこんでいた諸隊幹部も、なだれをうって〈義挙〉に加わった。また、村々の百姓たちも奇兵隊に肩入れして兵糧米をさしだした。クワを捨て、納屋奥から錆槍《さびやり》をとりだして諸隊に入隊する若者も激増した。

〈その数、五千余人！〉

風は雲をよび、雲は嵐《あらし》をよんで、長州の高空を覆うほどの大軍団が高杉のふところへ入ったのである。

奇兵隊と萩正規軍の戦いは、すでに内乱の枠をこえて、階級闘争のおもむきを呈している。

元来、長州の百姓は誇り高い。

「萩の侍たちは、おれたちが食わしてやっている」と、自負していた。

人の怨《うら》みに身分の壁はない。等しく長州人には、二百七十余年にわたる徳川家への旧《きゅう》怨《おん》があった。

慶長五年、関ケ原の合戦で敗れた毛利家は、領地のほとんどを刈《か》り獲《と》られ、防長二国に押しこまれた。多くの家臣たちは禄《ろく》をなくした。やむなく帰農した者は、代々血涙を流して荒地を開墾し、萩の武士団をやしなってきたのだ。

〈徳川憎し、武力倒幕！〉

その一念だけで、百姓たちは稗粟《ひえあわ》をすすって、軍事力の増強に貢献してきた。徳川幕府との融和をはかる俗論党主導の長州政権は、まさしく人民の敵であった。

そして草民の怨みは、秋吉台西北の山峡《やまかい》、〈絵堂の戦《いくさ》〉で暴発した。萩の正規武士軍は圧倒的な兵力をもちながら、奇兵隊の夜襲をうけてぶざまに敗走していった。

勝ちに乗じて、諸隊幹部は農民たちを煽動《せんどう》した。

「世直しじゃ！　京の天子さまの下では武士も百姓も同じ赤子ぞ」

とくに御盾隊は尊皇色が濃い。どこまでも過激である。絵堂の戦に勝利したあと、山《や》間《あい》に防衛陣地を築いて動こうとしない山県狂介に不満をもった。

山県の本質は権威主義である。またも策を弄《ろう》し、秘密裏に萩の重臣と文書をかわして、有利な妥協点を見いだそうとしていた。山県は痛いほど自身の立場を意識している。高杉が病に伏し、奇兵隊の全権が手元に転がりこんできたのだ。

(この僥倖《ぎょうこう》を生かさねば——)

および腰な萩の重役連に恩をうり、奇兵隊の突出を抑えて非戦に徹すれば、長州藩最高幹部の地位も夢ではなかった。

が、寄せ集めの諸隊のなかには、軍監の手に負えぬ者も多い。

「もはや問答無用じゃ」

「一剣をもって藩政を斬りとるべし!」

直人の所属する御盾隊は、絵堂の防衛陣地から撃ってでた。軍監山県狂介の差配をはなれ、自儘《じまま》に新たなる戦場を求めたのである。

元来、藩主への忠誠心はうすい。

大君を守り、その御盾となって殉ずる心根で結成された部隊だった。隊長の大田市之進は国学の知識があり、防人《さきもり》の歌から隊名を採《と》った。

〈けふよりはかへりみなくて大君の醜《しこ》の御盾と出《い》で立つわれは〉

直人が入隊したのも、若き防人たちの切ない魂の韻律に惹《ひ》かれたからであった。

「いざ、醜の御盾とならん!」

斬り込み隊長の直人は、十人の決死隊をつのって小郡《おごおり》の代官所を襲撃した。小郡は藩庁のある山口への要衝である。この地を押さえれば藩政奪取も加速できる。

官吏たちに戦意はなかった。代官所の正門をあけ、直人らを友軍のように招き入れた。意地も張りもなく、老代官は、砂地に這《は》いつくばって命乞《いのちご》いをした。

直人の住む台道村は、小郡から半里の近場にある。凄惨《せいさん》な〈鮫殺し〉の逸話や、〈人斬り〉の遍歴が深く脳裏にきざまれ、老代官の心胆を凍らせていた。

「お噂はかねがね聞いちょります。太刀合わせもできん老輩の身なれば、見逃してくれんですか」

「斬りゃせん、刀も抜けん相手など」

「すまんですのう。当代官所の武器や弾薬もご存分に使《つこ》うちゃってください」

「ほっちょけや！　勝手にするけぇ」

老官吏の世馴《よな》れた態度がやりきれない。

この場でぶった斬ってやりたくなる。まだしも佐幕派の連中のほうがいさぎよかった。

在所の高官である小郡代官を、漁師上がりの直人は怒気をふくんでにらみすえた。

難なく代官所を占拠した御盾隊は、吉敷郡《よしきぐん》の農民に大号令をかけた。

〈御一新の時は来たれり！〉

時の勢いであろう。わずか一日で、二千名の農民兵が御盾隊に集まった。〈鴻城軍《こうじょうぐん》〉という別働隊を作り、一気に藩庁のある山口へ攻めのぼった。

中途の湯田《ゆだ》温泉郷には、井上聞多の屋敷がある。三月《みつき》前、同志の聞多は山口の政治堂《せいじどう》から帰る夜道で俗論党の暗殺団に襲われ、めった斬りにされた。

聞多はしぶとい。

上湯田《かみゆだ》の自邸にかつぎこまれた聞多は骸《むくろ》も同然だった。母親が死水をとらすと、その骸が息を吹きかえした。むっくりと血まみれの顔を上げ、そばの老母をたしなめた。

「死水はまだ早い、わしゃ生きちょる」

「おう、聞多ッ」

「湯田の松田屋《まつだや》に蘭医の所《ところ》郁太郎《いくたろう》が泊まっとる。呼んでこい」

「待っちょきや!」

老母は裾《すそ》をまくって走りだした。

湯田に湯治に来ていた所郁太郎は、夜中に叩《たた》き起《お》こされ、診療箱を抱えて上湯田へ向かった。邸内の奥座敷は血の海であった。出血がひどく、聞多は虫の息である。外科手術の心得のある郁太郎は、畳針を使って傷口を七十針も縫い合わせた。

縫合手術をうけた聞多は、気力だけで生きのびた。

〈斬られの聞多〉

そんな呼び名がついた。過剰な生命力に俗論党の藩士たちも気味悪さを感じたらしい。聞多は二度と命を狙われることなく、囚人あつかいで自宅軟禁されていた。

「死んでも死なぬとは、得がたい大物じゃ」

直人らは上湯田の井上邸に押し入って聞多を救い、鴻城軍の総監にまつりあげた。雄弁かつ闊達《かったつ》。名門上士の井上聞多を将にすえることで政治対決にも圧勝できる。

日をおかず、山口政治堂は鴻城軍の手中におちた。山口が指令発信地となった。革命軍はいつでも萩城下へ突入できる態勢が整ったのである。

萩城は落ちたも同然だった。

領民にも見捨てられてしまった。百姓たちは年貢をこばみ、諸隊の兵士たちに食料を提供した。また弾薬などの運搬も嬉々《きき》として手伝った。

もはや城を守る手立てがない。海上からは軍艦の砲筒に狙われ、陸路には農民兵が野ネズミのごとくあふれて萩城下へ群れ進んでくる。

「このままでは長州は百姓どもにのっとられる！」

藩の重役連は怖気《おぞけ》だった。

古い身分制度のなかで安穏としていた彼らは、幕府軍よりも百姓たちの蜂起《ほうき》のほうが不気味に感じられる。

このままでは藩公の首さえ危うい。

危機感をつのらせた穏健派の幹部は、ひそかに高杉晋作に藩政禅譲の書状を送った。そろって俗論党首魁《しゅかい》の椋梨藤太に背をむけたのである。

「上士の高杉なら、藩主敬親さまに礼をつくし、身の上を安堵《あんど》してくれるだろう」

破天荒の高杉にも弱みがある。武士というものが何よりも好きであった。藩主への忠義心も並はずれて篤《あつ》い。

階級不在の奇兵隊を創立したが、本来それは西洋列強の侵略戦に立ち向かうための民兵組織だった。萩の正規武士団を壊滅させるために、隊士たちに洋式訓練をうけさせたわけではない。

〈花なら桜、人は武士――〉

高杉の立脚点はそこにある。

その意味では佐幕派の椋梨も同根だった。かれは忠義一徹の毛利藩士であった。卑しい私心などなかった。幕府との融和をはかって毛利家の存続を願ったにすぎない。勝者となった高杉は〈正義党〉を名乗り、敗残の椋梨一派は〈俗論党〉という呼称でおとしめられた。

藩に見捨てられた武士の末路ほど哀れなものはない。正義党に追われる椋梨は、津和《つわ》野領《のりよう》を抜けて支藩の岩国《いわくに》をめざそうとした。そこに皮肉な罠《わな》が待ちかまえていた。

わずか半年前。長州藩筆頭家老だった椋梨は、脱藩逃亡した高杉を捕殺するため、隣接する津和野藩に〈亡命者逮捕〉の指令書を送りつけていた。

〈津和野領内を通る長州の謀反人は捕縛されたし〉

その指令書が、半年後にめぐりめぐって自分の身におよんだのである。

津和野の青原宿《あおはらしゅく》で、椋梨は役人に取り押さえられた。土民に変装していた椋梨は、思わぬ成り行きに血相をかえ、半狂乱になって取り調べ官に弁明した。

「離せッ、わしは萩の上士ぞ！　謀反人ではない。指令書はわしが出したものじゃ」

「ひかえろ、大うつけめが！　両刀をたずさえぬ武士などおらぬ。どちらにしても怪しい長州人なれば、萩へと送り返す」

「帰れば、死あるのみ。武士の情けを……」

長州の最高権力者だった椋梨は、膝《ひざ》を折って懇願した。だが、津和野の小役人は冷たく笑って突き放した。

「しかたあるまい。大藩の指令書には従わねばならぬ。これまでもずっとそうしてきた。それが小藩の津和野の務めじゃ」

永年にわたって長州の迫害をうけてきた津和野の役人は、椋梨の身分を知りながら意趣がえしをしたのである。

俗論党首魁の椋梨藤太は萩に送られ、着いたその日に処刑された。藩内の佐幕派は一掃され、長州は一丸となって倒幕戦に突き進んでいった。

去る慶応元（一八六五）年十月二十一日、下ノ関港に巨漢の土佐《とさ》浪士があらわれた。

名は坂本龍馬《さかもとりようま》。薩長和解の使者であった。

同郷の中岡慎太郎《なかおかしんたろう》が長州の窓口となり、龍馬は薩摩の西郷の意をくんでやって来た。

仇敵《きゆうてき》の薩長を仲立ちできる人物は、土佐の坂本龍馬しかいなかった。

(奴《やつ》はできる!)

直人はするどく感応した。政略事の仲介人としてではなく、天駆ける剣技を見抜いたのである。龍馬は北辰一刀流《ほくしんいつとうりゆう》の大目録をうけ、千葉周作《ちばしゆうさく》の再来とまで呼ばれていた。

「豪剣は天下無双。上段からの面撃ちは大滝のごとし」

巷間《こうかん》の噂にうそはなかった。

白石正一郎宅で幹部会議を終えた龍馬は、酒宴の席で高杉から拳銃《けんじゆう》を進呈された。死期をさとった高杉が、上海で買い入れた護身用の連発銃を、とかく不用心な土佐っぽにゆずり渡したのである。

「いつか貴殿の役に立つ」

「こりゃええですのう。高杉さんの肌でぬくもった短筒にゃ霊威がこもっちょるきに」

龍馬はたちまち上機嫌になり、はだしで庭先に降り立った。高台にある白石邸からは、対岸の小倉城が見渡せる。龍馬は、海峡ごしに譜代の名城をめがけて全弾を連射した。

「いかん、遠すぎてあたらんぜよ」

ぼやく姿に男の愛嬌《あいきよう》があった。

その夜。遊興癖のある龍馬は、白石邸をぬけだして下ノ関の廓《くるわ》にくりだした。

同時刻、独り身の直人も夜の港町を彷徨《ほうこう》していた。足はひとりでに此の糸の居る高台の豪商宅へ向かっていた。

色町に通じる坂道で、直人は異形の者に出くわした。石畳の道に乾いた革靴の音がひびく。そして夜目のきく直人の視野にちぢれ髷《まげ》の巨漢が立ちふさがった。

長身の背をそらせ、坂上から大鷲《おおわし》のように舞い下りてきた。男の影が真上からのしかかってくる。強烈な気圧があった。馳《は》せちがって剣をぬくこともできない。

（……龍馬！）

そう直感した。

男は、優に六尺を超える背丈だった。長身痩軀《そうく》の直人を見下ろせる男は、長州には一人としていない。気で呑《の》まれた。一瞬、直人は細い坂道で棒立ちになった。

（斬られる！）

直人はからくも刀の柄《つか》に右手をかけ、送り足で半身にかまえた。

幻影は、するりと直人の脇《わき》をすりぬけた。かるく笑声をもらし、ちぢれ髷をゆらしてぺこりと頭を下げた。

「ほたえな。わしゃ色町へいそぐンじゃ」

龍馬は、いたずらをしかけた男児のような人なつっこい笑みを浮かべた。どこにも悪意がない。死線を超えてきた男だけがもつ軽みとぬくもりがあった。

直人は即応できない。放った敵意が空回りする。返答を待たず、龍馬は靴音高く石畳の坂道をくだっていった。

もし殺気を感じとれば、すれちがいざまに鞘走《さやばし》っていた。腕は互角だが、坂上にいた龍馬に利があった。上段撃ちで眉間《みけん》を断ち割られていたろう。

(それもまたよし、互いに生死を斬り結べば一体になれる)

快美感が淡く揺らいだ。直人は口を半びらきにしてたたずむ。龍馬の巨《おお》きな背が、ゆらめきながら闇《やみ》にのまれていった。あやなす死への恐れと憧《あこが》れ。それは真剣勝負に憑《つ》かれた刺客の倒錯した歓喜であった。

生に執着がもてない。少年時、母の捨て身の愛がなければホホジロ鮫に食われた身である。孤独なホホジロの魂は母と同化し、そしてまた直人の血肉となっている。エラ呼吸の大鮫は大海を泳ぎつづけることを宿命づけられている。一瞬でも立ち止まれば息がつげず、そこが死に場所となるのだ。

懐にしまった慈母観音像の導きで今日まで生きながらえてきた。ひたすら前へ前へと泳ぎつづけ、殺伐たる世相のなかで最強の刺客として恐れられている。

〈不惜身命《ふしゃくしんみょう》――〉

命を惜しまず、一身を捧《ささ》げる。憎んで人を斬ったことはない。相手を憧憬《しょうけい》してこそ殺意の種火が点《とも》る。一剣を極める渦中で人を死に至らしめ、また己《おの》れの死を迎えることを望んでいた。腕の立つ闊達な土佐っぽは、格好の標的だった。

慶応二（一八六六）年一月二十一日。土佐の坂本龍馬の奔走により、仇敵の長州と薩摩は秘密裏に盟約を結んだ。

奇蹟ともいえる両藩の妥結。それは仲介者の龍馬だけが持つ大きな男の器量であった。京都の薩摩藩邸において、長州の桂小《かつらこ》五郎《ごろう》は遺恨をすて、西郷吉之助のさしだす手を握った。世にいう〈薩長同盟〉である。

「これで御一新は成った！」

龍馬の裏方に徹した中岡慎太郎は、三田尻の諸隊本部で吉報を聞き感涙したという。雄藩の薩長土が連帯したことで、武力倒幕の道順はついた。中岡は、龍馬と同じ土佐郷《ごう》士《し》であった。北川村《きたがわむら》の大庄屋の総領息子で、親代々の勤王家として生きてきた。

土佐の郷士たちは、すべて長宗我部《ちょうそかべ》系家臣の末裔《まつえい》だった。先主長宗我部元親《もとちか》は、関ケ原の合戦で豊臣家に味方して敗れ、土佐一国を失った。移封してきた現土佐藩主山内《やまのうち》家は、徳川政権の代役であり、四国に打ちこまれた中央からの重い楔《くさび》であった。

長宗我部系の武士団は郷士格に落とされ、現土佐藩主の山内家から、積年にわたってさまざまな迫害をうけてきた。

「本家はわしらぜよ、いつまでも他国者《よそもん》の風下にゃ立たんきに」

苦い砂を嚙《か》まされつづけた郷士たちは、京の帝《みかど》を奉ずることで、からくも武士として の誇りを保ってきたのだ。

土佐藩は、勤王派の郷士と佐幕派の武士にきっちりと色分けされている。中岡は〈土佐勤王党〉党首武市半平太《たけちはんぺいた》の門に入り、龍馬とも知遇を得た。やがて〈七卿落《しちきょうお》ち〉の公卿《くぎょう》たちが三田尻に西下したことを知ると、脱藩して長州へと走った。

中岡こそ、ひとり長州寄りの論陣をはり、朋友《ほうゆう》の龍馬を支援して〈薩長秘密同盟〉を成就させた陰の功労者であった。

直人は、他藩の者は信用していない。長州を後ろ盾にして野望を果たそうとはかる弱卒だと見ている。

奇兵隊参謀の中岡慎太郎とも疎遠だった。遠目にみても、知らぬふりを通した。あるいは、中岡のほうが意識的に〈死神直人〉を避けていたのかも知れない。

薩長同盟を知った諸隊の者は奮い立った。

「やったのう、中岡さん。薩長土が手を結んで倒幕戦じゃ!」

三田尻の諸隊本部は若い隊士たちの熱気につつまれた。だが、直人の関心事は別にあった。それは、京都伏見の寺田屋《てらだや》における龍馬の大殺陣《おおだて》であった。

慶応二年一月初旬。伏見の奉行所は、すでに龍馬の入京を偵知していた。

しかし、うかつには手出しできない。千葉門随一の剣名が鳴り響いている。幕吏たちは剛勇の龍馬を恐れた。とても十数人で捕殺できる相手ではない。京都見廻組《みまわりぐみ》に知らせ、百五十人の連合部隊を結成した。

「捕縛は無理だろう。龍馬を斬り殺せ！」

薩長同盟の密約が成立した二日後、伏見の舟宿寺田屋を、びっしりと百五十人の捕り方が包囲した。八ツ半の刻、深夜の寝込みを襲ったのである。

龍馬の妻女〈お龍《りよう》〉は入浴中だった。湯殿の小窓ごしに捕吏たちを見つけ、すっ裸で二階の龍馬に急を告げた。

龍馬は、同宿の三吉慎蔵と連携してすばやく戦闘態勢を整えた。剣はぬかず、高杉晋作より贈呈された連発銃を懐からとりだした。

護衛の三吉慎蔵は、長州支藩長府藩の武芸指南役である。常勝無敗。〈槍の慎蔵〉と尊称される天才兵法者だった。

死期の近い高杉は、自身をまもる最新の拳銃と最強の護衛役を、不用心な龍馬にゆずり渡していた。

（深夜の死闘となれば――）

かならず狙って襲う側が圧勝する。刺客の直人はその重みをだれよりも知っていた。襲われた側が立ち直り、逆襲に転ずることなど不可能である。

絵堂の戦で正規武士団がもろくも敗走したのも、奇兵隊の夜襲をうけたからだった。寝込みを襲われて、なお反撃できるのは真の強者だけであろう。

危機一髪！　その稀《まれ》なる強者二人が、寺田屋で襲い来る捕吏たちに逆襲した。護衛の慎蔵は敵の乱刃をかいくぐり、得手の短槍《たんそう》をふるって捕り方たちを突き伏せた。龍馬は拳銃をぶっ放して威嚇《いかく》した。なぜか龍馬は最後まで刀を抜くことがなかった。

龍馬と慎蔵は、たった二人で押し寄せる百五十余の幕吏たちを蹴散《けち》らし、厳戒の囲みを突破して伏見の薩摩屋敷まで逃げのびた。

お龍の捨て身の注進と、慎蔵の手だれの槍が窮地の龍馬を救った。腰のひけた幕吏たちにとって、強壮な土佐浪士は手に余る巨大な標的だったようだ。

（あの龍馬を倒せるのは――）

われ一人。

直人の思念が昂《たか》ぶる。胸が高鳴り、こころよい緊張を感じた。どこまでも暗い陶酔感。それは強敵をほふったあと、じんわりと刺客の手のひらに残る甘美な痺《しび》れである。

長身の龍馬に、正眼からの撃ちこみは届くまい。巧みに拍子をはずされ、上段からの面撃ちを食らう。練達の大兵を倒すには、瞬時に間合いをつめ、低い脇構えから左逆《ひだりぎゃく》袈裟《げさ》の一手のみ。

（斬った！）

屯所の雪庭におりた直人は、小烏丸を抜き放った。両刃の切っ尖《きさき》が、闇を裂いて宙へ斬れ上がる。一閃《いっせん》した剣を黒鞘におさめ、大きく白い息を吐いた。

直人は着衣をぬぎ、凍るような井戸水を全身にかぶって溢《あふ》れくる殺意をしずめた。

薩長秘密同盟の成った半年後。慶応二年六月七日、第二次征長軍は周防沖の大島に艦砲射撃をくわえて上陸した。長州領の島民たちを殺し尽くし、高台で勝利の狼煙《のろし》をあげた。

だが、幕府軍が勝ったのは、無抵抗な島民を虐殺したこの緒戦だけだった。第一次征長時とは様相がことなっている。同盟をむすんだ薩摩は、ひそかに武器弾薬を長州に送りとどけ後方支援してくれていた。長州兵は心理的に優位に立った。

〈もはや一藩で戦うのではない。薩摩も土佐も陰の援軍ぞ〉

だが、幕兵たちは薩長が裏でつながっていることを知らない。

自軍の勝利を確信していた。長州全土を押し包むようにして、幕府連合軍は四つの国境から攻め寄せた。陸路では山陽道の芸州《げいしゅう》から、山陰道は石州《せきしゅう》から進攻した。海路は周防の大島と馬関海峡の小倉から長州領への上陸作戦を開始した。

勝ちに慢《おご》った幕兵たちが、大島の娘たちを凌辱《りょうじょく》していることを知り、病身の高杉晋作の相貌《そうぼう》が怒りでさらに蒼《あお》ざめた。

「幕府の外道《げどう》め、打《ぶ》ちのしちゃる！」

高杉は、わずか二百トンの軍船に乗りこみ、暗い波間を奔《はし》って大島沖に停泊する幕府艦隊になぐりこんだ。

夜陰の海戦など、世界の戦史で前代未聞であった。千トンをこす巨艦は蒸気の火を消し、幕軍の海兵たちは寝入っていた。

高杉の指揮するオテントサマ号は、敵艦のそばまで近づいて次々に砲撃を加えた。ことごとく命中した。幕府艦隊は恐慌をきたし、砲門をひらいてやみくもに応戦した。闇中の同士討ちとなり、艦隊の被害はさらに大きくなった。

すでにそのとき、なぐりこみをかけたオテントサマ号は、闇に乗じて下ノ関へと帰港していた。船体も乗員もまったくの無傷だった。

「信じられん！　ボロ船一隻で、幕府艦隊を壊滅さすとは――」

高杉の人知を超えた働きぶりを見て、藩の重役連はしきりに賞嘆した。

幕府艦隊は錨《いかり》をあげ、いっせいに周防沖から芸州へと逃げ去っていた。置き去りとなった大島占領軍は、二日後に長州の陸戦隊の襲撃をうけ、手酷《てひど》く海へ追い落とされた。

「こんどは老中の小笠原《おがさわら》壱岐守《いきのかみ》を海へ放《ほう》りこむ」

高杉は諸隊の幹部に高言し、ただちに実行した。

海戦の五日後、長州軍は門司港を砲撃し、一気に敵岸へと強攻上陸した。めざすは幕軍総大将の小笠原壱岐守の首と、かれが本営とする小倉城の奪取であった。

上陸作戦はすべて高杉の立案であった。長州の天馬は、翼をひろげて渦巻く海峡をも超えたのである。

白石邸の広縁からは海峡が一望できる。

高杉晋作は縁側でゆったりと朝酒を呑みながら、無数の小舟が馬関海峡を渡っていく様子を見守っていた。

「すいすいと、アメンボのようじゃ」

愉快げに言って、かたわらにすわる白石正一郎に微笑《ほほえ》みかけた。その頰《ほお》はこけ、横流れした細い目尻《めじり》がいつになくやさしげだった。

「はい、これで勝敗の行方はみえました。高杉さまの働きで挙藩体制の整った長州とちがい、豊前《ぶぜん》にては百姓一揆《いっき》や打ち壊しが続発しております。領内の草民たちに背をむけられた小倉藩は滅びるでしょうな」

「さすが情報通の海運業者だ」

「商人のくせに、とんと金儲《かねもう》けの才はございませんが――」

「手元に集まるのは、食いつめ者の浪士ばかり。金は出ていく一方」

「みごとに蔵はからっぽ。とうに身代はつぶれております」

「快事じゃのう。白石家をわし一人で呑みつぶしたか」

「いやはや、まことに光栄のいたりです」

白石正一郎は鷹揚《おうよう》に笑ってみせた。

瀬戸内に鳴り響いた豪商は、風狂な一書生に入れあげて全財産を費やした。奇兵隊創設の資金も、対幕戦の戦費にも惜しみなく私財をつぎこんだ。

男が男に惚《ほ》れると高くつく。

高杉晋作という稀代《きたい》の蕩児にとことん溺《おぼ》れて、白石は数万両を蕩尽《とうじん》したのである。大らかな散財ぶりだった。もはや自邸の金蔵には一文銭《びたせん》一枚のこっていない。

「それにしても、よくつかいきったのう」

高杉は、妙なところで自画自賛した。

借金を返す気などさらさらないらしい。白石もまた高杉に返済など求めていなかった。凜烈《りんれつ》な若者と時代を共有できた喜びは何物にも代えがたい。

「金を貯める者がいれば、つかうお人も必要です。ちゃんと浮き世の帳尻《ちょうじり》は合いました」

「金主が底をついては、わしもこの世に長居ができんな。頼みついでじゃ、おうのの身柄をよろしくな」

「はい、心得ております」

「見ちゃれや。早くも先鋒隊が敵岸に上陸したぞ」

さりげなく老友に今生の別離《わかれ》を告げた高杉は、海峡の対岸を扇子でさし示した。

先鋒は山県狂介がひきいる奇兵隊だった。渡海に先立ち、長州艦隊はいっせいに艦砲射撃して、門司の西浦浜《にしうらはま》砲台陣地を吹きとばした。敵地に上陸後、まっさきに小倉城下へ突入したのは長府の〈報国隊《ほうこくたい》〉であった。

報国隊は長府藩士の三吉慎蔵がひきいていた。高杉晋作の警護役を任ずる若者である。槍の慎蔵がそばに居ると、気圧《けお》されてだれも手出しができない。藩の佐幕派からも、また狂信的な尊皇攘夷派からも、高杉の身を護《まも》りきった。

「だれも勝てん、彼こそ最終兵器さ」

高杉はつねづねそう言い、入京する龍馬の護衛役として三吉慎蔵を供につけた。不敗の慎蔵が側《そば》にいたからこそ、幕吏たちの寺田屋襲撃も凌《しの》ぎきれたのだ。

隊長の三吉慎蔵を先頭にして、報国隊は小倉城下で凄絶《せいぜつ》な白兵戦をくりひろげた。寄せ集めの幕軍のなかで、地元の小倉藩の兵士だけは善戦した。一進一退の攻防戦になり、軍監の山県狂介は高杉に来陣の書状を送った。

〈提督の御出馬を乞う――〉

小倉城は五層の天守をもつ堅城である。北は海峡に面し、中津街道《なかつかいどう》には中津口門《なかつぐちもん》、久留米《くるめ》にいたる田川街道《たがわかいどう》には香春口門《かわらぐちもん》を設けて、しっかりと領内を護っていた。

間近に見えた敵城は遥《はる》かに遠い。

一か月をこえる持久戦となった。長びけば敗勢の幕軍が息を吹きかえす恐れがあった。疾病をこらえて高杉は馬関海峡を渡った。門司について陣頭指揮をとった。それでも小倉城をぬけない。

が、戦況は思わぬかたちで決着した。

〈奇兵隊提督、高杉来たる！〉

前線の長州兵は士気を高め、日夜猛攻撃をかけた。高杉到来の報は幕軍の陣営にもとどいた。神将の名に敵兵はおびえ、敵将はさらにおびえた。

七月二十九日、何の前ぶれもなく征長軍総指揮官の小笠原壱岐守が戦場から脱走した。本営の小倉城をぬけだし、旗艦富士山《ふじさん》号にのって沖合へ逃げたのである。

珍事であった。

「そねぇなことが許されるかや」

地元の諜者《ちょうじゃ》から報告をうけた長州幹部は、しきりに首をひねったという。

長州討伐の名目で、征夷大将軍なみの全権を与えられた武士の頭領が、恐怖心に耐えきれず、多数の部下を見捨てまっさきに逃亡したのだ。官吏上がりの老閣に武門の誉れなどなかったらしい。

武家政治の終焉《しゅうえん》は間近だった。

総大将が戦場から逃げだした直後、大本の将軍家茂《いえもち》が急逝した。厭戦《えんせん》気分の幕府連合軍は、それを口実に征長計画を断念して各地の自藩へ帰っていった。

「もはや、これまで——」

とり残された小倉兵は悲痛だった。

名城にみずから火を放ち、中津街道を落ちのびて田川町の山地にこもった。

ついに小倉城は落ちた。

焼け残った敵城の大手門に、〈一字三星〉の毛利旗がはためいた。白馬にのって大手門をくぐる提督を、奇兵隊の若者たちは凱歌《がいか》をあげて迎えた。

「わしの旗振りはここまでじゃ」

精根をつかいはたし、天馬の翼は折れた。喀血した高杉は下ノ関の別宅にもどり、愛人のおうのを傍《そば》において詩作にふけった。

もはや戦事には興味を失ったらしい。隊務をはなれ、病床で愛妾のつまびく三弦の音色にぼんやりと耳をかたむけていた。

小倉領内の統治は、信頼できる三吉慎蔵に一任した。山県狂介のきびしい統治能力よりも、慎蔵のやさしさをかったのであろう。

小倉の領民は気が荒い。前政権期には打ち壊しが続発していた。新たに統治者となった慎蔵は、長州兵にきびしく女犯《にょぼん》や物資強要を禁じた。

「勝者こそ慎みをもたねばならぬ。大島での幕兵の非道さを教訓にしよう」

そう説いた。説くだけでなく、慎蔵は手槍をもって小倉城下を一人で巡回した。槍の慎蔵に日夜見張られていては、奇兵隊の若者たちも悪行ができない。

年貢も据え置きとした。慎蔵は、その名どおり慎みぶかい。小倉の領民は清新な青年将官をあがめ、頻発していた百姓一揆や打ち壊しもぴたりとやんだ。

（そんな男だからこそ、高杉や龍馬を護りきれたのだ……）

三吉慎蔵の好ましい風評をきくたび、直人は心さびしい。自分の全身に染みついた血の匂《にお》いがうっとうしくなる。

高杉晋作と坂本龍馬にむけられた根深い殺意は、裏返せば両雄へ対する一途《いちず》な賛意であったのかも知れない。

（そして、もう一人――）

人の世は小さな曲輪《くるわ》であり、そのなかで輪舞している。一回りすれば、また元の場にもどって旧知の人と出逢《であ》うのだ。

直人は、懐かしい男の噂を耳にした。

山陰山陽の陸戦でも、長州軍は圧倒的な勝利をおさめ、逆に国境をこえて石見領《いわみりよう》にまで攻め入っていた。総司令官は大村益次郎《おおむらますじろう》という蘭学者であった。以前の名は村田蔵六。

十年前。漁師上がりの直人に文字を教え、無知の暗い迷路から救いあげてくれた恩師だった。形あるものにはかならず言葉があり、形のない心情にも言葉があることを知った。清《すが》しい言霊《ことだま》はやがて深い〈海〉となり、高い〈山〉となることも知った。

村田蔵六は百姓身分であった。村医の蔵六は大坂の緒方洪庵塾に学び、西洋医学と兵学をおさめた。志士歴はまったくなく、堅実な蘭学者として巷《ちまた》に生きていた。

彼の出番は倒幕戦の最終局面でやってきた。相つぐ戦乱のなかで多数の志士が奮死し、長州には将たる人材が払底していた。最高幹部の桂小五郎は、兵学の知識のある村田蔵六に目をつけ、山口藩庁へ呼びもどした。

これが当たった。

村田蔵六の指揮する部隊は勝ちつづけた。しかも、味方の死亡率がきわめて低い。桂は勝ち馬にのるかたちで、百姓身分の蔵六を長州軍の総司令官に押し立てた。〈蔵六〉ではどこか百姓くさい。名も武将らしく、〈大村益次郎〉と改めさせた。

大村の新戦術はことごとく的中し、各地で幕軍をなぎたおした。剣をにぎったこともない慈姑頭《くわいあたま》の百姓医は、病に倒れた高杉に匹敵するほどの天才戦略家だったのである。

翌春、慶応三（一八六七）年四月十四日、下ノ関新町《しんまち》の別宅で高杉晋作は波乱の生涯をとじた。

享年二十七歳。

松門四天王のなかで、三十路《みそじ》の春を迎えた者はいない。

その若者は、たった一人で回天維新の口火を切った。海に陸に大軍を連破して、幕府倒壊の強烈な一撃を食らわせた。そして未練げもなく天に召された。

おもしろき
こともなき世を
おもしろく

高杉の遺《のこ》した辞世には、愁嘆場をきらう蕩児らしい諧謔《かいぎゃく》がこもっていた。長州の快男児は、老いて権勢を誇らず、一書生のまま早逝したのである。

〈高杉死す――〉

悲報はその日のうちに、馬関海峡を渡って小倉城へ届いた。統治将官の三吉慎蔵は声を放って泣き、若い兵士たちも泣きくずれた。

厩で守衛任務についていた直人は、すぐさま小倉城をぬけ出て、門司港から小舟をこぎだした。

ひたすら此の糸の身を案じた。

廓から身請けされ、此の糸はおうのという別称で高杉の愛妾となっていた。直人の高杉に対する殺意の一端はそこにあった。

（妾《めかけ》の立場では臨終に立ち合えまい——）

事実、萩から正妻の雅子《まさこ》がかけつけて、高杉の死水をとったという。雅子は位牌《いはい》を抱いて葬列の先頭にたち、おうのが柩《ひつぎ》に同行することも許さなかった。

（女のむごさよ）

波のしぶきを浴びながら、直人は一心に櫓《ろ》をこいだ。気があせる。葬儀の参列までこばまれた女が、結願《けちがん》むなしく黄泉路へ旅立った情人《いろ》の後追いをすることを危ぶんだ。

しだいに潮風がぬくもって、微光が港町にふりそそぐ。海峡をこぎ渡った直人は、早暁の埠頭《ふとう》にたたずむ一人の女を見とめた。長い黒髪がさらさらと潮風になびいている。

挿頭華《かざし》にされた紅花が、風にうたれて散っていく。

可憐《かれん》な小花が、引き潮にのって小舟のそばまで流されてきた。

女の喪心にそっとふれるように、直人は紅の花を手ですくいあげた。

（海の葬送か……）

小さな赤い花弁が海面で舞っている。直人の視線がさまよう。女のまとう白絹が遠目に揺らいで見えた。まるで姫巫女《ひめみこ》の昔にかえったような妖《あや》しい立ち姿だった。

入神した此の糸は、逝く人を彼岸《ひがん》へ送り、来る人を此岸《しがん》で待っていた。

故郷の島の喪装であろう。

薄い白衣に緋色《ひいろ》の帯を胸高にしめていた。流浪の姫巫女は、ほそい手首に巻いた真珠の管玉《くだたま》をシャラシャラと鳴らし、夜明けの海峡に鎮魂の恋唄《こいうた》を奏でた。

　くれないの花や―
　くちびるに染めて
　いとしい男を
　心に染めて

　ひととき、姫巫女の白衣があざやかな黄金色にそまった。うたいおえた此の糸は、挿頭華の小枝を髪からぬきとって海面に投げた。紅花が折からの引き潮にさらわれて波間にただよう。

　舟上の直人は櫓をやすめ、海水に濡れた紅花を手のひらにひろげた。赤錆《あかさ》びた深い悲しみの色だった。

　思わずつよく握りしめると、指間から血のようなしずくが数滴したたり落ちた。

　港は朝焼けにうもれていた。光そのものの空と海であった。桟橋に立つ此の糸が、白い袖《そで》をなびかせて手をふっている。

　それに応《こた》えず、直人は長い櫓をまわしてくるりと船首をかえした。

七章　龍馬暗殺

しぐれめく日がつづき、吐く息がかすかに白い。

北山から流れきた雨雲が、京都盆地の高空を行き去ると、わずかな晴れ間がのぞいて、淡い晩秋の虹《にじ》が鞍馬山の彼方《かなた》に立つ。

直人は鴨川堤にたたずみ、北山の稜線《りようせん》に消えゆく白っぽい虹を見ていた。

「ごっぽうさびしい虹じゃのう」

つぶやくように言うと、供の植草剛がこころもち高調子に応《こた》えた。

「それですィね。京の都は虹までが雅《みや》びでありますのんた」

「植草は初めての入京じゃったな」

「はい、これぇして都にのぼれるたァ思わんかった。神代さんに誘うてもろてよかった」

「そうともかぎらん。場合によっては、この地が二人の墓所となるでよ」

「洛中《らくちゅう》で死ぬるなら本望ですィね」

舟人足姿《ふなにんそくすがた》の植草は笑声をひびかせ、小石をひろって川面《かわも》へなげた。

水かさの増した鴨川から、都鳥《ユリカモメ》の群れがいっせいに羽音を鳴らして飛びたった。鳥たちが舞い上がった盆地の空に、すでに愁色の虹はきえていた。

またも、つぎの雨雲が北山の峰にせりだしている。

(今宵、龍馬を斬《き》る!)

比叡下《ひえお》ろしの寒風を全身でうけとめ、直人は暗い眼窩《がんか》に殺意をこもらせた。


一月前《ひとつき》。慶応三(一八六七)年十月十三日、二条城《にじょうじょう》に在京諸藩の重臣たちが呼ばれて大広間に着座した。総登城の大意を知る者は、招集をかけた徳川慶喜《よしのぶ》のみであった。

老中の板倉勝静《いたくらかつきよ》が上座に立ち、十五代将軍慶喜の記した銘文書を回覧させた。

一読して、陪臣たちはさっと蒼《あお》ざめた。

「これは!」

まさしく驚天動地の文面であった。

〈天下の政権を朝廷に帰し奉り——〉

銘文の一章には、そうきざまれてあった。

将軍慶喜は内戦を避けたかった。薩長の挑発にのって国を二分して戦えば、そのすきに西洋列強の侵略をまねく。慶喜は窮余の策として徳川家の世襲政権を放棄し、鎌倉開府以来つづいてきた武家政治を、あっさり朝廷に返上したのである。

陪臣たちはあっけにとられた。抜き打ちに決議され、だれ一人として反論する余裕がなかった。むやみに朝廷をそしれば賊徒に堕《お》ちる。

（薩長の深謀か……）

歯噛《はが》みし、だれしもがそう思った。

が、薩長には別の思案があった。武力倒幕にこだわる両藩は、公家《くげ》の岩倉具視《いわくらともみ》と連携して宮中に手をまわし、ついに帝《みかど》より徳川追討の密勅を受けていたのである。

〈慶喜 誅滅《ちゅうめつ》!〉

薩長幹部は岩倉具視 卿《きょう》を使って巧みな宮廷工作をめぐらし、ついに勅令を手に入れた。ほっと一息つき、そこで武力倒幕の密謀を練るのに刻《とき》をついやした。

いったん回りはじめた歴史の歯車は一様式とはかぎらない。他所《よそ》で、もう一つの歯車も回転しはじめていた。勅令の下った同日、なんと将軍慶喜が世襲政権を朝廷へ委譲してしまった。慶喜は勅令のことは何も知らなかった。ただ、〈最後の将軍〉として自身の役どころを真摯《しんし》に演じきった。

「同じ日に大政奉還ちゃ信じられんぜよ。こげなことが起こるかや!」

京の薩摩屋敷で報をきいた中岡慎太郎は、張り切った綱が切れたように笑いだした。

わずか数刻のずれで、薩長と岩倉卿の裏工作は水泡に帰した。徳川幕府はみずから幕引きして、さっさと舞台裏にしりぞいた。薩長はふりあげた檄剣《げきけん》の下ろし場所をなくしてしまったのである。

「とことん戦《いくさ》ばやって、そんあとに千年浄土を築き申《も》そ」

薩摩の西郷らは、武力革命を夢見ていた。各地に戦火をおこし、焦土のなかから新生日本の道をさぐる腹づもりだった。そして将軍慶喜の首をはね、明確な権勢奪取を世に示したかった。

けれども、標的の慶喜はするりと背をむけて全権を譲渡した。これでは徳川討伐の名目が立たない。せっかく手中にした密勅は効力を失って、無用の紙きれとなった。

間一髪の決断である。

〈大政奉還〉を宣言した徳川慶喜は、危うく朝敵の汚名を逃れた。しかも、その奇策を奉じたのは幕臣ではなかった。

窮地の将軍を救ったのは、倒幕の旗手たる土佐の坂本龍馬だった。先日まで幕吏に追われていた天下の謀反人が、崩壊寸前の徳川幕府に手をさしのべたのである。

大政奉還論を起草した坂本龍馬は、脱藩人であった。

長州の桂小五郎や、薩摩の西郷吉之助は大藩の庇護《ひご》のもとにあり、その影響下に倒幕運動をくりひろげていた。だが、龍馬は寄る辺なき流浪人だった。なんの後《うし》ろ盾《だて》もない龍馬は、長崎の地に〈亀山社中《かめやましゃちゅう》〉を興し、海運商事組織を発展させて〈海援隊《かいえんたい》〉を創設した。

若き日、脱藩を決意した龍馬に、土佐勤王党党首の武市半平太が筆をふるって出立の詩を贈ったことがある

肝胆　もとより雄大
危機　おのずから湧出《ゆうしゅつ》す
飛潜　誰《たれ》か識る有らん
ひとえに龍名に恥じず

脱藩した龍馬は、武市の讃《たた》えた勇壮な詩のなかへと飛翔していった。

藩という古い制約から解き放たれた土佐の若者は、徒手空拳《としゅくうけん》で新たなる時代を切りひらいた。奔走家として龍名は各地にとどろき、薩摩の西郷らと肝胆相照《かんたんあいて》らす仲になり、危機のなかに〈薩長同盟〉を結ばせた。

龍馬の志はさらに高みへと飛揚し、また深く思索に潜んだ。

やがて構想はふくらみ、武力倒幕の戦火をさけるため、〈船中八策《せんちゅうはっさく》〉という新国家

構想をまとめあげた。それは万機公論を基軸とした民主国家の創立案だった。

その第一策こそが大政奉還であった。

〈天下の政権を朝廷に奉還せしめ、政令よろしく朝廷より出《い》づべきこと〉

龍馬は、そう書きしるした。

時代は動き、極東の島国にも烈《はげ》しい潮流が押し寄せてきている。

将軍慶喜が政権を朝廷に返上すれば、革命勢力は開戦の道義をなくし、大乱はさけられる。内戦で利するのは、東洋の総植民地化を狙《ねら》う西洋列強だけであろう。龍馬はその流れを土壇場でせきとめた。

「わしゃ、商船団をひきいて七つの海を制覇するきに」

大いなる野望であった。

世界の海運業をめざす若者の目には、勤王対佐幕の熾烈《しれつ》な戦いなど無益なものに映ったにちがいない。脱藩人の龍馬は、すでに藩を超え、国を超えた視点を持ち合わせていた。

「これぞ妙案――」

土佐藩重臣の後藤《ごとう》象二郎《しょうじろう》は、龍馬の奇策にのった。石高を加増されて土佐へ移封した山内家は、徳川幕府に恩義があった。暴走する薩長をおさえ、その頭ごしに大政奉還論を推し進めれば、立ちおくれた土佐が新政権の中枢にのぼれる。

後藤象二郎は、まるで自案のごとく藩主山内容堂《ようどう》に進言し、将軍にはたらきかけた。悩みぬいたすえ、徳川慶喜は決断した。世襲政権を京の帝に返上し、みずから最後の将軍となる道をえらんだのである。

「龍馬にだしぬかれた！」

薩長の幹部連は、煮湯をのまされた思いだった。

西郷や桂らは、一介の周旋人として藩とのしがらみをもたない土佐浪士を使ったつもりでいた。だが、龍馬の存在はその枠を大きく超えて、今では薩長をおびやかすほど影響力を持ちはじめている。

わずか半日の誤差で、せっかく手中にした倒幕の勅令も反古《ほご》となった。このまま傍観していれば、土佐の山内容堂らに主導権をうばわれかねなかった。

「捨ておけぬぞ、世界の海援隊とは名ばかりじゃ。しょせん龍馬も土佐藩の傀儡《かいらい》ではないのか」

武力倒幕を競う薩長両藩は、おくれて参じた土佐に不信感を抱いている。また、龍馬の掲げた大政奉還論は開戦まぎわの裏切り行為にほかならない。しかも、入京した龍馬は幕閣にもはたらきかけていた。

長州で、龍馬の名は地に堕ちた。

関ケ原の敗戦以来、武力倒幕は全長州人の悲願であった。さらに、旧領地を失った恨みよりも、長州藩幹部にとって、倒幕は刑死した恩師吉田松陰の仇討《かたきう》ちを意味していた。

何も松陰門下生たちだけが、愛弟子《まなでし》ではない。藩校明倫館で吉田松陰の教授をうけた者は、藩主から下級武士まで多岐にひろがっている。

「この世で先生と呼ぶは、松陰先生のみ」

直人もまた、久坂玄瑞との縁を通じて松陰門下生を任じていた。

もちろん瀬戸内の漁師のせがれは、松陰とは一面識もなかった。が、ことさら過激に門下生らしくふるまった。無愛想な直人だが、仲間内では師松陰の思い出話にふけるときには、愛弟子のごとく瞳《ひとみ》を輝かせて聞き入った。

逢《あ》わぬ師を偲《しの》べば、直人はなぜか心安らかになる。

「松陰先生は、こう述べられた――」

奇兵隊軍監の山県狂介や、御盾隊書記の品川弥二郎らが直人の腕を頼りにするときには、かならず松陰の話をもちだした。

大政奉還が発布された十日後、十月下旬になって三田尻にある御盾隊駐屯所に京都からの密書が届いた。

宛名は〈合図方・神代直人殿〉となっていた。差し出し人の名は記されていなかった。封をひらいて書面を一読した直人は、すぐに密書を火鉢の炭火で燃やした。

「しばらく旅に出ますけぇ」

直人は除隊を願いでた。

御盾隊総監の大田市之進は訳もきかず、あっさりと許した。京都から密書を送った人物と裏で話がついていたらしい。

かつて、九州逃亡より舞い戻った高杉晋作が挙兵したとき、真っ先にたよったのが大田であった。二人は同じ萩育ちの藩士だった。石高は四十石たらずの軽輩だが、大田は小姓役として藩主にも寵愛《ちょうあい》されていた。また二百名を有する御盾隊は、諸隊のなかでも最大の戦力である。

「共に挙《た》って、俗論党を討とうぞ！」

手勢を持たない高杉が、御盾隊総監の大田をあてにしたのも無理はない。

一方、諸隊を統括する奇兵隊軍監の山県狂介は兵力の温存をはかり、大田ら諸隊幹部に根回しして、俗論党打破を叫ぶ高杉を孤軍に追いこんだ。

「暴発暴挙はつつしむべし――」

大田は山県に与《くみ》し、助力を請う高杉を邪険に突き放した。だが、孤軍となった高杉隊は奇蹟《きせき》的な勝利をかさね、風雲にのって藩内革命を成し遂げた。近くに居すぎた二人は、かえって高杉の天分を見誤ったのであろう。

立ちおくれた大田と山県は、ともに剃髪《ていはつ》して高杉に詫《わ》びをいれ、絵堂の戦に陣頭指揮をとり、どうにか自身の立場を守りきった。

その高杉も若死にし、奇兵隊は山県の手に渡った。軍事力を背景にして、渡《わた》り中間《ちゅうげん》の若者は、藩政に口をはさむほどの大物になっている。一介の刺客にすぎない直人とは、今でははっきり立場が異なっていた。

駐屯所の奥座敷で、直人は入京の支度金を大田から受けとった。ずっしり重い。五十両はある。先払いの報奨金として、金子《きんす》が上乗せされていたようだ。

「神代くん、任をはたせ。松陰先生も働きぶりを見ておられよう」

「支度金はこれで充分じゃが。合図方配下の植草剛を借りていきますで」

「よかろう。これで両名は御盾隊とは縁がきれた。この先なにが起ころうと、決して藩や隊名はだすな。わかっちょるな」

しきりに念押しする大田が小面憎《こづらにく》い。

理想に燃えていた志士も、今では藩の重職を兼ね、〈御堀耕助《みほりこうすけ》〉と名を変えて山県との出世競争に血道をあげている。萩の武士階級の出自だけに、周防の海育ちの直人とは、どこかしら肌が合わない。

「御堀さん、心配いらんちゃ。口を割るこたァない。もし仕損じたときにゃ、わしも植草も彼《か》の地で死んじょります」

「今武蔵と呼ばれるその腕じゃ、討ちもらしはすまい。七卿落ちのときもそうじゃったように、今度も長州藩最強の遣い手として選ばれたンじゃ」

「そう、死神として」

「お主《んし》ゃに狙われたら逃れきれん。強気一方の高杉さんでさえ寿命をちぢめたけぇな」

「いや、見事に逃げきられました」

「どうかな。お主《んし》ゃなら血刀をひっさげて、あの世まで追っていきそうじゃ」

　言葉に底意があった。

　彼は江戸の練兵館で大目録をとり、師の斎藤《さいとう》弥九郎《やくろう》に代わって他道場へ教えに出向くほどの腕だった。なまじ竹刀《しない》剣法の達人だけに、刺客の直人に対して根深い嫌悪感を抱いている。人斬りとして重宝しながらも、常人ばなれした剣技を恐れる気配があった。

「相手がだれであろうと、斬ると決めたら斬りますけぇ」

　頬《ほお》の白痣《しろあざ》をうっすら赤くそめながら、直人は上官の顔を凝視した。底光りする薄茶色の両眼に射すくめられ、御盾隊総監はそそくさと席を立った。


　十月二十八日。直人は植草剛を供につれて三田尻港から瀬戸内航路の商船にのった。めざすは敵地の京洛であった。

〈禁門の変〉で敗走して以来、長州は賊徒として追われる身になった。

　入京は命がけである。長州人はすべて重犯罪者とされた。幕吏の警備網が張りめぐらされている。町中で見つかれば、たちどころに斬り捨てられた。

大坂の天保山《てんぽうざん》岸壁に着いた二人は、船宿に一泊して準備をととのえた。

「心配するな、植草。舟曳《ふなひ》きに化ければ捕吏の詮索《せんさく》などどうけん」

「そういえば、神代さんは京から二度も脱出したことがあるんでしたね」

「死にそびれた」

思い返しても胸がうずく。畏友《いゆう》の久坂玄瑞に殉死できなかったことが悔やまれてならない。久坂の死後、漁師上がりの無学な尊攘志士《そんじようしし》は、生きる指針をなくして糸の切れた凧《たこ》のように暗い虚空に変転していた。

翌日。直人らは舟曳き人足に風体を変え、大坂から淀川《よどがわ》ぞいに京都へ潜入した。伏見から運河の高瀬川に入れば、京都二条の舟留まりまで検問をうけずにたどりつける。

「お互い、よう似合うちょる」

めずらしく直人が白い歯をみせた。

海漁師と山猟師の二人連れである。荒くれた浅黒い顔貌《がんぼう》は、どこからみても積荷を運ぶ舟人足と映った。

植草剛は猪射《ししう》ちの名手で、銃のあつかいに慣れている。野山をかけめぐって育ったせいか、身が軽く剽悍《ひようかん》だった。そして何よりも、狙った獲物をしとめる瞬間の判断力を兼ね備えていた。

絵堂の戦で、斬り込み隊長の直人が植草を先導役にえらんだのも、その勘働《かんばたら》きをかったからだ。海山で育った狩人は、本能が研ぎ澄まされている。語らずとも、二人は目と目で連動できる。

若い山猟師は、大敵を倒すには格好の相方だった。

北山の峰からせりだした黒雲が、見るまに空を覆いつくした。鴨川の水面《みなも》も輝きを失って、鈍色《にびいろ》に染まっていく。

冷たい雨が、はらはらと直人たちの肩を濡《ぬ》らした。

「氷雨《ひさめ》じゃのう」

「神代さん、ほんじゃ行ってきますけぇ」

「おう。〈曙《あけぼの》〉の離れで待っちょる」

「いよいよ決行ですね」

「刀の柄《つか》の目釘《めくぎ》をきっちりと締めちょけや」

「わしゃ、人を射《う》ったこたァあるが、斬ったこたァないで」

人なつっこく笑い、植草は浅黒い顔にきれいな門歯をのぞかせた。

「一足一刀。間合いをつめて剣をふるえば、たいがいの敵は倒せる」

「やれんちゃ、足が前にでりゃせん」

「じゃろうな」

「ま、ええです。神代さんに命はあずけましたけぇ」

左手で不精ひげをなで、山育ちの若者は悪びれずに応えた。

植草剛が御盾隊に入隊したのも、尊攘思想にかぶれたからではなかった。戦功をつめば報奨にありつける。そうした行為は、狙った獲物を射ち獲《と》って生活の糧《かて》を得る猟師稼業と何ら変わりはなかった。ある意味では、直人の行動を大きく支配しているのも、撈《すなど》りとしての本能なのかも知れない。

「へたら、薩摩屋敷まで走ってきますで」

人足姿の植草は、ぺこりと一礼して鴨川の土手を駆けていった。

直人は、曙の離れ座敷にもどって植草の帰りを待った。

祇園《ぎおん》の茶屋曙は、京における長州藩の秘密の出城であった。花見小路《はなみこうじ》の路地奥にあり、諸藩の勤王派が集う〈中村屋〉とは庭つづきの小店だった。

祇園には、長州びいきのお茶屋が多い。

そうした人気は、ひとえに金離れのよさにあった。天下取りをめざす長州は、京の花街でおしみなく散財した。賊徒となったあとも、京の町衆は長州人に同情を寄せていた。

他藩の汗くさい田舎侍《いなかざむらい》とちがって、長顔貴相の長州男児は、しゃれた端唄《はうた》を口ずさみ、身なりも清潔だった。お座敷芸もしごく達者で、高杉晋作の三味線の曲弾きや、品川弥二郎の小唄《こうた》は玄人はだしであった。

京の芸妓《げいぎ》たちは時代と共に生きている。

とくに格式の高い祇園の名妓《めいぎ》は、恋に奔放だった。軟弱な芝居役者に入れあげるより、精悍《せいかん》な長州藩士の着る白い縮織《ちぢみ》の夏衣に見惚《みと》れた。

〈情人《いろ》にもつなら長州縮織――〉

そう公言し、名妓はこぞって長州人の愛妾《あいしょう》となった。金銭的な利害をこえ、国事に奔走する志士たちにつくすことで、芸妓の意気地を示したのであろう。

名妓幾松《いくまつ》もその一人である。

禁門の変で敗れた桂小五郎をかくまい、さらに丹後《たんご》の出石《いずし》へと逃した。その後、幾松は新撰組の追尾をふりきって長州へ向かい、桂の帰郷の下準備までととのえた。

下ノ関の南端に、桜山《さくらやま》という小高い丘がある。ぶじ帰還した桂は、その山麓《さんろく》に対幕戦で闘死した諸隊士たちの招魂碑をたてた。すると、遊び好きの伊藤俊輔が知恵をだし、碑を守る神社がわりに、京風のお茶屋を増築することを進言した。

「桂先生、死んだのは唄と酒の好きな隊士ばかりじゃった。茶屋の庭に祀《まつ》られたほうが、若い仏たちもさびしがらんでしょう」

「そうかも知れんな」

「わしに任せてください。藩庁にいうて金をださせます」

伊藤は計算高い。戦死者の鎮魂を名目にして、藩費で幹部専用の広大な茶屋まで造ってしまった。

見世名《みせな》は、幾松に頼んでつけてもらった。伊藤は、さりげなく桂の愛妾のご機嫌もとりむすんだのである。幾松はすなおに喜び、なじみの祇園茶屋曙から名をもらって、長州の支店とした。

「店の女将《おかみ》には、ぜひとも奥さまになってもらわにゃ。京の雅びですけぇ」

妾《めかけ》の幾松を奥さまと呼び、桂の正妻として遇するのは気配りのきく伊藤一人であった。予想どおり幾松はかたく辞退し、曙の女将には馬関芸者の梅子《うめこ》が就任した。そして梅子は、まぎれもなく伊藤俊輔の妾だった。

祇園は迷路である。

幾重にも暗い小路がつながって、行き止まりとみえた路地奥に、また一本の抜け道がある。繁華な花街だからこそ、人が隠れるには絶好の暗所だった。

このところ、祇園の本店曙は休業している。秘密裏に長州藩が買いとって、入京する密偵たちの足場として使っていた。表玄関はいつも閉められている。京に潜む長州人たちは、祇園通いの粋客にまぎれて路地奥の裏木戸から曙へ入っていく。

〈今や京に一人の長州人なし〉

幕吏の思い込みとは裏腹に、長州の幹部連はたえず京洛《きょうらく》に出入りしている。そこには薩摩藩の手引きがあった。薩摩藩士と同行していれば、たとえ新撰組と町ですれちがが

って も誰何《すいか》されることはない。龍馬の成した〈薩長秘密同盟〉の効力であった。

品川弥二郎などは、ずっと京の薩摩屋敷に潜伏して国元の長州へ情報を送っている。六月に入京した山県狂介は、倒幕戦にそなえ、情報基地として祇園の曙を買いとった。

松陰門下の二人の動きは連携していた。

先月末、直人がうけとった暗殺指令書に差し出し人の名はなかった。

〈大政奉還は愚策なり。長州に仇《あだ》なす龍馬を誅《ちゅう》すべし――〉

檄文《げきぶん》であった。

御盾隊合図方隊長の直人に下知できる立場の人物はかぎられている。書記方《しょきかた》の品川弥二郎か、諸隊を統括する奇兵隊軍監の山県狂介しかいない。

直人に迷いはなかった。暗殺指令書をだした黒幕がだれであろうと、龍馬を討つことは長州の総意にちがいない。

離れ座敷の床柱にもたれ、直人は伝令にだした植草の帰りを待っていた。

「入りますえ」

廊下で女のかぼそい声がする。低くおびえたような翳《かげ》りがあった。

返事を待たず、頰の赤い下働きが六畳間に膳《ぜん》を運んできた。ずっとうつむいて、直人とは目を合わせない。

曙には、雇い入れた小娘が一人だけ居て、滞在者の食事をまかなっていた。諜報《ちょうほう》主任の山県狂介が店内の秘密を守るため、身寄りのない他郷の娘を京の色町島原《しまばら》の廓《くるわ》から買ったのである。

遊女となるには、まだ幼すぎる十三歳の禿《かむろ》だった。

けれども、噂《うわさ》ではこれまで滞在者の多くが幼気《いたいけ》な娘に手をだしていた。また娘も、それをこばむそぶりがないという。

北陸育ちなのだろう。両頰が雪焼けしたように淡紅色にそまっている。給仕の娘は茶《ちゃ》碗《わん》に飯をてんこ盛りにした。

「ほんに今夜は冷えますなァ、じきに火鉢の炭をもって参じます」

口実をもうけ、重苦しい場を離れたがっていた。何気なく直人が目を向けると、娘は小さな肩をさらにすぼませた。

結い上げた髷の生えぎわが、行灯《あんどん》の薄明かりをうけて初々《ういうい》しく光っている。

ふっと潮の香りが漂った。

直人は箸《はし》をおき、じっと娘を見やった。

「浜育ちか」

「はい、越中《えっちゅう》の魚津《うおづ》に九歳まで」

「わしも、周防の佐波漁師じゃ」

「よう見ると、潮焼けしてはります」

「お主《んし》ゃの父御《ててご》も漁師かいのう」

「うちの父《とう》さまは、時化《しけ》の海で死にました」

「そげか……」

聞かずとも、廓に売られた身の上は察することができる。二人の言葉はとぎれた。

遠く知恩院《ちおんいん》の鐘が、暮れ六つの刻《とき》を撞《つ》きはじめた。一鐘ごとに夜の空気が静まり返っていく。やがて深い沈黙につつまれた。

きっちりと坐《すわ》り直し、娘が唐突に名乗った。

「志乃《しの》と申します」

正面から直人を見ていた。すでに瞳の奥に恐れはない。

直人は目を中庭のほうへ遊ばせた。浜娘の心情を前にもどかしい。どうしても名乗りきれなかった。

「すまん。わしゃ……」

密命があった。

刺客は招かれざる客である。指名された人物をつけ狙って人知れず行動し、本名を使うことは許されない。

決行時が差し迫り、身内はしだいに熱く昂《たか》まっている。一剣をふるい、敵を斬ることに耽溺《たんでき》しているわけではなかった。互いに肉迫し、白刃をもって斬り結べば、その行く手には生と死の二筋しかない。

一瞬の足運びの乱れで、死の奈落へと落ちていく。人と人、刀と刀が真正面からぶつかれば、肉と鉄がきしみ合って何事が起こっても不思議はなかった。

強敵ならば、なおさらである。

共倒れとなることもあり得る。狙う相手と同様に、自身もまたどっぷりと死の影に染まるのだ。はげしく鉄片が砕けて肉が裂ける。流れ出た両者の血がまじって互いの生死がもつれていく。

（大いなる龍馬！）

太刀《たち》を振りきる。そして一瞬、命の狭間《はざま》で両人は一体となる。

暗殺者の陶酔はそこにあった。

武蔵の講じた〈剣禅一致〉の境地など刺客には無縁である。荒ぶる魂のままに、危難の場にいどむ勇気をもっているだけだ。

それは、獲物を狙って時化《しけ》た荒海にこぎだす漁師の熱い心意気にも似ていた。今は浜娘の発するなつかしい潮の匂いにひたるしか、昂まりを抑えきれそうもなかった。

「こい、志乃」

膳を払いのけ、手をのばして抱き寄せた。

志乃は抗《あらが》わずに身をまかせた。

北国の少女は表情にとぼしく、どこかぎこちなく戸惑う風だった。乱れ髪を右手でまさぐると、志乃の全身に安堵《あんど》の気配がしみわたった。

ひらいた裾《すそ》からのぞく白い太腿《ふともも》に、青い血管が透けて見える。直人の胸に頰を寄せ、志乃はあどけない声調で言った。

「どすてだろ、お父《ど》と同じ匂いがする」

こぼれ出た北国なまりがいとおしい。

「わしも鯖《さば》漁師じゃ。形《なり》を変えても匂いは消せん。骨まで魚くさいけぇな」

「ほんに、ざらついた漁師のからだやわ」

無邪気に言って、直人の分厚い胸板をなでた。

「お主《んし》ゃ変わっちょるのう。みんなわしを避けよるのに」

「そやかて、さびしそうやし」

「女童《めわっぱ》たちはこの頰の白痣を恐がる」

「なぜね。うちは何ともない」

直人の削《そ》げおちた頰に、娘はそっと頰を寄せた。

男とからむ仕草にどこかしら狎《な》れがある。数年の廓奉公で、幼い浜娘もいつしか男の肌にそまっていた。

「好きにしてええのンよ」

薄目をあけ、志乃は上目つかいで言った。

無慈悲な男の生理を知りぬいた物憂い声だった。

直人の白痣が、カッと色づいた。

「やっちゃる」

狂暴な思いにかられ、直人は荒々しく娘の帯紐《おびひも》をといた。押さえがきかない。そまつな木綿着も剝《は》ぎとった。

娘の小ぶりな乳房が、たがいにそっぽを向いたようにツンと隆起している。張りつめた肌は若々しく輝いて、充実しきっていた。

両膝《りょうひざ》をわって押し入った。芳しい潮の匂いがたちこめる。引き潮にさらわれていくような心地《ここち》好《よ》い波酔いにつつまれた。

(やはり、女は海なのか……)

直人は、つくづく思い知らされた。

表情にとぼしい浜娘の目に、うっすら涙がにじんでいる。

志乃は情の濃い年増《としま》女のように、低くしわがれた声でいった。

「あんた、死んだらあかんよ」

火鉢の炭火は、とうに燃えつきている。抱き寄せる志乃の身体だけが、寒気のなかで限りない温もりをたもっていた。

小烏丸は湿り気をきるために、鞘《さや》から抜かれて床の間に置かれてある。

直人は、先ほど厨《くりや》の砥石《といし》をかりて刀身を磨《と》ぎあげた。子供のころから銛《もり》やヤスの手入れをさせられ、刃物磨ぎには慣れている。使いこまれた凹《へこ》み砥石に井戸水をたらし、刀身をなめらかに磨ぐと、すぐさま見事な蒼い刃が立った。

直人は抜き身の小烏丸を手にとって、行灯の淡い灯にかざし見る。

古刀小烏丸の刃文《はもん》は、不規則な小乱《こみだれ》である。平安期に打たれた始刀《しとう》なので、まだ刃文には技巧がこらされていない。

日本刀の源流は大和鍛冶《かじ》に発する。作刀はあくまで実戦用で、鉄《くろがね》の重ねが厚く頑丈にできていた。桓武天皇に〈小烏丸〉と名付けられた大刀は、古雅な峰両刃造りで、刀身のなかほどから上が諸刃《もろは》となっている。

その名どおり、小烏丸は風のなかの小さな烏羽《からすば》のように変転した。

古く〈将門《まさかど》の乱〉の折、追討軍の総大将　平　貞盛《たいらのさだもり》が京より下総猿島《しもうささしま》に遠征して、自ら新王と称する将門を討ちとった。その戦功により桓武帝から小烏丸を賜った。

〈これぞ帝を守る誅滅の剣――〉

貞盛は鎮守府将軍に任ぜられ、小烏丸は平家一門の宝刀となった。やがて時はうつり、讃岐の宝物殿におさめられた小烏丸は、伊予の海将藤原純友に略奪され、その末裔《まつえい》の姫《ひめ》巫女《みこ》から直人の手に渡ったのだ。

「斬れる！」

古代の鉄《くろがね》には筋肉のようなしなやかさがあった。今では直人の両手と一体化している。尊い王家の祭器でありながら、実戦で使用すると凄《すご》いほどの斬れ味を示した。

数多《あまた》の人を殺《あや》めても、太刀としての気品を失わず、小烏丸は凜《りん》と屹立《きつりつ》している。決して刃《やいば》に疲れがこもらず、磨ぎべりもしない。

奇《く》しき縁《えにし》によって、桓武帝の愛《め》でた宝剣は周防の鯖漁師に伝わった。小烏丸を一振りすれば、岩も鋼《はがね》もやすやすと断ち斬れた。龍馬を打ち砕くには、帝の神意がのりうつった古刀こそがふさわしい。

氷雨はやんだが、冷たい夜風が離れ座敷の障子窓を鳴らしている。

火鉢の炭火が赤く燃え、六畳間は暖まっていた。肌を交わしたあと、志乃は幼い下働きの顔にもどって炭を入れかえてくれた。そして何事もなかったように、階段脇《わき》の女中部屋へと戻っていった。

直人は、灯にかざした大刀を鞘に落とし入れた。

廊下に足音が響く。すっと襖《ふすま》がひらき、植草が緊張した面持ちで入ってきた。

「植草。で、どうじゃった」

「今夜のうちに龍馬を討たにゃなりません。明日、桂先生が入京されるそうです」

「えっ、なして桂さんが国元から」

「わしらの動きを察したようです。からだを張って止める気じゃろう」

「わるい癖じゃ。事にあたって、いつもあン人はためらう」

桂小五郎のためらい癖は病的であった。

禁門の変においても、小五郎は洛中突入をしぶって隊列を離れ、愛人の幾松のもとへ走った。長州兵をひきいた将が、そろって奮死をとげ自刃するなかで、小五郎ひとりは遠く丹後の山奥まで逃げのびた。

ひたすら用心深い。幾松が帰国の下準備をしなければ、桂はずっと出石の城下町で小間物屋として過ごしていたはずだ。名を変え、若い嫁までもらって、田舎町の暮らしに溶けこんでいた。出石では腰のひくい律儀な商人で通っていたという。

〈逃げの小五郎〉という蔑称《べっしょう》も、そこから生まれたらしい。

が、腕は立つ。道場で竹刀をもてば、身軽な蝗《いなご》のように跳びはね、素早い変化《へんげ》撃ちをみせた。御盾隊総監大田市之進の兄弟子にあたり、江戸飯田町《いいだまち》の練兵館で塾頭をつとめたほどだった。桂の鋭い小手撃ちを食うと、稽古《けいこ》相手はしばらく竹刀を握れなかった。

（小手先の技で人は斬れぬ）

直人は、桂の剣技をあなどっている。

真剣勝負に小手も面もない。どこを撃たれても皮が裂け、血が噴き出る。わずかでもためらっては太刀は空を斬り、たちまち敵の斬撃《ざんげき》をうける。

あるいは、だれよりも真剣勝負の危うさを知っているからこそ、達人の桂は修羅場を避けるのかも知れない。名高い美剣士は、森の中の小動物のように敏感で、わずかな物音をきいただけで逃げだしていく。

その桂小五郎が、危険をかえりみず入京しようとしていた。

龍馬は桂の朋友《ほうゆう》だった。そして、ただ一人で孤立無援の長州を救った恩人でもあった。彼の助力がなければ、疲弊しきった長州は征長軍に踏みにじられて滅亡していたろう。龍馬の仲立ちがあったればこそ、狷介《けんかい》な桂も仇敵《きゅうてき》の西郷と手を握り合ったのである。

倒幕戦は目前に迫っていた。

しかし、龍馬は奇策を奉じて内戦を回避しようと図った。長州の逆襲劇はせとぎわで封じられた。尊皇派にとって、将軍慶喜まで新体制にとりこむ〈大政奉還論〉は、明白な裏切り行為であった。

直人は、眉《まゆ》あいに縦じわを寄せた。

「この危急時に、いまさら何を迷う」

「わかる気がします。桂先生にとって龍馬は心のゆるせる数少ない友なんじゃろう」

「心友であり、長州の恩人だからこそ斬らんといかんのじゃ。薩摩藩邸に潜む品川さんはどねぇに言うとった」

「密命を遂げよと申された。軍監の山県さんも同意見らしい。松陰先生の仇討ちじゃと思うて檄剣をふるえと」

「そねぇに言われたら、あとにゃひけん」

「それに、こうして品川さんからも近江屋《おうみや》の見取り図を手渡されとる」

植草は、懐から墨跡の生々しい図面をとりだした。見ると、近江屋の間取りがくわしく描かれていた。

「さすが御盾隊の書記方じゃ。ぬかりがないのう」

「居場所は三条《さんじよう》です。隠れるでもなし、龍馬は堂々と表通りの商家に出入りしとります」

「いかにも奴《やつ》らしいな」

龍馬の寓居は、三条河原町《かわらまち》にある醬油商《しようゆしよう》近江屋の二階だった。

それは公然の秘密であった。在京の志士仲間だけでなく、幕府がわも龍馬の潜伏場所を偵知していた。すでに龍馬は、幕吏から追われる身ではなかったのだ。土佐藩邸を抜け出し、大手をふって京の町を闊歩《かつぽ》している。

幕府は、大政奉還の創案者が土佐の坂本龍馬であることを知っていた。十月十日、龍馬は大目付《おおめつけ》永井尚志《ながいなおむね》の自宅に招かれて懇談している。そして将軍慶喜の側近に大政奉還の受諾を説いたらしい。

永井尚志は監察権をもった幕閣である。龍馬を捕殺する気なら、むざむざ自宅から帰しはすまい。永井と懇談した時点で、龍馬への幕吏の追尾は解かれていた。

その四日後、徳川慶喜は龍馬の奉じた奇策を受け入れた。謀反人の土佐浪士は、一転して幕府の救世主にまつりあげられた。

幕吏には、龍馬を討つ理由がなくなった。新撰組や見廻組は、京都守護職の配下にすぎず、会津藩主松平容保や幕閣の指図で動く。独断専行はできない。また彼らは京都の治安を守り、反幕府勢力を殲滅《せんめつ》するための武装集団である。

〈土佐の坂本龍馬にふれるなかれ――〉

幕閣の永井は、逆に龍馬の身を案じた。

和平推進者の龍馬を斬ることは、徳川家存続の絆《きずな》を断ち切ることに等しい。近藤勇などは、二条城で大目付の永井に話を聞かされ、龍馬の大きな度量に感服して、しきりに逢いたがった。

龍馬は三月に脱藩の罪をゆるされ、すでに土佐藩籍も得ている。今や土佐の顔である。近江屋の二階に仮寓して諸藩の者と面談し、自由に三条通りを歩きまわった。

「わしは天下御免じゃ」

隠れる気など、みじんもないらしい。

闊達《かったつ》で不用心な龍馬にくらべ、松陰一派の生き残りの者たちは暗い情念に身を焦がしている。恩師や松門四天王は先んじて奮死し、その遺志はやむなく格下の塾生らにひきつがれた。

〈残されたわれらは、その使命を果たさん〉

武力倒幕こそが松陰一門の悲願であった。そのためには手段をえらばない。とくに山県狂介は天性の謀略家であった。裏工作や夜襲などを好む。手だれの刺客上がりだけに、山県らが下調べした情報には臨場感があった。

「神代さん、見ちゃってください。近江屋の二階はこうなっとります」

植草は、ひろげた図面を指で示した。

奥座敷に置かれた火鉢までが細かく記されている。どうやら長州藩ゆかりの者が、じっさいに近江屋を訪れ、龍馬と面談したあとに間取りを書きとったらしい。

京の商家は間口がせまく奥に長い。鰻《うなぎ》カゴのごとくである。醬油商近江屋新助《しんすけ》の二階座敷も、奥へ四部屋ほど連なっていた。

「やるのう、山県らも。これで龍馬は袋のねずみじゃ」

「その龍馬は二階奥の八畳間におり、来客があると床柱にもたれて歓談するそうです」

「で、ほかには」

「藤吉《とうきち》という相撲《すもう》くずれの従僕がおって、身のまわりを世話しちょります。階段上がり口の六畳間に控えとるらしい」

「従僕さえ倒せば、奥座敷まで一気に踏みこめる。宅の造りはやはり京間か」

「はい、間口は二間半、天井も長身の神代さんなら手がとどくほど低い」

「そうか――」

せまく低い檻《おり》のなかでの死闘となる。

剣さばきは横と縦に制約をうける。正面からの突き技か、下段すり上げの逆袈裟《ぎゃくげさ》しかない。これで龍馬が得意とする上段からの面撃ちは封じられた。檻内での闘いなら、両刃返しの逆袈裟を会得した直人のほうが優位であった。

もっと大事な点は、過年の寺田屋襲撃のときとちがって護衛役の三吉慎蔵が龍馬のそばに居ないことだ。慎蔵と直人の力量は互角。槍の慎蔵が身辺警護していたとすれば、直人もうかつには踏み込めない。せまい室内では後退もできず、短槍《たんそう》のするどい突き技はふせぎようがなかった。

残された懸念は、龍馬が所持するという拳銃《けんじゅう》だけだった。

新奇を好む龍馬は銃器のあつかいに慣れている。寺田屋で多勢の捕吏たちに襲撃されたときにも連射して、伏見奉行所の与力を射殺していた。

「植草、短筒はどねぇな」

「もう奴は持っちょらんです。高杉提督から進呈された短筒は、寺田屋での乱戦で壊れて使えんようになったとかで」

「よし、わかった」

「ひとつ難儀なのは」

植草はかるく舌打ちした。

今夜もまた、龍馬は近江屋の二階で知人と話しこんでいるという。

「まったく来客が多くてこまる。今日も近江屋に二人の人物が訪れちょります」

「だれな?」

「土佐藩副参事の岡本健三郎《おかもとけんざぶろう》と、陸援隊《りくえんたい》総帥の中岡慎太郎ですィね」

「まずいで、そりゃ」

副参事といえば国家老なみの高級官吏である。土佐藩参事後藤象二郎につぐ立場の男をむやみに殺めれば、九月二十一日に下ノ関で結ばれた〈長土復交条約〉にもひびが入る。

また、それ以上に長州は中岡慎太郎に大恩があった。

顔のひろい龍馬とちがい、中岡は長州一辺倒である。すぐれた広報官として奔走し、いつも長州の立場を代弁してくれていた。

「土佐の藩籍など、とうに捨てた。まっこと心は長州人ぜよ」

口ぐせのように言い、中岡は全霊をこめて長州に肩入れしてきた。龍馬と連携し、薩長同盟に裏方として汗を流したのも倒幕の足場を固めるためだった。

龍馬に呼応し、中岡は陸援隊を創設した。けれども龍馬は、長州寄りの中岡に根回しせず、独断で奇策を将軍に奉じた。

「血迷ったか！　龍馬」

中岡慎太郎にとって、龍馬の起草した〈大政奉還〉の和平案は寝耳に水の椿事《ちんじ》だったにちがいない。

畏友の変節を知って、中岡はいそぎ入京した。龍馬を説得し、一方では岩倉具視卿を動かして、禁裏より〈徳川追討〉の勅令を得ようと図った。

土佐脱藩浪士の二人は、奇しくも和平と開戦の二つの道順をめぐって、はげしくせめぎ合い、到達日時を競ったのである。

中岡の奔走は実り、ついに十月十四日に帝から〈慶喜誅滅〉の密勅が下りた。

が、同日。将軍慶喜は、二条城大広間に在京の諸藩重役を招集して大政奉還を決議してしまった。歴史の分水嶺は、からくも内乱にいたる落水をふせぎ止めた。

密勅は効力を失った。

わずか数刻の差で、和平推進者の龍馬に軍配が上がったのである。

しかし、中岡慎太郎も一徹だった。連日のように龍馬の居宅を訪れ、ねばりづよく武力倒幕の是非を議論しているらしい。

膝をくずし、植草があっさりと断じた。

「かまわず、中岡さんも一緒に殺れと言うちょられました」

「ええのか、ほんとうに」

「倒幕ちゅう大事の前に、多少の犠牲はしかたないと山県さんが申されました。それに、長州びいきの中岡さんを殺ることで、龍馬殺しの嫌疑もさけることができると──」

「松陰一派はむごいのう。山県らの考えそうなことじゃ」

たしかに妙案ともいえる。

近江屋に同席する中岡慎太郎を殺せば、長州は広報官をうしなって、一見被害者の立場がとれる。また、賊徒の長州人は京洛に一人もいないという前提があり、〈龍馬暗殺〉の圏外に立つことができるのだ。

じっさいは、京都の薩摩藩邸には諜報係の品川弥二郎が長逗留《ながとうりゅう》し、山県狂介も潜んでいた。祇園の裏小路には、曙という隠れ家もあった。二本松《にほんまつ》の薩摩屋敷にも近く、龍馬の寝起きする三条の近江屋まで一走りで行ける絶好の遊撃基地だった。

「植草、早く着替えろ。出立するけぇ」

「はい。運が悪けりゃ死装束となるやもしれんですな。こんな舟人足の格好じゃみっともない」

「見栄えばかりじゃ人は斬れん。山野の狩りじゃと思え」

「それにしても今夜の獲物は、ばくだい巨《おお》きゅうありますな」

「なれば狙い外しもなかろう」

「あとで祟《たた》りゃせんか。神獣の龍とはのう」

粗着を脱ぎながら、植草は軽口を叩《たた》いた。やはり狩人は信頼できる。武家育ちの者よりずっと肝がすわっていた。

植草は直人と同じ黒紋服をまとい、腰に無銘刀をぶっこんだ。地荒れのめだつ粗悪な刀である。まずしい隊士が買える差料《さしりょう》は、そうした数打物《かずうちもの》しかない。

二人は裏玄関で、わらじを履いた。密《ひそ》やかに夜道を行くには、やはり下駄の音は騒がしすぎる。近江屋の二階に踏みこむにしても、足裏にぴったりと合ったわらじがいい。

招かれざる客は、いつも土足で他家にのりこむ。刺客としての成否は、踏み出しの一歩で決まる。他家の玄関先で履物をぬぐほど悠長ではなかった。黒い魔風のごとく突き進まねばならない。

「植草、わらじのひもをきつく締めちょけ」

「わかっちょります。迷わず一気に突っ走りますけぇ」

「行くぞ」

スッと女中部屋の襖がひらき、下働きの志乃がうつむいたまま裏玄関に見送りにきた。廓でおぼえた清めの儀式なのだろう。志乃は手にした火打石を、カチッカチッと鉄片にうちつけた。

薄暗い空間に、切火の燐光《りんこう》がほの白くきらめいた。

志乃は、肩をちぢめて直人を見やった。はれぼったい一皮まぶたがくるりとめくれた。濡れそぼった黒い瞳が揺らめいている。

「待ってますよって……」

思いをこめ、かすれ声で言った。

直人が無言でうなずくと、志乃もこっくりと頭を下げた。

裏木戸から祇園の小路に出た。氷雨のふったあとなので、花街に遊客たちの姿はない。寒気はひときわ深まっている。

供の植草が、ぶるっと身をふるわせた。

「こねぇに寒いと、さすがに祇園も人通りが少ないですな」

「都合がええ。幕吏たちも家のこたつにもぐりこんじょるで」

「……神代さん、何かあったですか。泣いとりましたな、あン娘」

「何もありゃせん」

直人は歩を早めた。

縄手《なわて》通《どお》りをぬけ、左に折れて三条大橋を渡っていった。雨はあがり、鴨川のせせらぎが耳奥にサラサラと響く。土手筋にひらけた先斗町《ぽんとちょう》の灯が、夜の川面を点々と淡く彩っていた。直人は橋上で立ちどまった。水面の光彩を見つめていると、しだいに緊張がとけて、自身の所在までがあやふやになる。

(どこから来て、どこへ行こうとしているのか——)

蒼ざめた月が比叡《ひえい》の稜線に浮かんでいる。

ふっと徒労の思いに浸される。人は独りであり、月日だけが虚《むな》しく流れ過ぎていく。

だれも後戻りなどできはしない。

「どねぇされました。神代さん、いそぎましょうや」

傍らの植草の声にうながされた。

「すまん。行こう」

二人は橋を渡りきり、そのまま三条通りを下っていった。

夜毎にぎやかな木屋町筋も人影が絶えている。老いた娼妓《しょうぎ》が、高瀬川畔の柳の陰でつくねんと佇《たたず》んでいるばかりだ。剣呑《けんのん》な二人連れを見とめると、ゴザを抱えた老娼《ろうしょう》は殺伐とした笑みを瘦《こ》けた頬にきざんだ。

「あんたら人殺しやな、目ぇみたらわかる。背に鬼火が燃えてみえる」

「なにを言う、こン婆《ばば》ッ」

ぎくりとして、同行の植草が視線を迷わせた。

老娼は両手をひろげ、不敵に笑って通せん坊をした。

「この小路はわしの領分や。三途《さんず》の川の渡し料やと思うて銭なと置いていき」

「くれてやろう」と、直人は懐をさぐった。

「おおきに」

老娼はぺろりとだした舌先で、直人の指間にはさまれた一朱金を器用に巻きとった。老婆《ろうば》のざらついた舌が中指にふれ、身体の芯《しん》まで不快だった。

指先の汚れは、いくら袖《そで》でふいても消せはしない。直人は貌《かお》をこわばらせて高瀬川の小橋を渡っていった。

あとから追いついた植草が、腹立たしげに言った。

「神代さんから金をむしりとるちゃ、まったくとんでもない婆ァですィね」

「あれは悪霊じゃ。今まで何度も夜道で逢《お》うてきた」

「えっ、ほんとですかいな」

「はじめて人を殺したときから、ずっとわしに憑《つ》いちょる。死ぬるまで逃げきることはできん」

刺客の孤独はひたすら深い。数多《あまた》の人を殺めたむくいは、無間地獄《むげんじごく》に堕ちる前に、この世でもたっぷりと払わされる。

直人は仏罰など恐れていない。瀬戸の漁師の信仰心は輝く日輪にあった。海の狩猟民は精気がつよい。辻《つじ》の暗闇《くらやみ》にうごめく悪霊など小銭をまいて追い払えばよい。

気後れせず、直人は暗い河原町筋を突っ切った。

しだいに足が速まる。京極界隈《きょうごくかいわい》の商家はすでに店の暖簾《のれん》をおろし、きっちりと戸締まりをしている。

寒夜のなか、通りを行き交う町衆もなく、店前では地元の商店主たちが、白い息を吐いて明日の仕込みの積荷を運び入れていた。

六角堂《ろっかくどう》を左折すると、めざす近江屋までは一町の距離だ。もう寒さは感じない。身内にたぎるものがある。突入時が迫り、海の狩人としての本能が呼び覚まされた。

根深い殺意が指先にまでこもる。

それは刺客の感奮というより、海中を泳ぎまわって生き《い》餌《え》を追う白鮫《しろざめ》としての暗くひそやかな充足感だった。

無意識に、直人のまぶたは薄くとじられていく。

武蔵の目は半眼であったという。立ち合いの場においては目を細くせよと『五輪書』でも述べている。まばたきもせず、薄くひらかれた目にはいっさいの感情があらわれない。それこそが獲物を狙う捕食者の目である。

(ホホジロ鮫のごとく――)

大海を独り回遊する大鮫は、たった一滴の血の匂いにひかれて標的に迫っていく。その動きに無駄はない。時と場所、相手の強弱を見切って臨機応変に襲いかかる。そして鋭利な牙《きば》で獲物を咬《か》みちぎるのだ。

目的地は近い。うらさびた月光が、建ちならぶ商家の瓦屋根《かわらやね》を幽《かす》かに白く照らしている。まるで数千の甍《いらか》にそれぞれ小さな月が宿ったかのようだ。

「あの二階屋です」

植草が角地に立ちどまって、灯のともった商家を指さした。勘働きのよい山猫師はしっかりと現場の下見をすませていた。

「まだ起きちょるな」

「うしろから、だれか来よります。神代さん、こっちへ」

植草が目くばせした。二人は横丁の地蔵尊の陰に身を寄せた。

前垂れがけの小僧が、息をはずませて蛸薬師《たこやくし》の通りを駆けてきた。近所の商家のせがれらしい。地蔵尊の前を行きすぎた男児は、そのまま遠慮なく近江屋の戸をあけて店内へ入っていった。

間をおかず、二階座敷から男たちの笑声がもれ聞こえた。

「どねぇします。神代さん、小僧までがまぎれこんで」

「しばらく待とうや。わしゃ女子供は斬らんけぇ」

「それですぃね。どうやら土佐藩副参事の岡本健三郎も居残っちょるようだし」

「あせることはない。植草、そこの井戸水をくんで刀の柄をしめらしちょけ。手がすべらんようにな」

「はい。どうせ腕も刀もなまくらじゃが」

「龍馬にはわしが立ち向かう。お主《んし》ゃは後衛としてつめろ」

直人は、もとより一人で標的を仕留める気持ちでいた。それに近江屋の二階座敷は、わずか二間半の横幅しかない。植草と二人で横ならびに剣を振りまわせば、同士討ちになる恐れがあった。

植草は路地脇にある井戸から水をくみ上げた。冷水を口にふくみ、プーッと一気に刀の柄に吹きかけた。

待つ間もなく、近江屋から前垂れがけの男児が出てきた。用事でも言いつけられたらしく、折りたたんだ風呂敷を手にしている。その後から、月代《さかやき》を広く剃《そ》りあげた年かさの侍が姿をあらわした。

「あン男が土佐藩副参事の岡本です」

傍《そば》の植草が切迫した声調で知らせた。

岡本は下駄を鳴らし、男児と連れだって蛸薬師通りを三条方面へ歩んでいった。

「なれば、近江屋に居残っちょるのは龍馬と中岡だけか」

「これで五分《ごぶ》、二対二ですね」

「いや、わしと龍馬だけの立ち合いじゃ」

直人は、きっぱりと言いきった。

「神代さんにまかせます」

素直にうなずいた植草の両肩が小刻みにふるえている。遠間の鉄砲猟を得手とする植草にとって、刃と肉がこすれ合う接近戦はやはり荷が重すぎる。

「心配するな。わしが獲ったる」

直人の半眼がさらに細まった。

暗い路地陰から、ズンと大股《おおまた》に一歩を踏みだした。階上の灯をちらりと見上げ、直人は近江屋の軒先へと迫り寄った。深海から急浮上するホホジロ鮫のごとく、息苦しさのなかにたぎりたつ上昇感があった。

戸はあいている。

直人はするりと土間に押し入った。上《あ》がり框《がまち》で下足をそろえている大男と目が合った。相撲くずれの従僕らしい。帰途についた岡本健三郎を階下まで見送りに出ていたようだ。

「どなたはんやったかいな」

さして驚く風もなく、稽古でつぶれたダミ声で問いかけてきた。図体はでかいが、幕下どまりの取的《とりてき》だけに動作もにぶい。直人は殺気を鎮め、ゆったり念押しするように応えた。

「十津《とつ》川《がわ》の者じゃが、坂本先生はご在宅か」

「おう、白川《しらかわ》の陸援隊のお人やったか。ちょうど中岡先生も来ておられますで」

従僕は一人決めして、龍馬に取りつぐために階段をのぼっていった。

中岡の創設した〈陸援隊〉は、土佐藩公認の尊攘部隊であった。けれども土佐出身者は十八名にすぎず、四十人をこえる十津川郷士たちが陸援隊の主力をしめていた。相撲くずれの従僕が、直人の虚言を信じたのも無理はない。

軒先で中の様子をうかがっていた植草が、ギラリと抜き身をひっさげて土間に押し入ってきた。

「わしも行きますけぇ」

「よしッ、つづけ！」

漁師と猟師の間拍子《まびようし》がぴったりと合った。

直人は横走りして、黒鞘から小烏丸を抜き放った。タンッと敷板をけって跳び上がり、刃を走らせた。

あざやかに切《き》っ尖《さき》がのび、階段上の大男の背をざっくりと斜めに斬り裂いた。

「うがッ……」

従僕は前のめりになって、階段口の二階座敷に転がりこんだ。

直人の背後からの一撃は、肥満大兵の肺腑《はいふ》までえぐったらしい。血塊がのど奥に充満し、声をあげることもできない。従僕は太い猪首《いくび》をかきむしって苦悶《くもん》していた。

「ほたえな！」

大喝が二階の奥座敷から響きわたった。

野太い声に聞き覚えがある。龍馬にちがいなかった。一瞬、下ノ関の坂道で出くわした土佐っぽの雄姿が記憶によみがえる。

(あの巨大さ——)

直人はうっすらと笑う。

大敵に立ち向かい、たがいに生身をさらして危機を共有する。白刃の下で転瞬する生と死。幻妙な一体感。そこに刺客の悦びがあった。

ともかく機先は制した。余裕をあたえず、あとは相手が立ち上がろうとする出ばなを叩く。直進の攻め一本である。人を斬るのに防ぎ手や返し技は必要なかった。

直人は血刀をひっさげ、バシッと左手で襖をひらいた。隣室は六畳の仏間だった。その奥の八畳間に龍馬たちがいる。

いったん鞘走《さやばし》れば勝敗の懸念はない。死中に死を見定めて無心の進退ができる。直人は大きく踏みこみ、ためらわずに奥座敷の襖を開け放った。

(やはり巨きい！)

行灯の薄明かりをうけ、直人の眼前に巨大な男の影が立ちふさがった。

唐桟縞《とうざんじま》の綿入れを着た龍馬が腰を浮かせ、きびしい横目をつかった。

直人は剣を下段に落とし、すり足で奥座敷に踏みこんだ。すると、もう一つの人影が、パッと左の部屋隅に退いた。龍馬と中岡は部屋の左右に分かれた。共に帯刀していない。まったくの無警戒だった。それまで二人は火鉢をはさんで話しこんでいたらしい。大刀は床の間に置いてある。

無腰の龍馬は、それでも片膝立ちに手刀で身構えた。

「かっ！」

直人を気で圧し、すばやく身体をひねって床の間の太刀を左手でたぐりとった。

龍馬の背が間近に見えた。不意をつかれ、背面はがらあきである。しかし直人も、鴨居《かもい》や天井が低すぎて太刀をふりかぶることができない。

「コンな、くそ！」

直人は国なまりを発し、腰をひねって横車に払い斬った。

充分な手応えがあった。が、致命傷には至らない。龍馬は分厚い綿入れを着込んでいて、それが防具がわりとなった。

固い木片などより、柔らかい真綿のほうが両断しにくい。背に深手を負いながらも、龍馬は奥座敷にずんと仁王立ちになった。

直人が一太刀で倒せなかった相手は初めてだった。

龍馬にはまだ充分に闘う余力があった。愛刀吉行《よしゆき》を手にして、いっきに縦一文字に鞘走ろうとする。

が、京間の天井は低すぎる。縦にのばした鞘尖が天井板にブスッと突き刺さった。鐺《こじり》が板間にくいこみ、刀を抜ききれない。

龍馬の天運はそこで尽きた。

「いかん……」

低くつぶやき、ふっと苦笑めいた貌で直人を見た。どこまでもつよく、どこまでもやさしい男の笑みである。

一瞬、目が合った。直人の冷たい半眼が幽かに揺れた。

「コンな、くそ!」

二の太刀をあびせた。大波のようにせり上がる必殺の左逆袈裟であった。

凄《すさ》まじい刀勢が龍馬を襲った。天意のこもった檄剣には強烈な破砕力がある。それを龍馬は見事に鞘ごと受けきった。

そこでも小烏丸の余勢はとまらない。

砕け散る波がしらのごとく烈しくなだれ落ちていく。切れ味するどく鞘を断ち割り、中の刀身を三寸ほど削ぎとった。

さらに波うった剣尖《けんさき》は、小さな弧を描いて龍馬の前頭部を鉢巻き状に薙《な》ぎ斬《き》った。直人の手のひらに、振りぬいた快感が残る。

白い脳漿《のうしょう》が、波しぶきのようにパッと噴きだした。

斬撃をうけた龍馬は、横だおしになって隣の仏間にくずれ落ちた。瀕死《ひんし》のなか、それでも龍馬は最期の心配りをみせた。

「石川ッ、早く刀をとれ」

絶命まぎわ、龍馬は変名で呼びかけて中岡を励ました。

だが、当の中岡慎太郎は奥座敷の左隅にいて、床の間の刀に手がとどかない。

後詰めの植草が果敢に斬りかかった。中岡は短い脇差しで防いでいる。植草の踏み込みが浅いので、手傷を与えても追い撃ちができない。

中岡も小刀で必死に凌《しの》いだ。しかし、返し撃つのが精一杯で、攻めに転ずることはできない。せまい奥座敷にカンッカンッと乾いた刃鳴りが響く。

長びけば近所の者が騒ぎだす。招かれざる客は現場に長居せず、疾風のごとく通りすぎなければならない。

やや遠間だった。直人は横合いから左手首をきかせて払い撃った。片手斬りの旋風剣である。切っ尖がブーンとのびて、中岡の後頭部を痛撃した。

「あうっ!」

短くうめき、中岡は独楽《こま》のように回転して火鉢の横に倒れ伏した。

植草はすっかり息切れしている。よろよろと近づき、鈍刀《なまくら》で中岡の右腰あたりを突き刺した。中岡はぴくりとも動かない。植草は荒い息をつきながら、剣を逆手にもって中岡の首筋を狙った。

「とどめを刺さにゃ」

「もうええ」

直人は不快げに制した。

二階座敷の壁には血しぶきが散り、足元は流血でぬかるんでいた。直人は刀身を鞘におさめ、さっと踵《きびす》を返した。

二人は近江屋を抜け出た。

表通りに人影はなかった。冷たく吹きつける夜風が心地好い。全身に染みついた血の匂いをぬぐい去ってくれる。

少しおくれて、植草が走り寄ってきた。

「やりましたな、神代さん」

「お主《んし》ゃもようやった」

「ふるえがとまらんですちゃ。刀で人を殺すなんて非道すぎる。血だらけじゃ」

鉄砲射ちらしいことを言った。手に下げた鈍刀は刃が欠けて大きく曲がっている。悪趣味な蠟色《ろういろ》の安鞘が腰に見えない。

「植草、鞘はどうした」

「あっ、帯から抜け落ちちょる」

剽悍な山猟師も、血みどろの二階座敷へ戻る気にはなれないようだ。

直人は、ぽんと植草の肩を叩いた。

「ほっちょけ。数ある安鞘じゃ、身元が割れることもないじゃろ。数打物の鈍刀もそこの井戸へ放《ほう》りこんじょけや。血刀をぶらさげて夜道は帰れんでよ」

大敵を倒し、直人はいつになく多弁になっている。

植草はぺこりと一礼して、路地脇の古井戸に血刀を投げこんだ。

「もう二度と刀はにぎらんです。生きて故郷についたら山猟師にもどりますけぇ」

井戸端にへたりこみ、植草は憔悴《しょうすい》しきった面貌《めんぼう》で深く息をついた。

「そねぇせいや」

直人はぼそりと言った。刺客はむごたらしい殺人者にすぎない。好人物の山猟師には任が重すぎた。非道な行ないも尊攘の大義があればこそ実行できる。

すでに商家の箱提灯《はこじょうちん》は消え、三条通りは夜の闇に沈んでいる。

事は成した。一片の罪悪感もない。桓武帝が愛でたという宝剣の霊力にみちびかれ、指名された人物を闇にほふった。

ゆったりと夜道を歩みながら、直人は万感の想いをこめて剛《つよ》く吟じた。

〽月の桂《かつら》の男山

げにやさやけき蔭に来て
君万世と祈るなる
神に歩みを運ぶなる

謡曲『月の桂』の一節である。

万世一系の語感にひかれて吟ずるのではなかった。また、月に生えた桂の巨木の伝説を信じているわけでもない。じっさいに〈月の桂〉という名庭が佐波村の近くにあり、月見の夜には村人たちが集まって旨酒《うまざけ》を呑みかわした。

見栄や好みでなく、直人はひたすら故郷の海山を想って強吟《つよぎん》した。

人は皆、小さな回転盤の上を走っている。一歩前へ踏みだしたつもりでいても、そこは元の居場所にすぎないのだ。

今の直人には、山にもどるという植草の心根が痛いほどわかった。

（いずれは、自分も海に還《かえ》る）

それは直人の確信だった。

町屋の甍の上に、蒼ざめた晩秋の月がぽっかりと浮かんでいた。

八章　斬奸状

茜色《あかねいろ》の夕陽《ゆうひ》が、ひくい塀ごしに畳部屋までさしこんできた。

ほんの一瞬、ひんやりと暗い屋内が薄紅をまいたようにあざやかな暖色に染まった。坪庭に咲いた白い夕顔も、ほのかな赤みを帯びている。

窓辺にすわった志乃が、手をのばして白い花弁にふれた。

「九月の風の涼しいこと。夕顔の花びらが、だんだん小そうなって」

「うむ……」

床柱にもたれ、直人は生返事をした。祇園町で再会し、志乃と一緒に暮らしだして半年になる。長州の間諜宿《かんちょうやど》だった〈曙〉は、維新後に揚げ茶屋の看板をおろして仕出し屋になっていた。

一年前の慶応四（一八六八）年九月八日。年号は〈明治元年《めいじ》〉と改元され、天皇家による一世一元の制が定められていた。帝《みかど》の神意を示すため、同月二十日に明治天皇は三千人の御供を従えて京から東京へと巡幸した。

これは事実上の遷都であった。

なしくずしに玉座は遷《うつ》り、王家の輝きは遠い東国から昇りだした。神代《かみよ》の昔から西国にあった千年の都は、しだいに精気をうしなって鈍色《にびいろ》の古都となり、盆地の底でひっそりと息づいていた。

すっかり祇園の花街もさびれ、夕刻になっても花見小路をいく酔客の声はきこえない。幕末の動乱期、尊攘志士《そんじようしし》や新撰組の隊士たちでにぎわった色町の喧騒《けんそう》は、まるで泡沫《うたかた》のごとく消え去っている。

紅殻格子《べんがらごうし》にさしこむ夕陽も、どこかしら艶《つや》をなくして映った。

時代にとり残された花街の小路裏で、直人もまた心身を吹きぬける孤愁に耐えていた。

「近ごろでは大原女《おはらめ》の声もきかんな」

「はい、天子さまが御巡幸にでかけたきり帰ってきはらへんので、京の町も人もすっかりうすぼけてしもて」

「そう、わしも置き去りの身じゃ」

行き場のない男の無聊《ぶりよう》を慰めるように、こっくりとうなずいた志乃が一弦琴の古曲を奏ではじめた。

わくらばに
問う人あらば
須磨《すま》の浦に
藻塩たれつつ
侘《わぶ》とこたえよ

大らかな調べにのせて、澄んだ声音が立ち昇っていく。十五歳の少女の声はかすかな哀傷をふくみ、引き潮の直前に海面をわたる最後の風のようだった。

「須磨の浦か。遠く潮風が吹くようじゃ」

「そうどすなァ。どんなに時代は変わっても、別れの悲しみは同じこと」

「たしか京の公卿《くぎょう》と須磨の海女《あま》の悲恋じゃったな」

「はい。作歌の奥に、京へ戻られる行平《ゆきひら》さまを偲《しの》ぶ若い海女の悲しみがこもって……」

年増《としま》じみたしわがれ声で言って、志乃は小さな一弦琴を膝《ひざ》上からおろした。

在原《ありわらの》行平は、平安初期の歌人である。阿保《あぼ》親王の第二王子として生まれ、弟の業平《なりひら》と共に恋多き青年期を過ごした。けれども、宮廷闘争にやぶれ須磨に流された。まずしい瀬戸内の漁村で暮らす王子の侘《わび》しさが、古雅な旋律にのって甦《よみがえ》ってくるようだ。

罪をゆるされ、帰京する王子を見送る海女の悲嘆は能楽の『松風』として残され、田舎育《いなかそだ》ちの直人も浄瑠璃《じょうるり》の一節で聞きかじっていた。

「ええ声じゃ、海の恋唄《こいうた》は心にしみよる」

「少しは気鬱《きうつ》も晴れましたやろか」

志乃は左手の中指から蘆管《ろかん》を抜きとった。

蘆管は一弦を押さえるツメである。音の高低はそれで調整される。牛骨で造られ、円筒形の先端は斜めに切りそろえられていた。

胴板は安価な竹製で、たった一本の弦は、野蚕《やさん》のまゆ糸をより合わせた太糸である。三味線の一の糸と同形だった。

一弦琴の歴史は古い。唐国から伝わり、万葉の昔から連綿と庶民のあいだで奏でられてきた。幕末になって、遊芸人の真鍋豊平《まなべとよひら》が古歌を吟ずる演奏法をあみだし、京都の公《く》家《げ》のあいだで好まれるようになった。真鍋は正親町《おおぎまち》中納言《ちゅうなごん》から〈一弦琴宗家〉のお墨付きまで与えられた。

やがて遊び好きな若い公卿から、京の色町へと伝わった。何よりも安価で小さい。芸のない廓《くるわ》の遊女にとって、一弦琴は手ごろな楽器だったようだ。島原の廓で禿《かむろ》として奉公していた志乃も、いつとはなしに一弦琴の調べを体得したらしい。

陽が翳《かげ》った。

路地奥にまでとどく夕風には幽《かす》かな寒気がふくまれている。志乃は浴衣《ゆかた》の襟元をきっちり合わせながら言った。

「夕餉《ゆうげ》は、みがき鰊《にしん》と刻み昆布の炊いたんにしまひょか」

「それでいい」

「いつも煮物ばっかりですんまへんな。お口に合いませんやろ」

「かまわぬ」

直人はごろりと畳に寝転んだ。

「ほなら、膳《ぜん》のしたくをしますよって」

志乃は、いそいそと厨《くりや》へむかった。都暮らしになれた浜娘は生気にあふれ、所帯をもった若妻のように伸びやかだった。

(これも縁《えにし》か……)

女は、いつも海からやってくる。

目をとじ、直人は想いに沈んだ。母のさちよはしなやかな肢体を遊泳させ、潜り漁を楽しむかにみえた。そして隣家の美喜も浅黒い肌に海の香をたっぷりと宿していた。

海賊城の姫巫女《ひめみこ》は、海の精かとも思える。海将藤原純友の末裔《まつえい》たる此の糸は、異郷に連れ去られ、身を落としても清雅な美しさを失うことはなかった。

志乃も魚津の浜で育ったという。

海難事故で父を亡くした少女は、京の廓に売られ、さらに下働きの賄い婦として長州の間諜宿に転売された。

今となれば、志乃との出逢《であ》いも宿縁《さだめ》に思える。海流に漂う二切れの流れ藻が、潮路でからみ合うように二人は結ばれた。

志乃への恋情はない。

けれども、無性に肌が合った。対座していても、此の糸に接するときのようなもどかしさを感じなかった。気後れせず、漁師面《りょうしづら》のまま荒々しく抱き寄せることができる。

秘密裏に決行された〈龍馬暗殺〉の直後、直人は思わぬ報奨を手に入れた。闇《やみ》に生きる刺客に、〈間諜宿の下働き〉はふさわしい報奨だったのかも知れない。

そして失ったのは、陽のあたる新政府内での栄達だった。

去る慶応三年十一月末。直人は使命をはたして長州へ帰還した。だが、いったん御盾隊を離れた男にもどるべき席はなかった。

幹部連は龍馬謀殺には一言もふれず、直人に留守居役を申し渡した。

「ごゆるりと待機されたし。今度はわれらが兵をつらねて敵地へと出向くゆえ」

諸隊は長州の正規軍として船団をくみ、京へと発進した。

御堀耕助や山田顕義《やまだあきよし》らは、総監や参謀として晴れやかに出陣していった。御盾隊幹部のなかで、三田尻の屯所に居残ったのは直人ひとりであった。

相棒の植草剛は除隊願いをはねつけられ、山田顕義ひきいる整武倒幕隊《せいぶとうばくたい》の一員として戦地へ向かった。

翌慶応四年一月三日。鳥羽《とば》の関門で旧幕府軍と薩長連合軍が激突した。世にいう〈鳥羽伏見の戦《いくさ》〉は、直人が龍馬をほふったわずか一月《ひとつき》半後に勃発《ぼっぱつ》したのである。

長州の悲願は、王政復古よりも仇敵《きゅうてき》の徳川幕府を壊滅させることにあった。いち早く察した徳川慶喜は、坂本龍馬の奇策を聞き入れて大政奉還を宣言した。

〈全権を天皇家へ委譲つかまつる――〉

恭順の姿勢をとる将軍慶喜を、むやみに誅滅《ちゅうめつ》することはできない。倒幕の名目はなくなり、長州の怨念《おんねん》は宙にさまよった。

あくまで内戦を避けようとする龍馬の言動は裏切り行為と映った。また実際に、多くの領土と兵団をもつ徳川家を存続させては、後々の脅威となる。

無理にでも徳川家に兵を起こさせ、逆賊として討たねばならない。そのためには調整役の龍馬を謀殺して和平の道をとざし、幕府との絆《きずな》を断ち切る必要があった。藩政を仕切る松陰一門は、ここで非情な手をうった。

〈龍馬、京洛ニテ賊ノ凶刃ニ倒ル〉

長州の思惑どおり事は運んだ。

龍馬の横死によって、仲介者をなくした幕府は崩壊への急坂をころげおちていった。

年明けの二日、慶喜は薩長の挑発にのって御所奪回の兵を挙げた。一万二千の幕府軍は大坂から京へと攻めのぼった。竹田街道で迎え討つ薩長軍は千八百にすぎなかったが、最新式の連発銃で武装していた。

そして、戦闘が起こった三日の昼過ぎ、薩摩の陣営に徳川追討の〈錦旗《きんき》〉がひるがえった。錦旗は赤地の錦《にしき》でつくられ、金糸の菊家紋が刺繡《ししゅう》されている。古来、帝より下賜される朝敵征伐の標章であった。ひとたびはためくと、抗し得ぬ霊力をもっていた。

〈徳川慶喜を逆賊に堕《お》とす！〉

薩長の狙《ねら》いはそこにあった。

鳥羽の関に陣を敷いた薩摩兵は、入京を図る大目付滝川播磨守《たきがわはりまのかみ》の歩兵大隊を砲撃した。破砕弾は幕府軍の二門の大砲を吹きとばし、数人の幕兵の身体をも粉々にした。軍監の滝川は血の気を失い、まっさきに戦場から逃げだした。

長州兵は近場の東福寺《とうふくじ》にあって、砲声を聞くとただちに林道を走った。そして浮き足立った幕兵に、竹田街道の側面から一斉射撃を加えた。

「射《う》てーッ、射ちまくっちゃれ！」

夕刻になって、薩長の分隊につぎつぎと錦旗が上がった。菊模様の旗印は、一万二千の大軍をけちらすほどの威光があった。

「この戦に利なし、犬死にとなろうぞ――」

幕兵は戦意喪失し、なだれをうって潰走《かいそう》していった。

緒戦に惨敗した幕府軍は、〈賊軍〉の烙印《らくいん》を押されてしまった。大軍で攻めぬけば、寡兵の薩長を都から追い落とすこともできたろう。まさに紙一重の差で、あやうく勝ちぬいた薩長は〈官軍〉となった。

「敵の陣営に錦旗が出た！」

大坂城で戦況を聞いた慶喜は、秀麗な顔をゆがませた。勝敗よりも、錦旗の出現に恐怖した。勅令に抗すれば、末世まで歴史に〈逆賊慶喜〉の名をきざむことになる。

「何もかも捨てる」

そう決めたらしい。

側近にも相談せず、慶喜はひそかに大坂城を脱出し、海路をとって江戸へ向かった。幕兵たちは戦場に置き去りにされた。賊軍の名を甘受して、散りぢりに自藩へ帰るしかなかった。

慶喜はひたすら謹慎した。

生きのびることで、逆賊の汚名からのがれようとした。水戸学にそまる教養人の慶喜は名を惜しみ、命をも惜しんだのである。

同年二月。徳川追討の東征軍が錦旗をひるがえして江戸へ向かった。東海道筋に敵対する藩はなく、江戸城も無血開城された。

東征軍の総指揮官は、長州の大村益次郎であった。以前の名を村田蔵六といい、直人に文字を教えてくれた恩師だった。刀の差しかたも知らぬ百姓医上がりだが、大村の戦術は完璧《かんぺき》だった。いつも最小の兵備で最大の戦果をあげた。

「わしは盤上の駒組《こまぐ》みをするだけです」

独り机上で攻略法を練り、戦場へは出向かない。華々しい戦賞は他人にゆずった。大村はそのようにして、上野山《うえのやま》にこもる彰義隊《しょうぎたい》を壊滅させ、東北諸藩を鎮定していった。

江戸は東京と名を変え、江戸城も東京城と呼ばれて皇居とされた。新政府は人心一新をのぞんでいた。皇城に太政官も遷され、なしくずしに東京は日本の首都とされた。

九月下旬になって、会津や南部《なんぶ》の諸藩も降伏した。最後まで抗戦した旧幕府艦隊は、翌年の五月十八日に箱館五稜《はこだてごりょうかく》郭が陥落して、総裁の榎本武揚《えのもとたけあき》も新政府の軍門に降った。

時代の潮流は各所で烈《はげ》しく渦をまき、目まぐるしくながれていった。

それら一連の戦況を、直人は遠く本州西端の地で切れぎれに聞くしかなかった。もはや単独行の人斬《ひとき》りに出番はない。

心友の植草剛は、ふたたび故郷の地に帰り着くことはなかった。慶応四年五月十三日、一兵卒として越後《えちご》の山道で倒れ伏した。精悍《せいかん》な山猟師は、何一つ恩賞を得ることもなく維新の渦中で散っていった。

「最期に熊《くま》のように吠《ほ》えよった。よほど植草も無念じゃったンよ」

負傷して長州へ送還された御盾隊士から、植草の死にざまを聞かされた。

北越戦争《ほくえつせんそう》の折、長州隊は長岡《ながおか》の南西にある榎峠《えのきとうげ》を攻めた。峠を死守する敵将河井継之助《かわいつぐのすけ》らと烈しい銃撃戦になった。

長岡藩には秘密兵器があった。最新鋭のガトリング砲である。六本の銃身が回転する連射砲で、射手がハンドルをまわすと一分間に二百発の弾丸がとびだす。

合図方の植草剛は、軍参謀山県狂介の命《めい》をうけ榎峠へ斥候に出た。敵地への偵察行はきわめて死亡率が高い。それを知っての下命だったのかも知れない。案の定、植草は峠でガトリング砲の連射弾を全身にあびたという。

「何も言い残さず、獣じみた声で吠えまくって死んでいったですィね。神代さん、わしらもつろうてね、見ちゃおれんかった」

「植草も、お主《んし》ゃらもようやった」

ほかに慰めの言葉もない。

若い猟師は、死のまぎわになって荒ぶる巨熊《おおぐま》の魂と同化し、咆哮《ほうこう》しながら聖なる御山へ還《かえ》っていったのであろう。

三田尻の屯所で、留守居役の直人は搬送されてくる傷病兵たちを見舞い、そばについて介護するしかなかった。悪名高い周防の鮫殺《さめごろ》しは、戊辰戦争《ぼしんせんそう》において、ずっと後方待機のまま捨て置かれた。

「兵は使い捨ての木っ端《こっぱ》かよ。燃えつきたら火鉢の灰にもなりきれんちゃ」

前科のついた直人だけでなく、最前線で戦って傷ついた兵卒たちも、むなしく後方へ置き忘れられた。

そして、指揮をとる将校たちのみが中央政界で立身していった。とくに長州では、吉田松陰ゆかりの者だけが異例の出世をとげた。松陰門下なら、縁側でエサをもらっていた野良猫でさえ厚遇され、官位がもらえると噂《うわさ》された。

まんざら誇大な話でもなかった。

山県狂介は戊辰戦争の勲功で、兵部大輔《ひょうぶのたいふ》大村益次郎につぐ地位をかため、その名も重厚な山県有朋《ありとも》にあらためた。

同じく、伊藤俊輔も伊藤博文《ひろぶみ》と改名し、新政府内の要職についていた。門閥人事は裾《すそ》野《の》まで広がり、品川弥二郎や山田顕義らも司法省の準長官にまで昇りつめた。

「松陰先生の御尊顔を拝したこともない奴《やつ》に何がわかる――」

門下生たちの自負はその一点にあった。

恩師を護国の神に祀《まつ》り上げることで、軽輩上がりの塾生らは新たな身分を手に入れた。着々と足場をかためる御盾隊幹部のなかで、無役なのは門閥をはずれた周防生まれの直人だけであった。

（長門人のしたたかさよ）

直人は臍《ほぞ》をかむ。血ぬられた暗殺者は、維新が成ったあとも闇からぬけだせず、遠ざけられて身の置場すらなかった。

かつて久坂玄瑞の下で、同じ刺客として凶刃をふるった山県狂介は、今は陽のあたる場所にいて、身体に染みついた血の匂《にお》いを消し去ろうとしている。

防長二国がせめぎ合う長州において、回天維新のさなかでも、周防人はいつも萩育ちの長門人の風下に立たされたのであった。

明治二（一八六九）年五月十八日。五稜郭における榎本軍の降伏で戊辰戦争は終結した。

長州軍の主軸となった諸隊の兵士は、これといった戦利品もなく帰郷していった。中央に縁故のある少数の者だけが明治新政府の官職につけた。

「死屍累々《ししるいるい》じゃ。戊辰戦争で、どれだけわしらの仲間が死んでいったことか」

人脈のない下級隊士たちの不満は根深い。とくに周防人たちの嫉《そね》みは沸騰点に達した。

煽動家《せんどうか》の大楽源太郎はそこに目をつけた。周防の不満分子を私塾〈西山書屋《せいざんしょおく》〉にあつめて、檄《げき》をとばした。

「一将功成《いっしょうこうな》りて万骨枯《ばんこつか》る。野山に屍《しかばね》をさらした朋友《ほうゆう》をだれが鎮魂するのか！」

萩生まれの大楽源太郎は、五歳のとき周防の台道村に移り住んだ。奇《く》しくも大村益次郎と同じ村落で育ったのである。

大楽は熱弁の士であった。だが、その行動には卑劣なところがあった。いつも志士仲間を煽《あお》り、敵対者の暗殺を好んだ。かれの言う〈天誅《てんちゅう》〉は、尊攘思想によるものではなく、天分をもつ他者への妬《ねた》み心から発していた。

その志士歴は古い。

長州の勤王僧月性に学び、安政四年に京へのぼって梅田雲浜や水戸浪士らと交流を深めた。高調子の弁舌も冴《さ》え、大楽源太郎は世に知られる名士となった。

その後、京洛《きょうらく》で尊攘志士らを煽動し、いくつかの天誅事件を引き起こした。しかし、いつも実行時には腰がひけて傍観者となった。謀殺の決行後、捕吏の追及をうけると責任のがれの弁を長々と述べたてた。

それでも大楽は懲りない。肌の合わぬ有能な人物を誹謗《ひぼう》中傷し、攘夷《じょうい》一辺倒の無垢《むく》な若者たちを煽りたてた。

「次は彼奴《きやつ》に天誅をくだす！」

狙われた開明派の諸士は京の辻《つじ》で落命し、その実行犯たちも路傍に倒れていった。

大楽は根っからの不平屋である。その上、異様に嫉妬心《しっとしん》がつよい。付き合いの古い者はだれ一人として相手にしなくなった。若者たちの屍をつみかさねて維新は成った。口うるさい老志士に新政府からの招きはなかった。

さすがに気落ちし、大楽は萩から去って吉敷の台道村にもどった。村に私塾をひらき、そこで新たな国士を育てはじめた。おそまきに吉田松陰をまねたらしい。刑死した松陰は、維新後には神として崇《あが》められていた。

「若き松陰もわしに兄事し、松下村塾の講義をまかせておった。実践者は有識者にまさるとの教えじゃ。一剣に生きる神代直人こそ、大君に殉ずる志士である」

大楽源太郎は私塾の講義のなかで、同村に居住する直人をことさらに持ちあげた。

だが、それは前説にすぎない。彼の烈しい嫉みは、国軍の頂点にまでかけのぼった幼なじみの蔵六に向けられていた。

「それにひきかえ、大村益次郎とは何者であるか。この台道の百姓医村田蔵六にすぎん。蘭学にうつつをぬかす浅薄者じゃ。さしたる志士歴もなく、維新の手柄を独り占めして、笑止にも兵部大輔となった。しかも洋式軍制をとりいれ、わが神国日本の歴史を汚し、士魂まで捨てようとしておる。奸物《かんぶつ》の大村討つべし！」

狷介《けんかい》な老志士は、声を荒らげて塾生らに吹きこんだ。

直人は腕の立つ客分として遇されている。

盆の夜、台道の実家に西山書屋の若い塾生たちが訪ねてきた。団伸二郎《だんしんじろう》と大田光太郎《おおたこうたろう》の二人である。二人は思いつめた面貌《めんぼう》で、〈大村暗殺〉を直人にもちかけた。

塾生らは大楽源太郎の手駒にすぎない。暗殺計画は世に入れられぬ老志士の底深い意趣であった。

　直人は何ほどの遺恨もない。

　それどころか、大村には畏敬《いけい》の念さえ抱いている。粗野な少年漁師に文字を教え、無知の暗闇から抜けださせてくれた。百姓医村田蔵六こそ生涯の恩人であった。蘭学者の集中講義をうけ、この世が言葉と魂で形づくられていることを初めて知らされた。

　ふいに視界がひらけ、花や鳥、海や森までが美しい言霊《ことだま》として感じとれた。少年時の、あのあざやかな感動を、直人は今も忘れてはいない。

だが、土俗の尊攘論を信奉する塾生らは、進歩派の大村への敵意をむきだしにして言いつのった。

「士族無用の皆兵令《かいへいれい》など西洋かぶれの戯言《たわごと》じゃ。維新の礎をきずいた長州の諸隊をつぶすための姑息《こそく》な手段にすぎんです。大村に天誅をくわえにゃ神州に濁りが生じますけぇな。神代さん、手をかしてください」

「わしの知っちょる村田さんは、そんな男じゃないがのう」

「権力を得れば人の心も腐ります。神代さんが殺《や》らんなら、わしらだけで決行します」

「もう止められんな。ならば、わしが大村益次郎を斬っちゃる」

　直人の胸に、ぽっと殺意が宿った。

大楽源太郎は邪悪《よこしま》な師であった。

田舎育ちの若者たちの破壊本能を、弁舌巧みに刺激した。明治の世になっても天誅の美名が忘れられず、彼の主宰する西山書屋はテロリストの巣窟《そうくつ》と化していた。

(すでに黒い矢は放たれた!)

直人はそう認識した。大楽源太郎の背後には松陰一派の巨大な影がある。血の粛清は、卒族上がりの山県が好む手法でもあった。徒党をくんで次々に政敵の命脈を断ち、権力の階段をじわじわと這《は》いあがってきたのだ。

大村謀殺は、長州嫡流の総意にちがいなかった。孤立した恩師が、むざむざ餓狼《がろう》の群れに襲われるのを、黙って見過ごすことはできない。

漁師上がりの寡黙な若者が、にわかに刺客に変ずるのは、相手と近しく同化したいときだけだった。

(この手で若先生を――)

ひきよせた太刀《たち》に充実感があった。

直人は、柄《つか》をにぎる手に幽かなふるえを感じた。あふれる殺意の奥には、いつも相手への憧憬《しょうけい》がこもっていた。

これまで狙いを定めた標的は、奇兵隊提督高杉晋作、海援隊主事坂本龍馬、兵部大輔大村益次郎など開明派の傑物ばかりである。彼らの命を断つとき、非道な刺客は標的と一体となって結ばれ、深いやすらぎを得る。

暗殺計画は急展開をみせた。

明治二年六月。奇兵隊軍監山県有朋と、御盾隊総監御堀耕助の両名が、軍制視察のため渡欧したのである。

戊辰戦争後、二人は長州に居残って諸隊を掌握していた。国軍内で周防人大村益次郎の下に置かれたことに不満をもったらしい。地元に居坐《いすわ》った山県は、大楽源太郎らの老志士をあやつり、不満分子の怒りを大村益次郎にむけることで、中央政権へゆさぶりをかけた。

「陸軍長官の大村など、木戸《きど》孝允《たかよし》先生の腰巾着《こしぎんちゃく》にすぎん。正統な長州系陸軍を創設できる者は松陰門下生のなかにおろう」

山県は自身に見合う地位を強要した。

もくろみは当たり、山県と御堀の二名は国軍の準長官として欧州へ旅立っていった。とり残された下級隊士たちの不満はさらにつのった。

「長州諸隊を見捨てたる兵部大輔の大村益次郎を討つ！」

謀殺の条件はすべて整った。

もし諸隊の者が大村をほふっても、責任者の山県は遠くイギリスの地にいて、事変の側杖《そばづえ》を食う心配はなかった。

また、兵部大輔が凶刃に倒れたときには、準長官が国軍の指揮権をにぎることになる。

高杉晋作が死んだ折、後継者の赤根武人を幕府の密通者として処刑し、奇兵隊の全権を奪いとったのも山県であった。

最終局面にいたると、人は車輪が通った跡をなぞるように何度も同じ轍《てつ》を踏むらしい。国軍の最高権力者を前にして、直人は本能的に太刀をたぐり寄せ、山県はひそかにその地位の奪取を狙った。

たとえ刺客に堕ちても、どこかしら直人には周防の内海の明るさが残っている。

〈最強の刺客〉とは、暗い情念に身をこがす長門人の山県であったのかも知れない。

山県らの渡欧と相前後して、六月に戊辰戦争の論功行賞が行なわれた。

西郷隆盛《たかもり》の二千石下賜に異論はなかった。木戸孝允と大久保利通《としみち》の千八百石も妥当であろう。彼らは常に死地におもむき、日本を新生させた功労者であった。

が、大村益次郎の永世千五百石はだれの目にも破格と映った。幕末の動乱期、大村は過激な志士と交わらず、蘭学に没頭していた。そのため、数多《あまた》の烈士が屍をさらした後に、革命の果実をむさぼる奸物とみられた。

「生かさぬ！　回天維新は長州によって成されたものを」

地元で大村益次郎の名は泥にまみれた。

能力主義の大村が他藩出身者を優遇したことも、長州人の怒りをかった。さらに士族無用の兵制をいそぐ大村は孤立していった。彼をとりまく状況は、大政奉還の和平案を押しすすめ、裏切り者として闇に葬られた坂本龍馬暗殺時と酷似していた。

六月中旬、直人は再び京へむかった。路銀や宿の手配は、すべて諸隊の有志がとりはからってくれた。

「神州鎮護のため、賊主大村を誅《ちゅう》す！」

最終的に大村暗殺を決断したのは直人であった。

直接にはだれからの下知もうけていなかった。はじめて自身で描いた暗殺図であった。けれども、それは渡欧した山県の遠隔操作にすぎない。直人は、また血ぬられた轍《わだち》の上を歩みだしていった。

一年半ぶりに祇園町に足を踏み入れた。

間諜宿だった曙は揚げ茶屋から仕出し屋になっていて、下働きの志乃は、色町のお屋敷に惣菜《そうざい》を仕出しして健気《けなげ》に暮らしを立てていた。志乃の身は報奨品として直人に与えられ、今も囲い女の境涯である。

入京した直人を祇園小路で出迎え、志乃は若妻のように頰《ほお》をそめた。

厚い一重まぶたをくるりとむいて、まぶしげに直人を見つめた。志乃はまだ十五歳になったばかりだった。

土間の厨《くりや》から、志乃の声がする。

「研ぎ師の播磨屋《はりまや》はんが来はりましたけど」

　直人は追想からさめた。

　研ぎに出した小烏丸が仕上がったらしい。身を起こし、直人は床柱にもたれた。

「座敷にあげちゃれ」

「はい。ほな夕餉の膳はそのあとに持って参じます」

「おう、ゆっくりせいや。まだ小腹もすいちょらん」

　直人は気乗り薄に応《こた》えた。

　ほどなく襖《ふすま》がひらいた。小柄な播磨屋が両膝を折って奥座敷に入ってきた。小鬢《こびん》の白い初老の男である。下京《しもぎょう》の宗徳寺《そうとくじ》門前に居をかまえる名代の研ぎ師だった。

　播磨屋は、白鞘《しらさや》におさまった小烏丸をさしだした。

　白鞘は、刀の休め鞘なので太めに造られている。直接に刀身にふれるものだけに塩分は避けねばならない。一度でも潮風にあたった樹木は適さず、冷寒な高地に育った木目の細い朴《ほお》の木をつかう。

「こないに遅うなりまして、面目のないことでおます」

「お主《ぬし》ゃを見込んで研ぎにだした」

「御刀の品格が高く、てこずりました」

「見させてもらおう」

直人は白い懐紙を口に噛《か》んで、ズブッと小烏丸を抜き放った。

白鞘は、別名〈油鞘〉とも呼ばれている。直人は、薄闇のなかで小烏丸をかざし見た。少量の油をひかれた刀身は蒼白《あおじろ》くぬめっていた。

古刀の小烏丸は、刀身の中ほどから両刃造りとなっている。そのため逆手の返し技がきく。剛勇の龍馬も必殺の逆袈裟《ぎゃくげさ》で倒した。

その両刃の起点にかすかな疵《きず》が浮き出ていた。龍馬暗殺時に出来た疵である。

桓武帝の寵愛《ちょうあい》をうけた宝刀には神意がこもっていた。斬れ味が鋭く、ひとたび鞘走《さやばし》れば鉄も巌《いわお》も断ち割る。人を殺《あや》めても決して汚れず、研ぎべりもしない。

しかし龍馬は、直人の烈しい斬撃《ざんげき》を見事に受けとめた。襲い来る凶刃を、鞘ごと刀身を三寸けずってまで耐えきった。それどころか、撃ちこんだ小烏丸にひび割れまであたえたのである。

刀身に染みついた小さな疵には、謀殺された龍馬の憤怒《ふんぬ》がこもっていた。

「播磨屋。消えんか、この疵」

「はい。どれほどの名刀でも、むやみに打ち合わせれば疲れがでます」

「そうかも知れんな。ごっぽう手になじみ、愛刀をいたわらなんだ」

「大和の刀匠天國《あまくに》作の古刀〈小烏丸〉と見ました。天下に一つの宝刀なれば、使用なさらず蔵に納めるべきかと」

「じゃが、刀は人を斬るしか用立たぬ」

「武士の魂たる刀は、その持ち主の心をも写しとります。今、この刀は病んでおります。しばらく白鞘で休ませねば」

「折れるか」

「さよう。こんど強者の剣と一合すれば折れとぶでしょうな」

播磨屋は息をつぎ、正面から直人を見据えた。

直人は油光りする刀身を懐紙でぬぐった。持ち主と一体となった小烏丸は、いつしか深い孤愁にそまっている。刀身にうかぶ蒼ざめた疵は、時代にとり残された男の心をえぐりだしていた。

白鞘を捨て、研ぎ上がった小烏丸を乾漆塗《かんしつぬ》りの黒鞘にさしかえた。

大恩ある大村益次郎を斬るのは、この小烏丸しかなかった。

「刀も疲れ、しだいに病むのか……」

直人は、鞘におさめた愛刀に語りかけるようにつぶやいた。

不滅とみえた宝刀も、その命に限りがあるらしい。

「では、御身大切に」

研ぎ料を受けとり、白鞘を抱いて播磨屋は帰っていった。

ふっと虚《むな》しい吐息がもれる。今となれば、脱藩浪人坂本龍馬の男っぽい心意気がわかる。地位を欲しがらず、龍馬はいつも自由な個人であった。

（あの爽《さわ》やかさ――）

いさぎよく死んでいった者は、勤王佐幕のへだてなく時代の敗者となった。維新後までしぶとく生き残った策謀家だけが、多額の恩賞と官位を得た。

さらに権益をめぐって、彼らは醜い闘争をくりひろげている。自身の手柄をことさら吹聴し、そして卑劣な過去の行ないを次々に密閉していった。

（それにしても面妖《めんよう》な！）

直人は腑《ふ》におちない。

明治二年になって、近江屋事変にかかわりのない人物が、〈龍馬暗殺〉の真犯人だと自ら名乗りでたのである。

男の名は今井信郎《いまいのぶお》という。この五月に五稜郭で降伏した榎本武揚の部下で、元京都見廻組の組士であった。

実行犯の直人からみれば、まったくの茶番狂言だった。不可解な身代わり劇の裏に、長州閥の高官たちの意向がこめられていることが感じとれた。

新政府の刑部省《ぎょうぶしょう》は、降伏人の今井信郎を取り調べて口供書までとっていた。

〈龍馬不軌を謀り候につき、先だって寺田屋で召し捕りにかかり候ところ、捕り逃がし候につき、此度《このたび》はきっと召し捕り申すべく、万一手に余り候節は打ち果たし――〉

ずらりと刺客たちの名も列挙されていた。

見廻組与頭《くみがしら》の佐々木只三郎《ささきたださぶろう》を賊首として、高橋安次郎《たかはしやすじろう》、土肥仲蔵《どいちゅうぞう》、渡辺篤《わたなべあつし》、渡辺吉太郎《わたなべよしたろう》、桂早之助《かつらそうのすけ》、桜井大三郎《さくらいだいさぶろう》、それに今井信郎を含む八人であった。

今井の口供は簡略だった。

――慶応三年十一月十五日夜。八人の組士たちは三条下ルの近江屋を強襲した。玄関戸を叩《たた》き、階下におりてきた龍馬の従僕に〈松代藩《まつしろ》〉の偽名刺をみせて取り次ぎを頼んだ。従僕がうなずいたので在宅と知り、三名の組士が二階へ押し上がって龍馬を討ち果たした。二階座敷には同席の男もいたので斬り倒したが、その名前は知らない。

(この男の供述には、どこにも修羅場の殺気がない!)

内務官僚となった品川弥二郎から、それとなく今井の口供書の内容を知らされ、当事者の直人は奇妙な喪失感にとらわれた。

十一月の氷雨《ひさめ》の夜。互いの生死をかけて、せまい商家の二階座敷で龍馬とはげしく刃《やいば》を撃ち合わせた。あの一瞬の手応えと高揚が薄らいでいくようだ。

降伏人今井信郎の話は、近江屋事変の外枠をなぞっただけの供述にすぎなかった。暗殺現場に立ち合った者のみが知り得る新たな証拠は何一つ記されていない。

誤認も多すぎる。

あの夜。近江屋に押し入った直人は、十津川郷士だと言って陸援隊士を装い、従僕の藤吉を安心させた。

しかし、口供書には頭目の佐々木が松代藩の偽名刺をみせたとある。もちろん現場にそのような証拠品は残っておらず、応対に出た藤吉はその場で斬殺《ざんさつ》されている。

それに龍馬と同席していた中岡慎太郎が、何故《なぜ》か〈無名の男〉として処理されている。当時、土佐の中岡は龍馬と並び称される高名な志士であった。

剛健な中岡は、重傷を負いながらも二日後まで生きていた。

事件当夜、龍馬に言いつかって使いにでた書店のせがれが、料理《つぶ》した軍鶏《しゃも》をぶらさげて近江屋にもどってきた。十三歳の峰吉は、何も知らず二階座敷に上がって足をすべらせた。板敷きも畳部屋も血だまりとなりぬかるんでいた。惨状を見た峰吉は、泣きながら白川の陸援隊本部に馬を走らせた。

やがて、在京の同志が近江屋にかけつけて来た。全身に傷を負った中岡は、気丈にも笑みさえ浮かべ、冷静な口調で刺客像を語り残した。

「それにしても凄《すご》い太刀筋じゃった。ふいをつかれ、反撃もできんかった。思えば、龍馬もわしも刀を手元に置いていなかったのが不覚であった」

刺客の胆力と剣技をほめ、倒幕の兵をすみやかに挙げることを進言した。さらに刺客特有の〈癖〉を言い述べた。

手だれの刺客は、「こなくそッ」と叫んで斬りこんできたという。よほど中岡の耳に残ったらしく、その独特の国なまりをくりかえし仲間に伝えた。

また刺客は、身に数太刀あびて昏倒した中岡に何故かとどめを刺さず、「もういい、もういい」といって立ち退《の》いた。事をはたし、近江屋を出た刺客は動じることもなく、悠然と夜の三条通りを去っていった。

「帰り途《みち》、ゆったり謡《うたい》なんぞを吟じてやがった。大した野郎だよ。諸君らも油断していると、敵に先手を打たれるぞ。長州を旗手として倒幕の兵を――」

死期をさとった中岡は、周囲の者に注意をうながした。

土佐藩邸に担ぎこまれた中岡は、医師の手当てを受けたが、後頭部の刀傷が悪化して二日後に息をひきとった。

その同日、直人は中岡慎太郎の死を祇園の間諜宿で知った。暗殺現場にかけつけた者のなかには長州藩ゆかりの人物も多い。諜者から刻々と曙に知らせが届き、連絡は密であった。

(中岡は刺客を見知っていた!)

直人にはそうとしか思えない。側杖を食った中岡は、暗殺者の正体を知っていながら言及をさけたらしい。中岡が語り残した言葉には臨場感がある。ふかい洞察力がみなぎり、死にゆく志士の凄みがあった。

刺客が暗殺現場で発した言葉を、被害者の中岡はすべて明確におぼえていた。たしかに直人は、「コンな、くそ！」という佐波漁師なまりで斬りつけた。

周防の漁村では、相手のことを「コンな」と呼ぶ。気の荒い漁師たちは、いさかいの場になると早口で「コンな、くそッ」といって殴りかかる。他国者《よそもの》の中岡の耳には、「こなくそッ」という連語に聞こえたらしい。

生死の狭間《はざま》で刃をまじえると、人は本能的に使いなれた国なまりを発するようだ。

土佐の龍馬は「ほたえな！」と一喝し、周防の直人は「こなくそッ」と烈声を放って斬りこんだ。命ぎりぎり、互いの闘魂が言霊となって交錯した。

直人は龍馬を逆袈裟で倒し、同席の中岡も旋風剣で薙《な》ぎ払《はら》った。瀕死《ひんし》の中岡にとどめを刺そうとする配下の植草に対して、「もういい」と不快げに制した。

そして近江屋を出たあと、剛勇の龍馬に討ち勝った昂《たか》ぶりからか、小謡《こうたい》の『月の桂』を吟じながら帰途についた。

（武力倒幕をめざしていた中岡は、最後に長州への心配りを見せたのだ！）

中岡慎太郎は、大義の前に身を捨てたらしい。

あれほど現場の状況を詳細に語りながら、むやみに推論を述べなかった。中岡は目にした刺客の風体にはふれず、耳にした言葉だけを仲間に伝えたのである。

「生まれは土佐でも、まっこと心は長州人ぜよ」

日ごろの口癖どおり、中岡は長州の立場を守って死んでいった。龍馬と自分の横死が、武力倒幕を早めるきっかけになると信じていたらしい。真意はどうあれ、結果的に中岡は朋友の龍馬に殉死した。

幕末動乱期、龍馬は刺客の凶刃に倒れた。そして側杖を食った中岡も日をおかず死亡した。志なかばに横死した二人は東山《ひがしやま》の霊山《りようぜん》中腹に葬られた。両雄の墓碑銘を木柱にしるしたのは、長州の桂小五郎であった。

偶然か故意か、彼は龍馬暗殺の翌日に入京した。

「着くのがもう一日早ければ……」

薩摩藩邸で龍馬の死を聞き、小五郎はそう言って号泣したという。

(本心の涙なのか)

直人には解せなかった。

事にあたって桂小五郎はいつも迷う。龍馬の死は、武力倒幕を図る長州にとって吉事ともいえる。最高幹部の桂が、謀殺に関《かか》わっていないという保証はなかった。

その後も、龍馬暗殺は意外な方向へ流れていった。配下の植草剛が現場に落とした蠟《ろう》色《いろ》の鞘が、周囲の者を混乱させたらしい。

凶行後、いち早く近江屋にかけつけた伊東甲子太郎《いとうかしたろう》が、二階座敷に放置された蠟色の鞘をみて、「これは新撰組の原田左之助《はらださのすけ》の差料《さしりよう》だ」と断言したのである。

伊東は根っからの策士であった。龍馬と同じ千葉一門ながら、新撰組の参謀をつとめて浪士狩りに手をかした。彼は鼻をきかせ、たえず勝ち馬にのりかえてきた。

幕府の崩壊が迫ったことを察した伊東は、同門の龍馬をたよって薩長に接近した。とかく面倒見のいい土佐っぽは、薩摩の西郷への紹介状を書いた。伊東は新撰組の情報を薩摩に売り、また薩摩の動きを新撰組に流した。

二重密偵の伊東甲子太郎は、薩摩藩の後押しで新撰組の別派を起こし、事件当時は孝明天皇の御陵衛士《ごりようえじ》になっていた。

「新撰組に身をおいたのも情報収集のため。われは元より尊皇一色なり」

伊東はやっと立場を鮮明にした。

蠟色の鞘の話も、新撰組を潰《つぶ》すための偽証であった。現場に立ち合った者は、まんまと伊東の詭弁《きべん》にのせられた。

「龍馬を襲った刺客は、新撰組の近藤勇らにちがいない！」

しかし、龍馬暗殺の三日後、伊東甲子太郎は裏切りを知った近藤一派に闇討ちされた。稀代《きたい》の策士は策におぼれた。それが二重密偵にふさわしい末路であった。

龍馬暗殺は、初動から多くの見誤りがあった。

だれもが新撰組の仕業だと思い込んだのである。龍馬の補佐役だった陸奥宗光《むつむねみつ》は、同郷の紀州藩用人の三浦休太郎《みうらきゆうたろう》を疑った。

「御三家の紀州が黒幕ぞ！」

藩の庶務会計をあずかる三浦は、たしかに海援隊の龍馬に遺恨があった。近江屋事変の起こる四月《よつき》前、海難事故で敗訴した紀州藩は、海援隊に八万三千両の賠償金を支払っている。

陸奥宗光は、三浦休太郎が新撰組を教唆して龍馬を襲わせたと見たらしい。

陸奥をふくむ在京の海援隊士ら十六人が、三浦の投宿している油小路《あぶらのこうじ》花屋町《はなやちょう》の天満屋《てんまや》に斬りこんだ。が、標的の三浦は新撰組の猛者《もさ》たちに警護されていて討ちもらした。

「いや、薩摩こそが怪しい！」

一方、幕府がわはそう読んだ。

大久保と西郷は、あくまで武力倒幕に固執していた。二人の薩摩人は、朋友の龍馬の死をさほど嘆くこともなかった。かえって側杖を食った中岡慎太郎の横死を憂い悲しんだ。大久保などは、岩倉具視卿《きよう》に書状を送って同志中岡の死を惜しんだ。けれども、大政奉還を推した龍馬については一行もふれなかった。

そして龍馬の死により、いちばん権益をうけたのは後藤象二郎だった。

「土佐藩参事の後藤こそ黒幕である！」

世の知恵者は後藤を疑った。

長宗我部系郷士の龍馬と、山内家上士の後藤は積年の仇敵であった。また後藤は、近藤勇と贈答品を送り合うほどの仲だった。近藤をそそのかして龍馬を闇に葬れば、維新の手柄もひとりじめにできる。

よく出来た話だが、勝沼《かつぬま》で官軍に捕まった近藤勇の反問で、〈龍馬暗殺〉は白紙にもどってしまった。

「将軍さまを救おうとした龍馬は、器量の大きい傑物だ。その龍馬を、なぜ天領育ちの俺《おれ》が斬り殺すことができようか！」

苛烈《かれつ》な拷問に耐えながら、近藤は必死に抗弁した。尋問者は土佐の谷守部《たにもりべ》であった。その場には龍馬ゆかりの薩長人も立ち合っていた。近藤をきびしく詮議《せんぎ》して、もし事件の黒幕として〈後藤象二郎〉の名がでたら、土佐藩は苦しい立場におちいることになる。後藤配下の谷守部は、龍馬の友人連の見守るなかで手加減なく近藤勇を責めた。そのことで、逆に後藤象二郎の嫌疑は晴れた。

甲陽鎮撫隊《こうようちんぶたい》総監の近藤勇は、将としての扱いをうけずに斬罪《ざんざい》された。その首は塩漬けにされて京へ送られ、三条河原にさらされた。

龍馬暗殺については、さまざまな関係者が怪しまれたが、首謀者の長州はいちども嫌疑をうけなかった。むしろ被害者の立場をとって、長州主導で龍馬暗殺犯を追うという皮肉な成り行きになったのである。

「薩長連合を仲介した土佐の坂本龍馬の遺魂を安息させねばならぬ――」

薩長でかたまった新政府は、近江屋事変の決着をつけたがっていた。

当然、龍馬暗殺犯は旧幕府の者でないとこまる。いまさら新撰組に罪を着せるのは無理筋だった。そうした折、箱館戦争の降伏人の中に格好の幕臣が見つかった。

「奴《やつ》こそ適任者だ」

新政府の司法官はそう見たらしい。刑部省は長州出身者が牛耳っていた。

今井信郎は元見廻組の組士であった。龍馬暗殺時の慶応三年十一月、京都にいて与頭の佐々木只三郎の下で働いていた。

死罪を免れることを条件に、今井は龍馬殺しを供述した。

「近江屋襲撃のさい、わたしは外で見張り役をしていました」

今井自身は傍観者の立場をとり、実行犯には他の七人の名をあげた。しかし、その七人の組士たちは、行方不明の渡辺篤をのぞいて、全員が戊辰戦争において戦死していた。

幕臣のかれらは東国の江戸育ちだった。刺客が龍馬を襲ったとき、「こなくそッ」と怒鳴った西国なまりに当てはまらない。

すべては茶番だった。何一つ反論できない死者たちに、長州出身の司法官は龍馬殺しの罪をかぶせたのである。それを知った薩摩の西郷隆盛は、わざわざ刑部省に出向いて、降伏人〈今井信郎〉の助命嘆願をしたという。

西郷個人の腹芸というよりも、長州閥への揺さぶりにちがいなかった。

龍馬暗殺は、すでに刺客神代直人の手を離れ、政治の裏側で歴史の闇に消え去ろうとしていた。

「決して何も言うまい――」

とかく売名家の多い刺客のなかで、直人は寡黙であった。暗殺指令者の名は明かさず、自身の働きを吹聴することもない。

けれども、今度の大村暗殺については斬奸状《ざんかんじよう》を用意し、その筆頭に〈神代直人〉の名を記した。

暗殺法も、わざと龍馬を襲ったときと同じ手順をふむつもりだった。

実名を名乗って凶徒に堕ちる。それは時代に捨て去られた刺客の最後の抵抗であったのかも知れない。陸軍長官を襲うことは、明治新政府に刃を突きつけるに等しい。権力への敵対者はただちに捕殺されよう。

(凶徒の名こそ、自分にふさわしい)

直人は覚悟を定めた。

暗い海底にひそむ人食い鮫も、海面にその姿をあらわせば銛《もり》をくらって悶死《もんし》することになる。床柱にもたれ、思いに沈む直人の脳裏に、鮫狩りでほふったホホジロ鮫の雄姿がよみがえってくる。

直人が本当に一体化したかったのは、母を食い殺したあの巨大な白鮫だった。

「入りますえ」

甘いかすれ声がして、志乃が夕餉の箱膳をはこんできた。

酢飯の匂いが、ぷんと胃腑《いのふ》を刺激する。

「おう、鯖《さば》ずしか」

「はい、一塩物《ひとしおもん》のええ秋鯖が手に入りましたので」

「あいかわらず料理好きじゃのう」

「おいしいもんを作ったり、食べたりしてると、おんなは幸せな心持ちになれますのン」

空に鱗雲《うろこぐも》が広がるころになると、日本海の鯖はあぶらがのって旨《うま》くなる。獲《と》った鯖はすぐ塩漬けにされ、若狭から山間《やまあい》の鯖街道を抜けて京へ運びこまれてくる。

浜育ちの志乃は魚がさばける。大きな出刃包丁を軽々と使って、あざやかに切り身にしていく。仕出しの惣菜屋としては、うってつけの娘だった。

煎茶《せんちゃ》をいれながら、志乃はちらりと直人を見やった。

「晩酌に一本つけまひょか」

「酔っても気晴らしにはならんけぇ」

「お心、ようわかります」

十五歳の少女は、年増女のように深く眉根《まゆね》を寄せてこっくりとうなずいた。

「それにしても美事な惣菜じゃ」

鯖ずしのほかに、清水焼《きよみず》の小皿には三種の煮物が形よく盛られていた。

薄味のにしん昆布、うのはな、そして厚揚げとあらめの合わせ煮である。白味噌《しろみそ》じたての汁椀《しるわん》も付いている。どれも直人の好物だった。

「うれしい。おいしそうに食べてはる」

志乃の腫《は》れぼったい目元がほころんだ。

箱膳はいつも一つである。志乃は賄い婦に徹していた。

直人は残らず膳をたいらげた。箸《はし》をおき、ぬるめの煎茶をのんだ。

「給仕などいらんけぇ、なぜ膳を共にせんのじゃ」

「うちはこの家の下働きですよって」

「お主《んし》ゃの身柄は、もうだれのもんでもない。料理の腕もあるし、これからは好きに生きたらええ」

「どうゆう意味どっしゃろ。うちにはわかりまへん」

「この家はお主《んし》ゃにゆずる。国元から母御や弟らを呼び寄せちゃれ」

「ほんなら、直人さまは」

「今夜、長旅にでる」

さりげなく言って、直人は黒鞘をたぐり寄せた。

「いつお帰りどすか」

「来年の盆、大文字《だいもんじ》の夜にゃもどってくる。迎え火をたいて待っちょってくれ」

「そないなこと……」

少女の笑みが凍りついた。唐突に別離《わかれ》を告げられ、その視線が宙にさまよった。

「深い意味はない。しばらく国元にかえるだけだ」

「待ってます。うちはずっと待ってますよって」

坪庭に咲いた夕顔が夜目にも白い。志乃は袂《たもと》で顔をかくし、小さな肩をふるわせながらむせび泣いた。

東山の峰に白い月が昇った。

虫の声が高まり、鴨川の湿原は薄墨を流したように溶暗していった。

会合場所は三条橋下の草地である。約束の刻限までに全員が集まった。直人を頭目とする八人の暗殺団であった。

長州人は、直人のほか大田光太郎と団伸二郎の三名。それに越後藩の五十嵐伊織《いがらしいおり》、久保田藩《くぼた》の金輪五郎《かなわごろう》、白河藩《しらかわ》の伊藤源助《いとうげんすけ》、三州吉田藩《さんしゆうよしだ》の宮和田進《みやわだすすむ》、信州伊奈《しんしゆういな》の関島金一郎《せきじまきんいちろう》など、いずれも草深い地方出の二十代の若者たちだった。

「まだ俺たちの出番は残っている――」

もはや風雲の歴史は過ぎ去っていた。

明治新政府は着々とその地盤をかためている。それでも戦火の残り火を求めて、田舎町から尊攘浪士が都路《みやこじ》に集まってきた。その数は二百人をこえ、徒党を組んで中央政府に猟官運動まで起こした。

国士をきどるかれらには金主がいた。京都の弾正台《だんじょうだい》長官の海江田信義《かえだのぶよし》である。都の治安を守る司法の長が、ならず者たちを食客としてもてなした。

「諸君たちの志こそ、新生日本の重い扉をひらく原動力となろう。都にとどまりて、東京に安住する参議らにきびしく物申さん」

京都司法長官の海江田にはそれなりの思惑があった。

彼は直情径行の薩摩人だった。彰義隊討伐の上野攻めの折、総司令官の大村益次郎と作戦面で激論したのである。

副官の海江田は兵糧攻めの持久戦を主張したが、上司の大村は耳をかさなかった。結局は大村の判断が正しかった。速攻した東征軍は大勝利して、上野戦争は即日すみやかに終決したのである。

異論をとなえた海江田は面目をつぶした。

「海江田の頭の古さよ。兵糧攻めなど戦国時代の戦法じゃ。それとも上野山への突入に腰がひけたかのう」

長州兵の失笑をかい、誇り高い薩摩人は身の置場がなくなった。その後、海江田信義は中央政界からしめだされ、京都の司法官に任命された。位は高いが、左遷人事にちがいなかった。

「すべてあの売国奴の計略だ！」

京都弾正台の海江田は、大村益次郎を憎みぬいた。

田舎出の若者たちを自邸に集め、神国思想を吹き込んで、大村の不忠ぶりを喧伝《けんでん》した。

神州不滅の攘夷論をかかげ、洋式軍制の導入を押し進める大村をつけねらった。

そして、同じ煽動家の長州の大楽源太郎とひそかに連携した。

〈この九月、兵部大輔の大村益次郎が伏見の練兵場を踏査するため京に入る――〉

大楽のもとへ京都から密書がとどき、すぐに西山書屋の塾生たちから直人にも知らされた。大村の行事日程は、すべて京都弾正台の海江田の手元に集められていた。国軍を仕切る兵部大輔の生死は、一地方司法官の手中にあったのだ。

「また迷いぐせの桂先生が横槍《よこやり》を入れてきとる。奸物の大村を討つしか長州の諸隊の憤りはおさまらんのに」

長州筋から、祇園の路地裏にひそむ直人のもとへ知らせがあった。

長州閥の政府高官たちは、事前に大村襲撃の情報を得ていたらしい。だが、松陰一門の高官らは、関西視察中の大村に書状で注意をうながしただけであった。

桂小五郎こと木戸孝允も、身をもって大村の入京査察を制止しなかった。それは龍馬が三条近江屋で討たれたときと同じである。

いつも木戸の行動様式は曖昧《あいまい》だった。事が起こったあとで嘆き、だれよりも朋友の死を悼《いた》む。そのことが、かえって暗殺事件の真相にくらい靄《もや》をかけてしまう。

「ほっちょけ、どうせ木戸参議は止めきらんけぇ」

優柔不断の悪《あ》しき性癖こそが、彼を最高権力者の座にまで押し上げたのだ。

〈逃げの小五郎〉は、わが身を守るすさまじい粘着力と、同志を見捨てる苛烈さを持っていた。

木戸の介入を気にもとめず、直人は九月四日の決行日を迎えた。

同夜。三条橋下で、直人は七人の若者たちに策をさずけた。

大村益次郎の宿泊する長州藩控屋敷は三条木屋町筋にあった。表は路地、裏手には鴨川の河原がひろがっている。

せまい室内で刺客たちに襲われれば、かならず裏の河原へ脱出をはかるだろう。

「表の見張りに二名。中の斬り込みに三名。裏の待ち伏せに三名とする。追い込み漁の要領じゃ。獲物を控屋敷から追いおとし、裏の河原で一網打尽にするけぇな」

頭目の直人は、若者たちにそれぞれの役割を手短につたえた。

八人の暗殺団は、さっと三方へ散った。

直人は三条大橋から川沿いの土手道を走って、長州藩控屋敷の裏地へと向かった。

土手の柳の陰に、ゴザをかかえた老娼《ろうしょう》がたたずんでいる。老女の瘦《こ》けた両頰が、さらにきゅっとすぼまった。

「急ぎ足でどこへ行くぞい。この堤はわしの領分や、銭など置いていき」

殺伐とした笑みに覚えがあった。非道な刺客に憑《つ》きまとう悪霊であった。直人は立ちどまり、柳の垂れ枝をはらいのけた。

「また逢《お》うたのう、三途の川の渡し賃か」

「そうや。川を渡りきっても、人殺しの逝く先は地獄の業火ぞ」

「まことに冥途《めいど》の飛脚なら、お婆《ばあ》、お主《ぬし》やが先に堕《お》ちるがええ」

小烏丸を一閃《いっせん》させ、抜きうちざまに老婆《ろうば》の細首を刎《は》ねとばした。

剣尖《けんさき》は力なく空をきった。何の手応えもない。悪霊に魅入られ、ふかい心の闇を斬ったにすぎなかった。後方から駆けつけた配下の若者が、いぶかしげに声をかけた。

「神代さん、どねぇされました。人気のない木陰で抜刀されて」

「気にするな。心に巣くう邪鬼を斬りはらったまでのこと。さ、いくぞ」

太刀を鞘におさめ、直人は供の二名をつれて夜の河原に下りていった。

虫の声がやんだ。

吹きくる川風が肌寒い。草地から見上げると、長州藩控屋敷には灯がともっていた。かすかに人声もきこえる。音曲ぎらいの大村らしい静かな宴会だった。

直人は水草をぬいて嚙みしめた。

そばの伊藤源助が、大きく肩で息をつぎながら、白河なまりで話しかけてくる。

「さすが神代さんは場数をふまれてるスな。息ひとつ乱れんで」

「悪狎《わるな》れしてしもうた」

「いや、ご一緒なので心強いスよ。長州の団伸二郎さんらはうまく斬りこめるスかね」

「だれにもわからん」

「そうスね。つまらんこと聞きました」

「間もなくじゃ。刀の鯉口《こいぐち》をきっちょけ」

名代の人斬りとして、直人は皆に顔を知られすぎている。長州藩控屋敷の表口には立てなかった。

その点、団伸二郎は無名の塾生だった。控屋敷の護衛たちに怪しまれることはない。同郷のよしみで、面談をこえば取り次ぎはしてくれよう。

大村が在宅とわかれば、そのまま抜刀して一気に押し込む。討ちはたしたあとは迅速に現場を去る。段取りが簡明で動きに無駄がない。それが龍馬暗殺時の手順であった。

だが、暗殺団はしょせん烏合《うごう》の衆である。

直人は他の七人を頼りにしていなかった。

百錬自得した兵法者でさえ、戟剣《げきけん》の場に立てばあせって己《おの》れを見失う。猟官ねらいの若造たちが、不動の勇気で死地へと踏みこめるわけがない。

（決着をつけるのは――）

研ぎ上がった小烏丸しかなかった。

鴨川を渡る夜風が、いっそう冷たさをました。

町は静まり、せせらぎが高まった。青い川藻の匂いにつつまれていると、ふっと意識が遠のいて、今夜の居場所や目的さえもあやふやになってくる。

「賊だ！」

控屋敷で音声があがった。

斬りこみ役の三人が押し入ったらしい。はげしい物音が響きわたり、河原に面した座敷の灯りがスッと掻《か》き消えた。暗闇の室内で怒号がとびかっている。

「おりてくるぞ、包み斬りにせよ！」

小烏丸を抜き放ち、直人はそばの二人に声をかけた。

狙いどおり、座敷の窓から大村の随行者が凶刃をさけて河原へ飛び降りてきた。

夜目のきく直人は、すかさず下段からざっくりと逆袈裟にすり上げた。

「コンな、くそ！」

さらに一人二人と、控屋敷からのがれ降りてくる。次々に河原へ着地するところを、直人は据物斬《すえものぎ》りに断ち割った。

宴席のあった暗い座敷から、男の野太い声が聞こえた。

「殺《や》った！　大村益次郎を討ちとったぞ」

大村の警護役の擬声であろう。

事を果たした刺客なら、無言で現場を立ち去るはずだ。決して高らかに雄叫《おたけ》びなどあげない。暗闇の争闘におびえ、やはり若輩たちは仕損じたらしい。

（大村は生きている……）

直人は瞬時に見破った。

爪先《つまさき》で地を蹴《け》って宙に飛んだ。直人は抜き身をひっさげ、窓の手すりから座敷に踏みこんでいく。足裏が熱い。湯豆腐《ゆどうふ》の土鍋《どなべ》が転がって、畳から湯気があがっていた。

（居た！）

大きな才槌《さいづち》頭《あたま》が闇のなかに見えた。

兵部大輔の大村益次郎は無傷だった。じっと壁にもたれて腕組みをしている。直人の胸は懐かしさでいっぱいになる。

稀有《けう》な天才兵学者だが、大村は剣には無縁だった。

それでも肝は太い。刺客の襲撃をうけても騒がず、太い眉をぴんとのばして暗い座敷に大あぐらをかいていた。

吊《つ》り目の若い百姓医こそ、無学な少年漁師をゆたかな言霊の世界へ救い上げてくれた恩人であった。

闇のなかで、二人の目が合った。

「若先生……」

短く言って、直人は小鳥丸を一閃させた。

終章　引き潮

舟上から見る砂浜は、うっすらと朝の赤みをおびている。大きくうねった表面は潮風にさらされ、生き物のようにうねうねと蠕動《ぜんどう》していた。

早朝の大気は冷たい。

直人はひとりで反小舟《そりこぶね》をこぎだし、秋涼の佐波海湾をぐるりと望見した。淡い陽光が、弓なりにひろがった浜辺に美しい陰影をきざんでいた。

北辺には佐波岬が切り立っている。

(あの岬に、ホホジロ鮫《ざめ》見ゆの狼煙《のろし》が上がったのだ)

父の一平に従い、銛《もり》を手にして鮫狩りに奔《はし》った。あふれかえる闘争心。あのときの烈《はげ》しい充足感がよみがえってくる。

(あれから十数年——)

今の直人は、新政府の捕吏に追われる凶徒にすぎない。一月前《ひとつき》、京の長州藩控屋敷で、国軍最高司令官の大村益次郎までもその手にかけた。

そしてまた、小烏丸を鞘走《さやばし》るときがきた。

果たし状が台道村の居宅に届いたのである。

差し出し人は、長州支藩長府藩の三吉慎蔵であった。〈槍《やり》の慎蔵〉と尊称される防長随一の兵法者だった。

(限りなく強い!)

以前、慎蔵は孤立無援の高杉晋作を一人で護《まも》りきった。

俗論党の暗殺団や、尊攘《そんじょうは》派の刺客に狙《ねら》われた高杉につきそい、だれにも手出しさせなかった。直人でさえも、気を呑《の》まれて斬《き》りつける間合いを失った。

肺を病み、死期をさとった高杉は、とかく不用心な坂本龍馬に連発銃と三吉慎蔵をゆずり渡した。

「二つそろえば恐いものなしさ」

高杉の予感は的中した。

慎蔵と共に入京した龍馬は、〈薩長秘密同盟〉を締結させた二日後、伏見の寺田屋で幕吏たちの夜襲をうけた。

龍馬は連発銃をぶっぱなした。慎蔵は短槍《たんそう》を自在にあやつり、百人以上の捕り方たちをバタバタと突き倒した。槍の慎蔵こそ最強の護衛であり、新式連発銃より凄《すご》い最終兵器であった。

その慎蔵からの決闘状である。

〈予《かね》ての遺恨――〉とだけ、短く書面には述べられていた。

心当たりがある。

律儀な慎蔵は、龍馬の護衛役として全《まっと》うできなかったことをずっと恥じていたらしい。龍馬は、京洛《きょうらく》で横死する二月《ふたつき》前、わざわざ長府の三吉慎蔵宅に立ち寄って若妻のお龍を託している。維新後も、慎蔵は独自に龍馬を斬り殺した刺客を追っていたようだ。先月、京都木屋町で起こった〈大村暗殺〉の襲撃法が、〈龍馬暗殺〉と酷似していることから、兵法者の直感で両事変に共通する実行犯を割り出したようだ。濁りのない清明な若者の目にだけ、暗い謀略も透けて見える。

（よくぞ見透した）

実際、剛勇の龍馬を斬り倒せる刺客は、この世に直人しかいなかった。

そうした自負もあって、大村襲撃の折には斬奸状《ざんかんじょう》に実名を載せ、襲撃法もなぞった。

それは声なき刺客の最後のあがきだったのかも知れない。

しかし、何ゆえか刑部省の動きはおそかった。

国軍司令官が賊徒に襲われ、瀕死《ひんし》の床にあった。斬奸状で襲撃犯の名もわかっている。

けれども司直たちは討議をかさねるだけで、犯人検挙の手配書すら発布しなかった。

どうやら、長州閥の高官たちが裏で暗躍しているらしい。

事後になって、当事者の直人にもおぞましい暗殺絵図が見えてきた。

(大村という藩の代弁者をうしない、またしても長州は被害者の立場をとったのだ!)

それは龍馬暗殺時と同じである。

今となれば、大村益次郎が京の長州藩控屋敷に泊まったのも、仕組まれた道順の罠《わな》かとも思える。護りは薄く、数人の書生が大村の傍《そば》に付いていただけだった。

松陰門下生の結束はかたい。

しぶとく生き残った彼らは、全員が新政府の要職についた。しかし、その頭ごしに新参者の大村益次郎が陸軍の指揮権を握ってしまった。大村は周防台道村の生まれで、長門の萩で育った門下生とはつながりがない。

長州は防長二国に分けられ、まるで意識が異なっていた。瀬戸内の周防は、たえず萩城のある長門から支配をうけ、物資を収奪されてきた。

奇兵隊二代目総督だった赤根武人も、周防大島の出身である。知略にすぐれた彼も、対幕戦のさなか、幕府への内通者として長門派に処刑され、諸隊の実権は山県狂介が奪取した。権力闘争は維新後もつづき、大村暗殺はその延長線上にあったのだ。

〈周防の兵部大輔を、同じ周防出身の刺客に斬らせる——〉

怜悧《れいり》な長門人らしい謀略であった。

捨《す》て駒《ごま》の桂馬《けいま》にされた直人は、どこへ高跳びしても、いずれは官吏という歩の餌食《えじき》になる身だった。

そんな折、長府の若い兵法者から届いた果たし状は、ひさしぶりに直人の心を熱くさせた。槍の慎蔵が、行き暮れた凶徒に死にどころを与えてくれた。

「これほどの男が、まだ長州におったか」

浮世の雑事をわすれ、直人は剣の工夫に明け暮れた。

闘争本能が発火し、ひたすら大鮫を倒すことに心血をそそいだ少年時の熱狂がよみがえってきた。

噂《うわさ》では、慎蔵の鍛錬法は常人ばなれしていた。長府湾に舟をうかべ、海面をはねる飛魚を短槍で次々に刺しつらぬくという。

揺れる小舟の上では、支えなしにじっと立っていることさえ難しい。そのことは、漁師の直人がいちばんよく知っている。しかも、波間におどり上がって奔る飛魚の速さは目で追いきれないほどだ。

(けれども、槍の慎蔵ならできよう)

直人は舟上に立って白い波間を見つめた。

飛魚は胸ビレが長大で、海面高く滑空できる。ときには、海をわたる風にのって遥《はる》か彼方《かなた》まで飛行する。

産卵期には、藻の多い佐波海湾の浅瀬に飛魚が寄ってくる。

佐波海湾の潮は楕円《だえん》を描いている。満潮にのってながれ込んだ瀬戸内の海流は、湾の奥崖《おくがけ》で膨れあがり、今度は勢いよく反動をつけて湾口へともどっていく。それは神代《かみよ》から変わらぬ悠久の円運動であった。

湾の海水は一つの塊となって、いつも大きな揺りかごのように揺れているのだ。直人はその揺りかごのなかで育った。

不変で豊かな海湾だった。

大気が直人の頰《ほお》を引きしめる。こうして潮風に吹かれていると、佐波海人の末裔《まつえい》であることをしみじみ知らされる。

今も大潮や台風で湾内の海水がかき混ぜられた後には、海面が真っ黒になるほど大量の雑魚《ざこ》がわきあがってくる。

「おっ……」

逆光のなかでキラリと白く光るものがあった。波のうねりの谷間から、銀鱗《ぎんりん》を光らせて一匹の飛魚が跳ね上がった。

大きく羽をひろげ、飛魚は波を切ってまっすぐ反小舟へ向かってくる。一尺ほどの体長で、美事な流線型をしていた。

「斬る！」

舟上の直人は、腰をひねって小烏丸を抜き放った。

見切りが遅すぎた。潮風にのった飛魚は、さらに羽ばたいて波間に高く飛翔していく。

直人の太刀《たち》は空を斬った。

「ちっ、わしにゃできん」

刺客の剣は機先を制するところにある。

剣聖武蔵はそれを〈懸《か》かり先《せん》〉と呼んだ。敵の動きがどうであれ、心がどうであれ、とにかく一気に間合いをつめて撃ちこむ。

その一手である。

相手が撃ちこんでくるのを、躱《かわ》し、抜くなどして反撃する返し技は、襲撃する刺客には必要がなかった。おどり上がって奔る飛魚を斬りそこねたのも、武蔵のいう〈待ちの先〉を習得していなかったためだ。

〈心は懸《かけ》に、身は待《まち》に――〉

懸待一致《かけまちいっち》の境地こそ、兵法者がめざす最終到達点であった。

直人はあらためて慎蔵の凄みを知った。

（あの若い兵法者は、すでにその妙境に達している！）

立場は逆転した。

相手に命を狙われているのは、直人のほうだった。ふっと動悸《どうき》が乱れ、背筋に冷水を浴びたような戦慄《せんりつ》を覚える。

刺客につけ狙われた者の焦りを、初めて思い知らされた。

（慎蔵とは合口が悪い……）

初見のときから苦手意識があった。短槍を手にした慎蔵は、一瞬もこちらの見切りをゆるさない。

なで肩の優男《やさおとこ》で、内裏雛《だいりびな》のように典雅なまなざしをしている。しかし、その身のこなしは疾風のごとくである。身体が異様に軽く、撃ちこみをはねかえす弾力があった。

天与の才は血筋かも知れない。

慎蔵の実父小坂土佐九郎《こさかとさくろう》は、今枝流《いまえだりゅう》抜刀術の師家で、長府藩の兵法指南役をつとめていた。土佐九郎は、血へどを吐くほど慎蔵を鍛えぬいた。

また国学の師範となったのは、同藩の乃木十郎《のぎじゅうろう》だった。子の名は乃木希典《まれすけ》という。

十郎の慎蔵に対する教授も容赦がなかった。土佐九郎もまた、幼い希典をわが子同様に木刀でぶちのめした。心友の二人は文武の道で手分けし、互いにそれぞれの子をきびしく教え合ったのである。

そして幼い慎蔵と希典に、古武士の勇と美を骨の髄まで叩《たた》きこんだ。

〈城下にむごい鬼父が二人いる――〉

周囲の者は慎蔵と希典をあわれみ、厳父らの仕打ちに眉《まゆ》をひそめた。

悪《あ》しき風評のなかで、長府藩に二人の神童が育った。

維新後、三吉慎蔵は長府藩の権大参事《ごんだいさんじ》となり、美しい周防灘《なだ》の小藩を見事に仕切った。

一方の乃木希典は、東京の兵部省《ひょうぶしょう》に引き抜かれて小隊長となった。

まぎれもなく二人は、純粋培養された明治の古武士であった。

(奴《やつ》こそ真の長州男児であろう)

粗野な漁師上がりの直人には、慎蔵の持つ士魂がまばゆい。その言動に一片の打算もなく、無謀なほどの明るさだった。

一新された明治の世で、今も慎蔵は一書生の心持ちを忘れず、侍としての勇と美を追っていた。

(決闘など正気の沙汰《さた》ではない)

権大参事の身分でありながら、慎蔵は生死をかけて、一介の人斬りに果たし状をつけてきた。受けて立つがわにも正気を捨てた工夫がいる。

直人は着衣を脱ぎすてた。両手に大小の刀をもって、反小舟からザブッと海中へ身をおどらせた。

海水がツーンと鼻にぬける。

両手に握った刀が錘《おもり》となって、ゆるやかに沈んでいく。大気の重圧からとき放たれた。

どこまでもかろやかで、全身が心地好《ここちよ》い浮遊感につつまれる。

秋が深まり、陽射《ひざ》しが弱まるにつれて水は透明度をましていく。海面からさしこむ日光が、淡いきらめきの粒子となって海底へ放散されていった。

そこは透き通った青の世界である。

目に映るすべてが美しかった。白砂のひろがる海底に若草色の藻がなびいている。佐波海人《かいじん》の血脈をうけつぎ、直人の肺活量は人並みはずれている。ゆるやかな流れに身をまかせ、楽々と潜水をつづけた。

(軽い……)

ふっと両手の刀が重量感を失った。

五体が海と調和して、自在に心身が応じている。こだわりもなく、深みでうねる海流にのった。

平地の血闘場においては、前後左右の動きで互いの勝敗が決まる。慎蔵の身のこなしは常人の数倍は迅《はや》い。直人のするどい剣尖《けんさき》ですら追いきれないほどだ。

けれども、水中では上下の動きが加わる。剣士として未知の空間であった。

機敏な慎蔵を頭上から狙い撃ち、または足下から逆袈裟《ぎゃくげさ》に剣を跳ね上げれば勝機も得られよう。直人の工夫はそこにある。

平板な二次元を超えた海の三次元の剣技だった。縦と横の見切りを超えた高さが勝負の分かれ目となろう。

海中で瞑目《めいもく》し、直人は静かに両刀を振りぬいた。強引に太刀《たち》を遣おうとすれば、かえってつよい水圧がかかる。自然の流れに逆らってはならない。しなやかにスッと剣尖を伸ばしていった。

さすがに息がきれてくる。脳天がしびれ、手足にもふるえがきた。そのふるえは、どこかしら淡い陶酔をともなっていた。

直人は深い思念のなかへ沈んでいく。

（寄る辺なきは刺客の剣。死中に変転する。天をさすらう雲は風を呼び、風はまた雨をふらす。雨は沢に落ち、沢は川となって海にそそぐ。海は荒れ、竜巻となってやがて天へと還《かえ》りゆく――）

天地はたえず循環している。

互いの生死をかけ、人が一剣を交えて争うのも永劫《えいごう》のいとなみだった。

直人は海流に身をまかせた。クルクルと回転しながら、前後左右、上下十文字に両刀をおよがせた。

無心のうちに〈待ちの先〉をとった。

直人の目は魚眼となっている。浅黒い肌はいつしか鮫肌のように荒立った。明るい海中を見透かすと、二匹のスズキが小岩のくぼみで縄張りを主張し、互いに赤い口を大きくひらいて気勢を示している。

一瞬、直人は両刀を上下にふるって、二匹のスズキを真っ二つに斬りさばいた。

妙境の変化《へんげ》斬りである。

（これぞ海人剣《かいじんけん》！）

歓喜が全身をつらぬく。

佐波海人の魂に導かれ、直人は青い海と完全に同化した。


祖母が死んだ。

明治二年十月三日のことである。直人が台道へ戻って十日後の露寒の夜だった。死水だけはとることができた。加代婆の亡骸《なきがら》は、台道村から生まれ在所の漁村に運ばれた。佐波村生まれの女は、海辺の海洞墓地に葬られる慣《なら》わしだった。

佐波海人の他界観は、広漠たる海へとつながっている。死んだ漁師の屍《しかばね》は、白い木綿布につつまれて水葬される。

海女《あま》たちは、舟葬《しゅうそう》である。加代婆の遺体は舟形の木棺におさめられ、海流で岩盤が浸食された海蝕洞窟《かいしょくどうくつ》へと担ぎこまれた。

村長《むらおさ》の徳爺が葬儀をとりしきった。

加代とは幼なじみで、いちどは他郷へ駈《か》け落《お》ちしたほどの仲だった。二人は連れもどされ、やがて徳太郎《とくたろう》は隣村の素封家の一人娘を娶《めと》った。

歳老《としお》いた加代の身内は、今では孫の直人ひとりである。いまだ一平は海賊城に囚《とら》われの身であった。

「これより加代が旅立つけぇな。舟先を西へ向けちゃれ」

徳爺の指図どおり、直人は舟形木棺を夕陽のさしこむ洞窟の入口へ向けた。それが昔からの舟葬のしきたりだった。

小型の木棺には樫《かし》を使い、古代の丸木舟状に造られている。葬送は、海人の死者祭祀《さいし》と仏教の浄土思想が混合していた。

直人は舟形木棺にふたをした。

「逝けや、加代婆。めざすは海の彼方、美しい西方浄土ぞ」

晴れやかな声で言い、両手を合わせた。

傍らの徳爺がうっすらと涙をにじませた。

「待っちょれ、すぐにわしも逝くけぇな」

「何言うちょるンかね。徳爺は百まで生きよるで」

「御一新とやらで、古き因習は打破されるとか。この村の人心もすっかり変わってしもうた。長生きしてもしかたあるまい。若い者《もん》はわしの言うことなんぞ聞きゃせんで」

「そうか、徳爺も時代に見捨てられたか」

「どねぇに時代は変わっても、瀬戸内の海は不変ぞ。直人、今からでも遅うない、佐波村にもどって暮らせや」

「それはできん」

「やはりお主《ぬし》ゃもわしの意見を聞かんか」

老いた村長は、さびしげに白い眉毛を垂らした。

重苦しい窟内の空気を浄めるように、サァーッと涼風が吹きこんできた。直人は洞口へ目をやった。

「みんな見ちゃれ、神々《こうごう》しい西陽じゃ！」

直人の言葉に呼応するように、烈しくうち寄せた波しぶきが、落陽に染まる海蝕洞窟を黄金色に光らせた。

「おうッ」

舟葬に立ち合った村人たちは幽《かす》かに呻《うめ》き、西陽をうけて輝く加代の棺に合掌した。

盲目の老海女は、死んでのちに光をとりもどし、遥か古代の丸木舟にのって、青く澄んだ海へと還っていった。

その夜、直人は思いがけぬ弔問をうけた。

ひとりの若い尼僧が、佐波村の実家に訪ねてきたのである。

「此の糸……」

「はい、その名も〈おうの〉と変わり、いまでは〈梅処尼《ばいしょに》〉ともうします。秋寒の夜は長く、無性に直人さまに逢《あ》いたくなりました。来てみれば葬礼――」

海賊城の姫巫女《ひめみこ》には、他者の死を察知する能力があるらしい。直人は仏間に迎えいれ、美しい尼僧に古座布団をさしだした。

「ようわかったのう」

「直人さまとは一緒に海峡を渡った仲。ふかく心がつながっておりますゆえ」

「星のふる夜じゃったな」

「行方も知れぬ旅立ちでした」

「海に流した紅花の行く先は、だれにも読めぬ」

「いいえ、前世よりつながった運命《さだめ》の此の糸は、浮世の荒海にもまれても決して切れませぬ。こうして黒髪をおろし、梅処尼と称して高杉さまの御魂《みたま》をなぐさめて暮らすのも、あなたとの奇《く》しき縁《えにし》があったればこそ――」

うたうように抑揚をつけて語り、此の糸は濃い光を切れ長の目にこもらせた。

赤い糸は切れてはいない。

「かなしい縁じゃのう」

夜走る舟にのって旅立った少年少女は、結ばれることなく、ずっと心だけを通い合わせてきたのだ。

「されば、婆さまに慰霊の舞いを」

此の糸は片膝《かたひざ》を立て、典雅な舞い構えをとった。

加代の位牌《いはい》を前にして、此の糸は祓《はら》い詞《ことば》を唱えながら玉串《たまぐし》を片手にゆるやかな葬送の舞いをみせた。白い小袖《こそで》が清冽《せいれつ》な波頭のようにゆれている。

海原の千年青み深く
吹き来る潮風の中に
大津辺《おおつべ》にもぐりし海女の
勇み心を偲《しの》び奉れば
小袖は波と涙に濡《ぬ》れ給う
見よや荒潮より生《い》でし
陽は中天にこそあらむ

海賊城の姫巫女は入神し、舞い踊りながら安らかな微笑を浮かべていた。

直人は見惚《みと》れた。

海の女の強さを讃《たた》える悠久の舞いだった。舞姫の華やいだ身振りには喜悦があふれ、海に生きた女の誇りが宿っていた。

葬舞のあと、直人は此の糸と連れだって夜の海辺を散策した。

岩礁《がんしょう》にうちよせる波音が高い。佐波岬に立つと、風に吹かれて舞い上がった砂粒が二人の頬をかすめていく。

ものさびた月が海湾を照らしている。傍らの此の糸が、いくぶん目を細めて言った。

「三吉慎蔵さまの書状は届きましたか」

「そうか、お主《ぬし》ゃがわしの居場所をおしえたソか」

「はい。三吉家に仮寓するお龍さまより頼まれました」

「お龍……」

「京都三条の近江屋で殺された坂本龍馬さまの妻女です。今は長府の三吉家に身を寄せておられます」

「では、慎蔵が突きつけた果たし状は」

「御一新後、仇討《かたきう》ちは禁止されておりますれば、決闘に名をかりた慎蔵さまの助太刀でございましょう」

「そねぇな裏事情があったンか――」

ここにもまた濃密な人の縁《えにし》があり、運命の糸でつながっていた。

維新後、お龍は坂本家から義絶され諸国を放浪した。旅に行き暮れたお龍は、ふたたび長府の三吉邸の門を叩いた。慎蔵はすなおによろこび、かつて〈寺田屋襲撃〉で生死をともにしたお龍を手厚くもてなした。

世は一新した。人の心も移ろいやすい。

けれども、三吉慎蔵だけは龍馬への友愛を忘れなかった。

(槍の慎蔵は、武士の一義だけで決闘にいどむのではない。女の情に命をかけたのだ！)

熱く烈しい男心である。

寡婦のお龍に対する思い入れが、直人にも伝わってくる。波がくだける音にまじって、冷たい夜風が岬へ舞い上がってきた。

断崖《だんがい》に立った此の糸が、ふりかえらずに言った。

「慎蔵さまこそ真の武士なれば」

「どちらが倒れても弔いはしてくれると」

「さずけた小烏丸は血に汚れ、すでに霊力を失っております」

「刀身にも疲れがでた。一合すれば折れるじゃろう」

「みごとに討たれてあげなされ。そして、わたしのもとへと――」

さらりと言いのべた。

霧の岬には風音だけが舞っている。冷たく白い大気のなかで、直人は眉根をゆるめてうなずいた。

「刻《とき》は十月十日の暮れ六つと決まった。決闘場は吉敷の龍蔵寺《りゅうぞうじ》。樹齢千年の気高い大《おお》銀杏《いちょう》が目じるしとなる。お主《ぬし》やがわしの見届け人になってくれ」

慎蔵からの果たし状には、決闘の場所と日が記されていた。そのかわり、刻限と武器は直人にまかせられた。士魂を重んじる男らしい処し方であった。

夜目のきく直人は、暮れ六つの刻をえらんだ。得物は互いに剣のみでと返書を送った。慎蔵が得手とする槍を封じたのである。

慎蔵がわの見届け人は、龍馬の妻のお龍であろう。直人にとって、それに見合う人物は宿縁《さだめ》の此の糸しかいない。

「かならず参ります」

霧にうもれた海湾を望見しながら、此の糸はしめやかに応《こた》えた。

山門の奥に、目じるしの大銀杏が見える。

手水川《ちょうずがわ》の丸太橋を渡り、直人は龍蔵寺に足を踏み入れた。観音堂にいたる石段には銀杏の落葉が敷きつめられていた。

三方を山にかこまれた仙地であった。紅葉が頭上にあふれ、夕陽のなかでキラキラとさんざめいていた。

闘いの先《せん》をとって、直人は一刻早く龍蔵寺に着いた。

取り決めの刻限にわざとおくれ、相手の焦りをさそう心理戦は、懸待一致の妙境に達した慎蔵には通用しない。気を高め、先んじて制するしか勝機はなかった。

(不用意に強者の剣と一合すれば──)

疵《きず》ついた宝刀は折れとぶ。

互いの得物を太刀でと取り決めたのは、慎蔵の槍術《そうじゅつ》を恐れたのではなく、剣士としての最後の心意気であった。

ゆるい傾斜の石段をのぼりきると、観音堂の軒下に美しい尼僧の姿があった。約束どおり此の糸は待っていた。

「よき日和《ひより》にございまする」

「まことに」

二人は静かに礼をかわした。

鵯《ひよどり》が山茶花《さざんか》の花蜜《かみつ》を吸いながら、ときおり長い尾をふるわせて辺りを見回し、甲高《かんだか》くピルルルーッと鳴きたてた。

龍蔵寺の草創は古い。

天駆ける超人伝説に綾《あや》どられている。文武《もんむ》天皇の世、役《えん》ノ行者《ぎようじや》が豊後国の彦山《ひこさん》より飛来し、吉敷の滝裏に棲《す》んで呪験力《じゆげんりよく》を高めた。

役小角《えんのおづの》は山岳修験者《しゆげんじや》で、呪術《じゆじゆつ》にすぐれていた。世を惑わす妖言《ようげん》を吐き、時の政権に反逆をくわだてた罪で伊豆大島《いずおおしま》に遠流《おんる》された。それでも荒ぶる修験者は屈しなかった。高空に翔《と》びあがって島抜けをし、各地の霊山に仏寺を開創したという。

　役小角こそ、武芸の始祖ともいえる超人だった。

　兵法者の慎蔵が、この古刹《こさつ》を決闘場にえらんだのもそうした霊験を重んじたからであろう。観音堂の前にそびえ立つ大銀杏も、役ノ行者が種をまいて育てた霊樹であった。千年の刻《とき》を生きた御神木は、色濃く扇形の黄葉をしげらせている。

　此の糸が視線をあげ、白いのどを見せた。

「ほんに巨《おお》きくまぶしいこと。さながら役ノ行者さまの立ち姿のようですね。枝葉の先まで幾千幾万の銀杏《ぎんなん》の実をつけ、吉敷の村人たちに施しを与えて――」

　壮大な御神木を前にして、直人はおのれの卑小さを恥じた。

「濁世《じょくせ》に染まらず、信義をつらぬく三吉慎蔵こそ超人かも知れん」

「千人の男と肌をかわした遊女は、尊い天女にもまさるとか。数多《あまた》の人を殺《あや》めし男《おのこ》も、わたしの目には美丈夫《ますらお》と映りまする」

「わしゃ血にそまった刺客にすぎん。いつぞやは神につかえる姫巫女までさらった」

「神域を平然と侵すのが直人さまの常」

「なにやら物言いも浮世をはなれ、庵主《あんじゅ》さまらしゅうなったのう」

　高杉晋作が早逝したあと、此の糸はその墓所となった厚狭清水山《あさしみずやま》のふもとに庵《いおり》をむすんで、情人《いろ》の菩提《ぼだい》を弔う日々を送っていた。

草深い庵は〈無隣庵《むりんあん》〉と呼ばれ、もとは山県狂介の寓居《ぐうきょ》であった。

兵部省副長官に昇進した山県は洋行するにあたって、山麓《さんろく》の古家を此の糸にゆずり渡した。得度し黒髪を下ろした此の糸は、東行庵《とうぎょうあん》の初代庵主となった。おうのという愛称もすて、今では高杉晋作が好きだった梅花からとって梅処尼と名乗っている。

「山県さまより喜捨をうけ、吉田村の山間《やまあい》にて日がな亡き人の御魂を弔っております」

「わしゃ、いつもお主《ぬし》ゃを護りきれんな」

直人は口惜《くや》しげに唇をかんだ。

窮地にたった女の暮らしを救ったのは、蕩児《とうじ》の高杉晋作であり、渡《わた》り中間《ちゅうげん》上がりの山県狂介であった。俗世にもまれて変転していく姫巫女の身の上を、直人は遠くから傍観するしかなかった。

「お嫌いなのですね、山県さまのことが」

「お互い餓鬼のときから知っちょるけぇな。名も重々しく山県有朋とは、狂介も偉《えろ》うなったもんじゃ」

「はい、この国はいずれ山県さまを筆頭とする松陰一門の手中に落ちましょう」

「姫巫女の御託宣か。では、あの松陰先生の遺骨がおさめられた梨地《なしじ》の印籠《いんろう》は」

「塾生筆頭の証《あかし》たる印籠は、東行庵と引き換えに山県さまに渡しました」

「狂介めが……」

「策をめぐらし、着々と事をなしとげていく山県さまもまた、松門筆頭にふさわしい超凡の人」

「そう、奴こそが最強の刺客じゃった」

直人は得心した。

山県の凄みは再構築力にある。此の糸の言《げん》を待つまでもなく、善悪を超えたつよい意志で大敵を倒し、そこから堅固な新体制を造り上げていく。

清廉な若い志士たちの屍をつみかさねて維新は成った。そして今、明治の世が求めている烈士とは、山県有朋のような辣腕《らつわん》の経世家であろう。

此の糸が声調をやわらげて御神木の根元を指さした。

「ごらんなされませ、大銀杏の根っこに神の洞穴《ほこら》が」

霊樹の太い根には青苔《あおごけ》がびっしりと密生していた。

見やると、盛り上がった二本の根が土を食《は》んで暗く小さな洞穴をつくりだしている。なかの暗所には数体の慈母観音像がおさめられ、ひっそりと身を寄せ合っていた。

「観音像ならわしも持っちょる」

直人は、何気なく懐から銅製の観音像をとりだした。

そっと差し示すと、此の糸が眉をひそませた。

「直人さま、これは慈母観音像ではありませぬ」

「なんと！」

「火振島で同じ造りの青銅像を見たことがあります。海賊城ゆえ、遠い異国の物品も多く運びこまれます。まちがいなく西洋の母子像でしょう」

「では、夷狄《いてき》の神の偶像じゃと」

「はい、聖母マリア像です。その手に抱かれている赤子こそ、西洋人が信仰するキリストという聖人なのです。像の背後にうっすらと見える十字の紋章は、神の子が磔刑《たっけい》になったときの形からとったもの」

直人は生々《なまなま》しい恨み顔になった。

「わしゃ、これまで夷狄の神にすがってきたのか！」

とりかえしのつかぬ愚行であった。

尊い慈母観音像を懐に抱き、〈尊皇攘夷《そんのうじょうい》〉の旗の下に一命を捧《ささ》げたつもりでいた。大君を神として崇《あが》め、ためらいもなく夷狄に与《くみ》する輩《やから》に天誅《てんちゅう》をくわえた。

（すべては徒労だった……）

土俗の攘夷思想の基盤はもろくもくずれさった。神国の志士たる身が、西洋の神に守られて動乱の中を生き永らえてきたのだ。

秋陽が吉敷の山陰にのまれていく。大銀杏の黄葉はたちまち色あせ、山背《やませ》の風をうけてハラハラと舞い落ちた。

銀杏の一葉を手のひらでうけとめ、直人は吐息する。やがて物狂おしさが遠ざかったとき、大鮫の腹部からあらわれた母子像の謎《なぞ》も氷解した。

ホホジロ鮫は悪食《あくじき》である。

遠く黒潮の彼方で、あの強大な鮫は難破した南蛮船の船員の遺体を食いあさり、その懐にあった聖母マリア像も丸呑《まるの》みしたのであろう。船員の屍は消化されたが、銅製のマリア像は異物としてメス鮫の内腑《ないふ》にまぎれこみ長い眠りについたのだ。

「その母子像をどうなされます」

此の糸の問いかけに、直人は目の内をゆらめかせた。

「捨てるしかあるまい」

「それはなりませぬ。直人さまの守り本尊でありましょうに」

「決闘の場に異国の神の助けは不要じゃ」

「されば、そこなる大銀杏の洞穴《ほこら》に奉納なされませ」

マリア像は亡き母の化身である。

たとえ夷狄の神だとしても、おろそかにはあつかえない。決闘の拠点となる御神木に、母の慈愛を託すのも縁《えにし》かと思われる。

直人は青苔の生えた根元にしゃがんで、小さな洞穴にそっと聖母マリア像をおさめた。

心の支えを失って、急速に身体の力が抜けていく。

宝刀の小烏丸は疵つき、ついに守り本尊までも手放した。

畏友《いゆう》久坂玄瑞はいさぎよく大義に殉じ、奔馬高杉晋作も愛妾《あいしょう》おうのを残して早逝した。そして英傑坂本龍馬と恩師大村益次郎はわが手でほふった。もはや今の世に、直人が熱い心を寄せる人物は一人としていない。

滝音が裏山から聞こえてくる。

気をとりなおし、直人は苔むした岩肌にそって急峻《きゆうしゆん》な修験者道をのぼっていった。蔓《かずら》を手でわけて脇道《わきみち》に入った。あとから此の糸も身軽くついてくる。赤土の崖地《がけち》からは大銀杏が見下ろせた。高みから位《くらい》どりをするには絶好の場所だった。

斜面に生えた太い檜《ひのき》の陰に身を休ませた。暮れ六つまで、あと小半刻《こはんとき》。陽が翳《かげ》って吉敷の山々が鈍色にそまっていく。

二人は木陰で身を寄せ合った。

此の糸は両手で膝を抱えこんで、じっとうつむいている。その裾《すそ》から生暖かい女の運気が立ちのぼってきた。南海の姫巫女は、俗世を捨て尼僧となっても芳《かぐわ》しい。

「此の糸、お主《ぬし》ゃが見届け人でよかった」

「男と女。此の糸とは宿命《さだめ》の赤い糸――」

「もつれて切れていく」

「いちども結ばれぬままに」

「……もう遅いのう」

「はい、遅うございます」

夕闇に散る黄葉のなかで、此の糸は伏し目かげんに言った。

眼下の大銀杏は闇《やみ》に溶けた。

輝きを失った銀杏の葉は、黒ずんだ雫《しずく》となってしたたり落ちていく。やがて、たすきがけの武士がゆっくりと寺領内へ入ってきた。

(慎蔵！)

木陰に身体を沈め、直人は夜目をこらした。大銀杏の樹下に、袴《はかま》をからげた若者が悠然とたたずんでいる。

虚をつく手段を三吉慎蔵は好まない。

かけひきもなく、きっちり刻限にあわせて指定場所にあらわれた。たがいの取り決めを守って得手の槍は持たず、腰に二刀をたずさえている。

暗みにとけこみ、直人はしだいに気を高めていく。死生をわかつ勝負を幾度もかさね、心中は不動である。刻を待つ慎蔵も同じであろう。

不惜身命《ふしゃくしんみょう》。わが身を惜しまず、死地にふみこむ勇気こそ兵法の根源であった。直人と慎蔵は〈長州の竜虎《りゅうこ》〉と呼ばれ、いずれは刃《やいば》を交えねばならぬ宿敵だった。

（今夜、その決着をつける！）

刺客と護衛の立場を超えた男同士の決闘だった。強敵を眼下にみて、胸にかかる憂いの靄《もや》が消え去った。

龍蔵寺の梵鐘《ぼんしょう》が闇に響きだす。

目はあわせず、直人はそっと此の糸の手にふれた。女のぬくもりを深く心にきざみこむ。最初で最後の淡いふれ合いだった。

「さらばじゃ」

暮れ六つの刻《とき》は撞《つ》きおわった。

梵鐘の余韻《よいん》にひたることなく、直人は木陰から身をおどらせた。引き抜いた小烏丸を逆八双に構え、総髪をなびかせて斜面をかけ下っていく。

樹下にいる敵影はおぼろで、間合いが見分けにくい。高みからの位《くらい》どりを生かし、直人は一気に距離をつめて跳躍空打をねらった。大きく踏みこみ、剣尖がとどくほどの間《ま》境《ざか》いに入りこんだ。

だが、慎蔵は自在である。

死命を制せられた形勢のなかで、逆に摺《す》り足で五尺の間をさらにつめてきた。攻めこまれても退《ひ》かず、合懸《あいが》けに入身《いりみ》となってすれちがい、斬り結ぶかと思われた。

「来たれ、直人ッ」

御神木を背にした慎蔵は、烈声を放ってあざやかに二刀を同時に鞘走った。右手に大太刀、左手に小太刀をもって十字に構えた。

「何と！」

慎蔵のみせた十文字構えは、奇《く》しくも異国の神の紋章であった。

しかも二刀流は、直人の心酔する剣聖武蔵の極意技だった。不動心が乱れ、直人の烈しい出足は止まった。

秀麗な顔に似ず、三吉慎蔵は恐るべき男だった。得手の槍はなくとも、二天一流の奥義を手中にして、やすやすと二刀をあやつっていた。

「直人、何を迷うちょる」

「お主《んし》ゃ！」

怒声を発したが、間合いはつめられない。目にみえない壁のような気圧があった。

武芸百般に通じた若者は、一つの得物や流儀にとらわれることなく、その場に応じて自由闊達《かったつ》に武術を発揮できるらしい。

呼吸をはかり、直人は油断なく半歩踏みこんだ。

すると慎蔵は、大銀杏の幹を左回りに一歩あとずさった。誘うような足運びだった。攻め入る相手より半歩の歩幅だけ間合いをはずす〈八寸の命運〉である。斬り結んだとき、そのわずか八寸の差が互いの生死を分けることになる。

（太刀筋を見切られた！）

直人は戦慄《せんりつ》する。

三吉慎蔵が決闘場所に龍蔵寺の大銀杏を指定したのは、御神木の霊験にすがったからではなかった。それは直人の〈左逆袈裟〉の必殺技を封ずるためだった。

いくら間合いをつめても、慎蔵が左回りにしりぞけば、大銀杏の幹が巨大な盾《たて》となって左からの逆袈裟斬りは不発となる。強引に斬りつければ、幹に刀身がくいこんで身動きがとれず敗死することになろう。

清明な若者は龍蔵寺の大樹にしっかりと守られていた。闇にうごめく刺客につけこむ隙《すき》はない。非道な人斬りにとり憑《つ》くものは、死者たちの鬼火だけだった。

「無残じゃのう、直人。背に青い燐光《りんこう》が浮いちょる」

「おうさ、ときにゃ死人の声も聞こえよる」

「二年前、三条近江屋で坂本さんを殺したろうが。刀ごと頭蓋《ずがい》を断ち割った太刀筋はほかの者にゃ真似《まね》できん」

「殺《や》った。わし一人の存念じゃ」

「今さらだれをかばう。松陰一派はみんな栄華をきわめとるのに」

「志士とは死士たり。久坂さんからそう教えられた」

「高潔な大村さんまで手にかけるとはのう。昨日《きのう》、刑部省より捕殺せよとの手配書が届いた。長州閥の高官にも見捨てられたぞ」

十文字の受け構えをとき、慎蔵は哀れむように言った。

直人も剣気をおさえ、摺《す》り足《あし》で右方向へしりぞいた。

「慎蔵、そちらの立ち合い人は」

「そこの観音堂の物陰に、坂本さんの奥方がおられる」

「やはりそうじゃったか」

「かねてよりの遺恨は、お龍さんに代わってわしが果たす」

「何故《なぜ》、そこまで龍馬の妻女に助勢する」

「惚《ほ》れた」

間をおかず、慎蔵は真顔で言いつのった。

「命がけで惚れたんじゃ」

思いがけぬ言葉に、直人は息を呑む。

愕然《がくぜん》として、長府藩の若き権大参事を見つめた。

(それほどに……)

小藩とはいえ、最高位についた男が、流浪の他国女に命をかけていた。

友誼《ゆうぎ》に篤《あつ》い慎蔵は、女に対してもどこまでも一途《いちず》だった。真の美丈夫《ますらお》は、強さの奥にかぎりないやさしさを秘めていた。

それにひきかえ、直人は尊皇攘夷の美名に酔って殺戮《さつりく》をくりかえしてきた。また此の糸が下ノ関の廓《くるわ》に身を沈めたときも冷然と見放した。たった一人の女すら護りきれない男に、志士を名のる資格はない。

大銀杏が夜風をうけて、ヒュルヒュルと泣いている。

直人は左寄せの逆八双にかまえ、霊樹脇の慎蔵に詰めよった。青白い月光が両刃の古刀を鈍く照りかえす。すでに小烏丸は汚れ、その神威は失せていた。

ふたたび二刀で十字を組んだ慎蔵は、いくぶん腰を沈めた。気息は平静で、身体のどの部分にも無駄なちからをこめず、山猫のようにしなやかだった。

「こいや、直人」

「いくぞ、慎蔵」

千年の刻《とき》を生きた御神木は、四方に結界を張りめぐらして邪鬼の侵入をゆるさず、純正な若者を護っていた。

前後左右の動きは完全に封じられている。銀杏の落葉が足にからんですべりやすい。長びけば身うごきが固くなって不覚をとる。

直人の膝がしらに幽かなふるえが走った。

もはや〈海人剣〉をもって、上下から結界を破るしかない。

「斬る！」

左の逆袈裟を下から放つと見せて、直人は落葉を蹴《け》ってとびあがった。宙空に遊泳し、落下の勢いを太刀にのせて慎蔵の頭上にはげしく檄剣《げきけん》を振りおろした。

「コンな、くそ！」

「うりゃーッ」

慎蔵は気合いを発し、サッとすばやく両刀の峰を返した。

百練自得した早業《はやわざ》であった。襲い来る凶刃を、慎蔵は二刀の分厚い峰で挟み切りにガシッと受けとめた。凄《すさ》まじい撃ちこみと巧みな受け太刀である。

二人の闘魂が真正面からぶつかり合った。鍛えぬかれた鉄《くろがね》が衝突し、闇に火花が散った。

瞬時、小烏丸の重心が失せた。

「あっ……」

直人はむなしく呻く。姫巫女よりさずかった宝刀は鍔元《つばもと》から折れとんでいた。

息つく隙もなく、横なぐりに慎蔵の大太刀が襲ってきた。避けきれない。刀の峰で痛烈に肋骨《ろっこつ》を砕かれ、肺腑《はいふ》まで撃ちぬかれた。

直人は血へどを吐いて御神木の下に倒れ伏した。

(海へ還れる——)

凶徒のまぶたの裏に最後に映じたのは、周防灘の青く凪《な》いだ海だった。

隻腕《せきわん》の男が佐波村の浜に降りたった。

右腕には、義手がわりに五寸ほどの手鉤《てかぎ》をはめている。するどい鉤を櫓《ろ》に打ちこんで小舟をこいできたらしい。古い手鉤は潮水をあび、すっかり赤錆《あかさ》びていた。

(帰りついた……)

一平は裸足《はだし》になって、浜砂の間からにじみ出る海水の冷たい感触を味わった。砂粒がやわらかい。まぎれもなく故郷の浜の足ざわりだった。

波打つ砂丘の切れ目に、茅葺《かやぶ》き屋根の村落が見える。

十二年の不在は長すぎた。海の勇者も老いさらばえ、生白い相貌《そうぼう》には精気がなかった。海賊城の虜囚《りよしゆう》となった一平は、怪異な呪術者として神館にずっと幽閉されていた。隻腕手鉤の奇っ怪な姿形が、島民たちには荒ぶる海神の化身と映ったらしい。

十日前、遠い豊後水道の小島にも中央官吏の検索が入った。

〈因習打破〉の名目だった。一平は神館の幽暗からときはなたれた。明治政府は西洋文化に追いつくことを国是とし、僻地《へきち》の非生産的な風習を一新しようとしていた。

夜明けの浜は美しい。弓なりに広がった海湾は薄茜色《うすあかねいろ》にそまり、荒岩の磯辺までくっきりと暖色に浮かびあがらせている。どこまで歩いても飽きることはない。

波打ちぎわには、潮流がはこんだ漂流物がうちあげられている。色とりどりの貝殻や、インゲン豆の鞘にも似た鮫の卵殻が見つけられる。

けれども、それは慰めにならない。あまりにも長い不在のなかで、一平の縁者はすべて死に絶えていた。

(流れ去った月日は呼び戻せない——)

黒ずんだ流木が、遺体のようにおり重なって浜辺に横たわっている。

一平は半円の海岸線を突っ切って砂防林へ入った。古里の佐波村にはよらず、そのまま山辺の脇道を抜けて台道へと向かった。

一人息子の直人の仮埋葬場は、長沢池の畔《ほとり》にあると聞く。

——明治二年十月十三日。長州藩公用人の宍戸直記《ししどなおき》は、二十五名の鉄砲隊をひきいて台道村へ急いだ。刑部省からの下命は、大村益次郎襲撃犯の神代直人の捕殺であった。

密告によれば、重傷を負った神代直人はひそかに台道の実家にまいもどり、病床に伏しているという。

賊徒神代直人を司直に売ったのは、同じ村に私塾をひらく大楽源太郎だった。

大村襲撃後、煽動家《せんどうか》の大楽は態度を一変させた。

それには姑息《こそく》な理由があった。去る九月四日、京都木屋町の長州藩控屋敷で凶刃をあびた大村益次郎は、瀕死の身ながら大坂の陸軍病院で手厚い看護をうけていた。

深手を負い、大村の命は尽きようとしている。あと一月《ひとつき》ともたない。だが、その一月の間に兵部省長官が苛烈《かれつ》な報復にでることを大楽源太郎は恐れた。

事件の後難をさけるため、大楽は暗殺に加わった塾生の団伸二郎と大田光太郎を破門した。それでも足りず、

〈首領ノ神代直人ハ浮薄ノ凶徒ナリ――〉

とまで痛罵《つうば》し、すべての罪を神代直人になすりつけた。そして身の証を立てるかのごとく、凶徒の所在を藩庁へ知らせた。

孤独な刺客の命運は、とうに尽きていた。陸《おか》へ上がったホホジロ鮫は、いつかは息苦しさに耐えかねて悶死《もんし》する。龍蔵寺の決闘に敗れた神代直人に、三吉慎蔵はとどめを刺さなかった。敗者は寺男のひく荷車にのせられて台道の居宅へと運ばれた。

その三日後。鉄砲隊に包囲された神代直人は納屋内にたてこもり、鮫狩りに使った大銛で自分の腹を突きつらぬいた。

海人の生命力は強すぎる。それでも死にきれず、銛を打ちこまれた鮫のように烈しくのたうちまわった。

「まさしく神代《ホホジロ》じゃ！」

だれもが佐波海人の底知れぬ力に恐れをなした。

公用人の宍戸直記は、ただちに庭先で神代直人の首をはね、その遺骸《いがい》を近くの長沢池

の湿地に埋めたという。

宍戸は御用届を山口藩庁に出し、神代直人の処刑と仮埋葬を申上した。

〈神代直人、十月密《ヒソカ》ニ防州小郡ニ帰リ、長藩縛ニ赴ク。神代、就縛ノ際屠腹《トフク》シ、存命ヲ期シ難キヲ以テ処刑シタリ――〉

凶徒〈神代直人〉の最期は、長州藩の公用書に短く記され、その後長く封印された。

大村襲撃をはじめ、彼が関《かか》わった一連の暗殺事件について、何ひとつ調書は残されなかった。周防の寡黙な刺客は、歴史の闇に葬られたのである。

「ここか……」

錆びた銛が、墓標のように長沢池の畔にうち捨てられていた。

一平は泥地に両膝をついた。忌まわしい鉄具は、まちがいなく鮫狩りに使った鯨殺しの大銛だった。

泥地を掘りおこし、無残な屍を真っ白い木綿布で包みこんだ。用意した大八車に遺骸を積み、一平は梶棒《かじぼう》にガシッと手鉤を打ち込んだ。

大型の荷車を一人で引いて枯山吹《かれやまぶき》の道を行く。葉は散りつくし、くすんだ緑色の枝だけが目立っていた。小刀ではなく、大銛で自害したわが子に思いを馳《は》せる。

(直人は長州武士ではなく、誇り高い佐波漁師として死んだのだ)

海人の慣わしに従って、勇壮な漁師の屍は遥かな海原へと還さねばならない。それが父としての責務だった。

砂防林を抜けると、昼下がりの佐波海湾は陽光にきらめき、とろりとした金箔《きんぱく》を流しこんだように凪《な》いでいた。

大八車を波打ちぎわに置き、一平は砂浜にすわりこんだ。白い木綿布に包まれた遺体に生温《なまぬる》い潮風が吹きつける。

海湾は、山間の湖のように静かに水をたたえている。

やがて潮が満ちてきた。

濡れた砂が艶《つや》やかに光る。さきほどまで見えていた波間の小岩が海下に没した。荷車もなかば海水に浸っている。

潮の満干は大いなる海の呼吸であろう。力づよく満ち、颯然《さつぜん》と引いていく。大八車におかれた遺体は海水に洗い清められ、やがておごそかにその姿を消していった。

引き潮となった。

夕陽が西空に落ちていく。まもなく訪れる夜を前にして、水平線は赤々と最後の彩りを放っていた。

遠く近く、一平の耳に嘆きの節が聞こえてくる。ふりむくと、砂丘の高みにひとりの若い尼僧がたたずんでいた。

夜走る舟やー
北斗の星をば
夜空に仰ぎて
彼方へと去る

くれないの花やー
くちびるに染めて
いとしい男を
心に染めて

哀切な海の恋唄《こいうた》は、潮風にのって遠い沖合へと流れていった。

ふいに葬送の唄はとぎれた。尼僧の姿も砂上からかき消えていた。

物憂く腰をあげ、一平は落日の浜辺を去っていく。

海鳴りを背に感じた。ふりかえると、白い砂丘に残した自分の足跡は、すべて波に消されていた。

(過去《とき》までも見失ったか……)

夢遊めいた放心のなかで、一平はわずかな兆《きざ》しを求めて沖合に手をふった。赤錆びた右の手鉤が潮風を切った。

するとと呼応するように、一匹の巨大な白鮫が海水を滝のように落としながら波間に高くおどりあがった。

「飛んだ！」

跳躍した白鮫は、真っ赤な夕陽の円中でクルリと宙返った。

白い頬を光らせて、ホホジロ鮫が落下していく。飛沫《ひまつ》は日輪に輝きながら弧を描いてくだけ散った。

遠く潮騒《しおさい》をきいた。

少年の眠りは、さらに深い。

あとがき

神代直人《こうじろなおと》は最強の刺客だった。

だれもが恐れ、長州《ちょうしゅう》の奔馬といわれた高杉晋作でさえも凶刃をさけて九州へと逃げた。私見だが、神代直人は〈龍馬暗殺〉にも関《かか》わったとみられる。

それは決して想像の産物ではない。また奇をてらった新説でもない。ときれがちな神代直人の足跡を各地にたどり、実地調査をかさねた上での推論である。同じ風土のなかで青春期をすごしたわたしには、若いテロリストの孤独が少しはわかる。

明治維新後、血に汚れた刺客は官職にもつけず、ついには陸軍長官の大村益次郎までも襲った。彼が狙《ねら》うのは開明派の英傑ばかりだった。

それほどの男でありながら、神代直人を知る者はまれである。

周防《すおう》出身の寡黙な刺客は、歴史の闇《やみ》にのまれてしまったかに思える。郷里の山口においても、その名は完全に霧消している。だが、このマイナーな若者に編集者の横山征宏さんが意外な執着を見せた。正直いってわたしは、同郷の嫌悪すべきテロリストが、はたして長編小説の主人公になりうるのかと危ぶんだ。

幸い、わたしは周防の灘《なだ》にきらめく波光を見知っている。漁師上がりの若い刺客の心根が投射できる。そのかすかな光彩を核にして書き継いでいった。

仕上がりが長びき、少年時より師事してきた伊賀洋昭先生には、山口在住の利点をいかした資料収集で多大の援助を頂いた。そしてフリー編集者の中原潤子さんには東京の資料探しを手伝ってもらった。また出版にあたって集英社編集部の杉山正人さんと、文庫化にあたって江口洋さんから篤《あつ》い御尽力を得た。心よりお礼を申し上げます。

明治三年にだされた長州藩の分限帳には、神代一平、神代直人父子の名は消えている。長官殺しの凶徒を子にもった一平は、長州海軍局の中船頭役《なかせんどうやく》をとかれ、拾九石壱斗《じゅうきゅうこくいっと》の御扶持《おふち》もとりあげられたらしい。老父のその後の行方は定かではない。

高杉晋作を追いつめ、坂本龍馬を斬りたおし、大村益次郎を殺した最強の男。

刺客神代直人の苛烈《かれつ》な生涯は、〈長藩縛ニ赴ク。神代、就縛ノ際屠腹《トフク》シ、存命ヲ期シ難キヲ以テ処刑シタリ――〉という申上書の短い章句のなかだけにくっきりと刻まれている。

時は移り変わっても、周防の海は陽光に満ちあふれ、どこまでも明るい。

加野厚志

解説

高橋《たかはし》千劔破《ちはや》

本書は、幕末維新史を背景に、長州《ちょうしゅう》出身の狂信的なテロリスト神代直人《こうじろなおと》の生涯を描いた時代小説である。

神代直人といっても多くの人は知らないであろう。

明治二（一八六九）年の大村益次郎《おおむらますじろう》暗殺事件の犯人の一人として、歴史にチラリと顔を見せるだけの人物である。周防《すおう》の船頭上がりの父神代一平《いっぺい》のときに、微禄《びろく》の長州藩士に取り立てられ、その父の期待を担った直人だが、道場に通う金もなく独力で剣技を身につけたという。やがて尊攘運動《そんじょううんどう》に身を挺《てい》するようになるが、極端な攘夷論者《じょういろんじゃ》となり、妥協を許さず、意に添わぬ者は剣によってほふるというテロリストへの道を歩んだようだ。長州藩が馬関戦争《ばかんせんそう》でオランダ・イギリス・フランス・アメリカの四国連合艦隊に敗れ、講和交渉のため高杉晋作《たかすぎしんさく》らが英艦に乗り込んだとき、神代は、和議をやれば高杉らを斬《き》るといって、つけ狙《ねら》ったという。その後、維新回天がなり、神代同様に長州藩の最末端士族であった山県狂介《やまがたきょうすけ》（有朋《ありとも》）や伊藤俊輔《いとうしゅんすけ》（博文《ひろぶみ》）らが新政府の高官として浮上していくなかで、神代直人は歴史の闇《やみ》に埋没していく。そして明治二年、新政府高官となった大村益次郎襲撃の刺客のなかに、彼がいた。

　神代直人について、それ以上のことはほとんどわからない。作者はその神代に幕末維新史に名を残した志士や女性たち、事件などをからめて、鬱屈《うっくつ》したテロリスト「死神直人」の、光の見えない生涯を構築した。

　物語は、直人の人格形成にかかわる少年時代——母の命を奪い父の片腕を食いちぎったホホジロ鮫《ざめ》への復讐《ふくしゅう》にはじまり、直人が暗殺剣の執念を燃やした三人の人物とのからみが語られていく。

　一人は高杉晋作。作中、長州奇兵隊《きへいたい》の反乱を通して、長州藩の内部抗争が描かれるが、神代直人の暗殺剣はついに高杉を襲うことがなかった。その前に高杉が二十九歳の若さで病没してしまうからである。

　次が坂本龍馬《さかもとりようま》。直人の暗殺剣がついに龍馬の命を奪う。龍馬暗殺に関しては、これまでも多くの歴史家や作家がその謎《なぞ》に挑み、様々な説が出されてきたが、真犯人はいまだ不明である。誰《だれ》が何のために殺《や》ったのか。古くは近藤勇《こんどういさみ》と新撰組《しんせんぐみ》説、佐々木只三郎《ささきたださぶろう》と京都見廻組《みまわりぐみ》説、龍馬を斬ったのはそのうちの今井信郎《いまいのぶお》か渡辺篤《わたなべあつし》かの論争、伊東甲子太郎《いとうかしたろう》と高台寺党《こうだいじとう》説、薩摩《さつま》の陰謀説、土佐《とさ》藩がからんでいるという説、等々枚挙にいとまがない。だが、長州がらみの暗殺犯説は、これまで登場したことがなかった。長州藩の志士たちにとって龍馬は同志であり恩人だ。暗殺しなければならない理由はどこにも見当たらない。しかし、あくまでも攘夷にこだわって高杉を狙い、後に大村益次郎暗殺に関《かか》わった神代直人ならば、ありえぬことではない。

三人目がその大村益次郎である。直人による龍馬暗殺は作者の推理によるフィクションだが、益次郎暗殺は史実だ。明治二年九月四日の夕刻、京都で益次郎を襲った刺客は、団伸二郎《だんしんじろう》、金輪五郎《かなわごろう》、大田光太郎《おおたこうたろう》、五十嵐伊織《いがらしいおり》、伊藤源助《いとうげんすけ》、宮和田進《みやわだすすむ》、関島金一郎《せきじまきんいちろう》そして神代直人の八人。このうち団と大田と神代の三人が長州藩士。宮和田は斬り合って落命したが、神代を除く六人は逮捕され、十二月二十九日に粟田口《あわたぐち》で斬罪《ざんざい》の上、梟首《きょうしゅ》されている。神代直人は、一時豊前《ぶぜん》の姫島《ひめじま》に逃れ、のち小郡《おごおり》に帰って潜伏しているところを発見され、捕縛の際に自刃したという。

本書は、大村暗殺のあと、直人は三吉慎蔵《みよししんぞう》との決闘に敗れ、深手を負って故郷に潜伏し、最期《さいご》を迎えたことになっている。なぜ三吉と決闘に及んだかといえば、坂本龍馬に関わる因縁とする。

じつは作者加野厚志は、この作品『鮫』(原題)と対をなす『龍馬慕情』(集英社文庫)を書いている。本書より以前に書かれた作品で、龍馬の妻お龍《りょう》を主人公に、龍馬暗殺の謎に挑んだ意欲作だ。

最愛の夫龍馬を失ったお龍は、龍馬の実家にも入れられず、同志たちにもうとまれて居場所を失くしていく。だが、お龍は勝海《かっかいしゅう》舟らの助けをかりて、龍馬殺しの真犯人を追う。

そのお龍を親身になって支えたのが三吉慎蔵であった。三吉は、長州支藩の出だが、龍馬とは肝胆相照《かんたんあいて》らし、寺田屋《てらだや》で龍馬と共に幕吏に襲われたが、お龍が裸で危急を知らせたことにより、危地を脱した。その後、龍馬から厚く信頼され、自分に万が一のことがあったときには「愚妻をして尊家に御養置……」と、お龍の将来を託されたほどであった。実際に龍馬暗殺後、お龍は数ヵ月間三吉慎蔵の自宅で暮らした。

お龍はできる限りの伝手《つて》を使って探索を続け、ついに神代直人に辿《たど》り着《つ》く。長州が龍馬暗殺の黒幕であることをお龍に示唆《しさ》したのは、勝海舟であった。やがて、京都三条《さんじょう》木屋町《きやまち》で、大村益次郎が襲撃された。その刺客の一人が神代直人であることをお龍は知る。三吉慎蔵はいう。

「たぶん、刺客神代直人に下知したのは山県狂介に品川弥二郎《しながわやじろう》。それに伊藤俊輔もからんじょるかもしれん」

と。そしてついに神代の居所を突き止めた三吉は、果たし合いを申し入れる。見守るお龍。結果は、三吉の勝利であった――。三吉慎蔵の中に芽生えたお龍への恋情。それがわかっていながら、亡き龍馬への操立《みさおだ》てをして三吉のもとを去るお龍――と余韻《よいん》を残して物語は終る。

この『龍馬慕情』の主題は、龍馬暗殺であり、お龍の探索を通して、これまでの諸説が語られ、最後に作者のオリジナルである新説「神代直人犯人説」を登場させるという、なかなか見事な運びとなっている。ここで語られる神代は、冷徹なテロリスト「死神直人」でしかない。

本書は、前作に同じく龍馬暗殺と大村暗殺を背景に置きながら、神代直人の側から書かれている。被害者側からの視点と加害者側の視点は当然異なる。「死神直人」であることに変りはないが、なぜそうなったのか。少年期から成年期にかけての人格形成期の苛烈《かれつ》な出来事や人間関係を描くことによって、作者はこの主人公に暗い血流を与えた。同じような身分、似たような境遇から出発しても、栄光への道を歩む者と逆境に身を落とす者に岐《わか》れる。神代直人が暗殺剣を向けた相手は、本来同志であるべき者たちだ。目に見えぬ運命の糸が、神代を屈折した近親憎悪へと導いたのであろうことを、この物語は暗示している。

ところで、龍馬暗殺と大村益次郎暗殺事件は、極めてよく似ている。襲われた場所が京都の宿舎の二階であったこと。刺客が訪問客を装って名刺を差し出したとされていること。取り次いだ下僕がまず斬られていること。龍馬も益次郎も鞘《さや》のまま刀で防いだことなど。本書では、龍馬の場合、供の者一人を連れた神代の単独犯だが、佐々木只三郎以下八人の刺客たち（見廻組）による襲撃説も根強い。だとすれば大村を襲った八人の刺客とこれも一致する。

わずか百四十年ほど前の出来事ではあるが、維新史にはまだまだ謎が多い。加野厚志は長州山口県の出身だが、必ずしも勝者の史観で歴史を見ていない。幕末維新を得意とする加野が、次にどのような作品をつむぎ出してくれるのか楽しみである。

集英社文庫

龍馬暗殺者伝《りょうまあんさつしゃでん》

2009年8月25日　第1刷　　定価はカバーに表示してあります。

著　者　加野厚志《かのあつし》
発行者　加藤　潤
発行所　株式会社 集英社
東京都千代田区一ツ橋2-5-10　〒101-8050
電話　03-3230-6095（編集）
03-3230-6393（販売）
03-3230-6080（読者係）
印　刷　大日本印刷株式会社
製　本　大日本印刷株式会社

フォーマットデザイン　アリヤマデザインストア　　マークデザイン　居山浩二

ISBN978-4-08-746469-6 C0193